聊齋志異

【上卷】

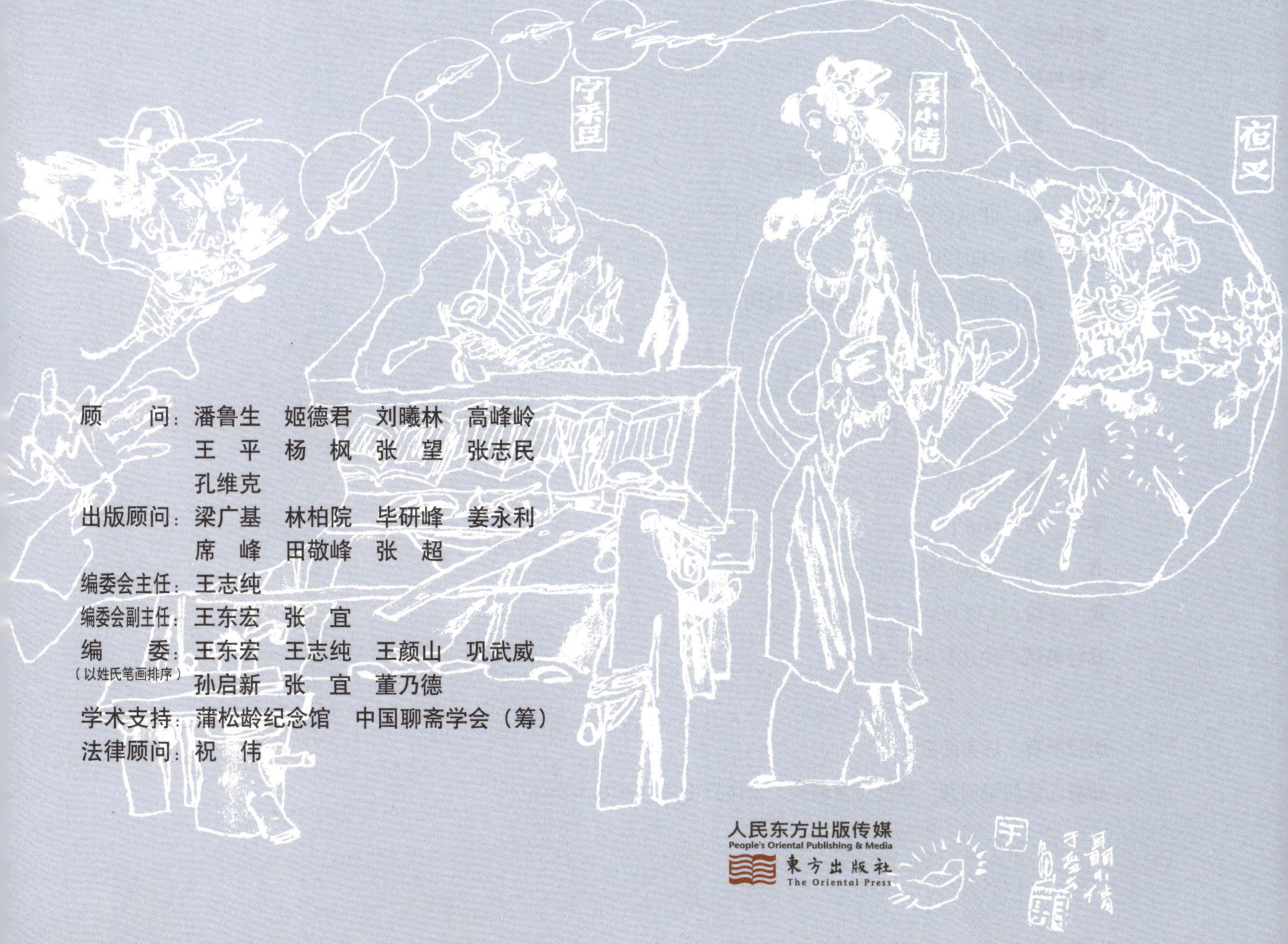

人民东方出版传媒
People's Oriental Publishing & Media
東方出版社
The Oriental Press

图书在版编目（CIP）数据

精短文言全图聊斋志异 / 于受万著 . — 北京 : 东方出版社，2022.2

ISBN 978-7-5207-1965-0

Ⅰ . ①精… Ⅱ . ①于… Ⅲ . ①笔记小说－中国－清代 Ⅳ . ① I242.1

中国版本图书馆 CIP 数据核字 (2021) 第 087254 号

精短文言全图聊斋志异
(JINGDUAN WENYAN QUANTU LIAOZHAIZHIYI)
蒲松龄 原著 于受万 图文

策划编辑：李 斌
责任编辑：王 璐 韩封三祝
出 版：东方出版社
发 行：人民东方出版传媒有限公司
地 址：北京市西城区北三环中路6号
邮 编：100120
印 刷：北京雅昌艺术印刷有限公司
版 次：2022 年2月第1版
印 次：2022年2月北京第1次印刷
开 本：787毫米×1092毫米 1/16
印 张：34.25
字 数：658千字
书 号：ISBN 978-7-5207-1965-0
定 价：178.00元（全两卷）
发行电话：(010) 85924738

编者按

《聊斋志异》是一部中华经典名著。该书在狂怪诡谲的故事之中，蕴含着传统道德文明和东方智慧。

于受万图文的这套《精短文言全图聊斋志异》，把过去的文化引进现代的世界，该书填补了两项空白：一是绘画风格独特，篇幅最全；二是将《聊斋》原著编写为《聊斋》式的文言短版，每篇控制在七百字以内，易读易懂，从而适应了当下读图时代公众的快速阅读需求。

在绘图方面，画家追索《聊斋》本旨，打造了一种独特的《聊斋》画法，一种多维时空的造型图式，强化了述事性，把一部《聊斋》体现得活灵活现。于受万先生具有踏实的传统中国画功底，笔墨精到，人物传神，构图奇妙，契合了《聊斋》精神。他将原著中的故事脉络和人物情态，从造型美的角度，予以体现和升华，成为既可观又可读的国画艺术作品，从而扩展了插图艺术的表现力。这一点在中外文学插图中是十分罕见的。

于受万先生六年画完《聊斋》全图，又用三年写完这部图下文言缩文。该缩文采用《聊斋》式文言，尽量维持原文精美的艺术结构，尤其保留了其中大量的警句妙语。为了阅读方便，每篇故事前均设两句联语，以为导读。此书对于这部经典的普及，对于当下快生活节奏的广大受众对古代文学经典的品读，更加意义非凡。

看中华经典，讲中国故事，强化文化自信。我们希望于受万先生图文《精短文言全图聊斋志异》的出版，能够引起更多有志此道的画家关心古典名著的形象化开发，创作精品，从而光大传统文化，弘扬中华道德文明。

自述

《聊斋志异》以浪漫谲诡的故事，以神仙鬼怪和人性爱情的精彩刻画，吸引读者，将道德文明和哲理智慧蕴含其中。它以文言为载体，妙笔生花，一字千金，堪称前无古人。前贤蒲松龄以“遄飞逸兴”“永托旷怀”的心态，为传统庙堂文化，增广了一束浪漫之光。

我酷爱传统文化典籍，尤其喜欢阅读《聊斋》。《聊斋》所体现的文明风范，对我人格的形成产生了一定的影响；《聊斋》的浪漫文风，给了我的艺术创作以先入为主的启迪。

在我步入艺术领域之后，创作过大量古代题材的连环画和单幅画作品。后来，因创作一幅表现蒲松龄的丈二大画《聊斋乐土》，我便萌生了创作《聊斋》全图的念头。

于是，经历六年，于2013年，依据安徽文艺出版社2002年出版的盛伟校注本《聊斋志异》，将《聊斋乐土》和《聊斋》全图一并完成。这套全图，将绘画艺术性与文学述事性相统一，根据每篇《聊斋》故事脉络，把多维时空联袂组合，构成一幅幅整体画面，力求使之亦可观亦可读，从而将《聊斋》故事形象化。全图所采用的国画用笔，以强劲苍茫和圆润秀丽相表里，以此突出《聊斋》严正而浪漫的特色。全图画《聊斋志异》491篇，505图，请郭能勇先生用白话体式撰写了图下缩文，同年由新华出版社出版了《新绘图聊斋志异》一书。该书在中国国家画院举办了首发式和原图展览，受到了诸多在京美术理论家的高度评价。

这部白话版《新绘图聊斋志异》虽已出版，但总觉得意犹未尽，遂又萌生了出版一套文言短版的全图《聊斋》之想。

于是，放下毛笔，拿起硬笔，历经三年，修改多遍，终于完成了这部文言短版《聊斋》的编写，并完成了《精短文言全图聊斋志异》书稿。

《聊斋志异》成书于清代，采用的是文言体式。中国的方块字和文言词语，始自上古，历经上下五千年的积淀、传承和演化，其信息含量异常丰厚，可谓一字先天万古情。《聊斋》所采用的文言体式，清代人读之并无障碍。但随着时代的推移，文字已经改革，语言也在变化，文言逐渐淡出了公众的文化生活。因此，能够无障碍看懂《聊斋》的现代人，越来越少。这部经典奇书，颇有逐渐被忽视和淡忘的可能。而被忽视和淡忘的不仅仅是那些精彩的《聊斋》故事，也同时失掉了《聊斋》文言所蕴含的传统文德理念和精湛的《聊斋》智慧，以及只可意会不可言传的文言所特有的阅读情趣。

这就是出版这部《精短文言全图聊斋志异》的初衷。

这部《精短文言全图聊斋志异》的图文创作，先后九年，不无艰辛，不无愉悦。该书的出版，若能有益于读图时代的现代人享受阅读情趣、增广传统文明理念，若能有利于蒲翁“逸兴”之“遄飞”、“旷怀”之“永拓”，则幸甚至哉。

在该书出版之际，由衷地感谢蒲松龄纪念馆和中国聊斋学会的督导；感谢柯文辉、王平、王志纯和崔大中先生为本书撰写了序和跋；感谢董乃德、王颜山、巩武威、孙启新先生为本书内容认真编辑考订；感谢著名美术评论家孙克、刘龙庭、李一等先生的过誉之评价；感谢方成、冯远、张志民、孔维克、张望、贾广健等先生为本书所撰的题词和眉批；感谢邹宗良、吕德民、宋丰光、陈吉斌、贾衍彬等先生对本书出版的帮助和辛劳。

于受万

2020年10月19日

于受万1943年生于山东牟平，深造于中国美院，研究员，中国美术家协会会员，山东省中国画学会顾问，山东省美术家协会人物画艺委会顾问，文化部东方文化艺术院国画研究院名誉院长，中国教师书画院副院长，山东理工大学兼职教授，淄博市美协顾问，淄博书画院名誉院长。

于受万属于创意型画家，具有良好的文化修养，多才多艺，能诗文，擅书法。

他的写意人物画，生动传神，笔墨精良。他笔下的古代高士人物超逸古雅，神采奕奕。其审美取向崇尚人间的快乐真情，体现人生潇洒大度的坦荡情怀。

他的工笔画，风格独特，独具一格，将中国画泼墨泼彩和西画光色效果引入工笔画，创造出一种玄妙而神秘的艺术效果，扩展了中国画的表现力，称为写意性工笔画，被赞誉为确实具有艺术史的价值。

出版有《于受万研究》、大红袍《于受万写意性工笔画》等画集多种，以及《活猴》《辛弃疾》等连环画一百余种。其中连环画《开元盛世》获第七届冰心儿童图书大奖等多项奖次。

中国画作品《戚继光》《长城颂》《丹崖怀古》《孔子莅河图》《画石呈龙》《竞自由》等多次入选全国美展和国家大展。其中《长城颂》获国家银奖，《竞自由》获优秀奖，《画石呈龙》获国际金奖；《中华医药图》长卷，制成浮雕，载入世界吉尼斯纪录。

序一

《聊斋志异》是中国古代文言短篇小说的集大成之作，无论是思想内容抑或艺术表现都取得了最高成就，是我国优秀传统文化的重要组成部分。《聊斋志异》尚未全部完成之时，即在社会上传播开来，其后出现了各种抄本、刻本、注评本、图咏本等。其中尤其值得关注的是光绪十二年（1886）上海同文书局出版石印本《详注聊斋志异图咏》。为了方便读者，书坊主人请画家根据每篇故事中有代表性的细节或场面各绘图一幅，有的一篇还绘制两三幅，共计444幅，每图题七绝一首。这些图与诗不仅形成了图文并茂的艺术效果，而且其自身就是对《聊斋志异》的一种阐释与接受，可以启发读者的思路，提高阅读兴趣。该本果然受到了读者的喜爱，三年后有悲英书局仿印本，后又有上海扫叶山房石印本，并加入了王士禛和但明伦的评语，各种仿印本、影印本层出不穷。

令人感到欣慰的是，一百二十余年后，又一部规模大、水平高、以图文并茂形式传播《聊斋》的《精短文言全图聊斋志异》问世，使我们感到无比兴奋。与《详注聊斋志异图咏》不同的是，这部全图，采用的是多维时空集于一个画面的表现手法，每篇一至三图，共计491篇505图，同时还为各幅图撰写了缩文，并以两句七言为各篇导语。这从某一特定角度体现出了于受万先生对《聊斋志异》的理解和特别生发，从而，读者不仅能够欣赏到于先生的精彩画作，提高阅读原作的兴趣，而且可以受到启发，对原作有更为深入准确的体会和理解。

中国文言短篇小说的发展，经历了一个漫长的发展过程。魏晋南北朝时期的志怪、志人小说，篇幅短小，叙述简略，是文言小说的起步阶段。唐代传奇小说取得了长足进展，但毕竟数量较少，表现形式还不够多样。宋、元、明三代虽然仍有不少作品问世，但总体成就没有超过唐代。《聊斋志异》近五百篇作品，不仅继承发展了以往文言小说的艺术成就，而且还借鉴了白话小说的丰硕成果，艺术上更为成熟，因而成为中国文言短篇小说的扛鼎之作。从表面上看，《聊斋志异》与六朝志怪小说似乎没有多少差别，不外乎搜奇志异，但实际上两者有了质的差别，《聊斋志异》巧妙地将花妖狐魅转变成了艺术表现的方式和手段，借此可以驰骋想象，抒情言志。因此，《聊斋志异》具有真幻结合的色彩，“幻化”则成为《聊斋志异》最突出的艺术表达方式，或让异类幻化为人，或让人幻化为非人。随着两者的幻化，忽而人间，忽而幻域，扑朔迷离，千奇百怪。

我虽然在绘画艺术方面是外行，但也能感觉到于受万先生紧紧把握住了《聊斋志异》的这一艺术特质。正如某些艺术评论家所说，于先生的聊斋画体现出了古怪、浪漫、梦幻、奇异等《聊斋》特色和神韵；画面处理得极富想象空间，信息量大，将主体和细节结合在一起，有亦真亦幻的感觉；运用了很多超时空的手法，有似于电影蒙太奇。

而我感受更深刻的是，于先生对作品的导语，准确地揭示了原作的主旨。如第一篇《考城隍》，于先生命名为“有心为善而不赏，无心为恶亦不罚”，就非常精准妥帖。蒲松龄在小说中的原话是“有心为善，虽善不赏；无心为恶，虽恶不罚”。

意为做人要诚实守信，不要矫揉造作，这与蒲松龄的为人品行完全一致。再如《画壁》命名为“幻由心生入画壁，拈花少女成妇人”，其中“幻由心生”一语乃是对佛教哲理的概括。佛教认为世间一切法都是唯心所造，“心生种种法生，心灭种种法灭”。小说写朱孝廉看到寺庙中有《天女散花》壁画，画中一垂髫少女，拈花微笑，樱口欲动，眼波将流。“不觉神摇意夺，飘飘然如驾云雾，恍惚间已入画中”。正在两人乐方未艾之际，忽有黑面金甲天神查勘而至。垂髫少女启壁上小扉，猝遁去。朱孝廉伏于榻下，不敢稍动，局促既久，耳际蝉鸣，目中火出，殆不可忍，竟不复忆身之何自来也。无奈之际，忽听老僧以指弹壁而呼曰：“朱檀越，何久游不归？游侣久待矣！”遂飘忽自壁而下，灰心木立，目瞪足软。共视拈花少女，已然螺鬟翘然，俨然夫人状。朱惊拜老僧，而问其故。僧笑曰：“幻由人生，贫僧何能解？”这位老僧一语道破世间所谓男欢女爱不过是心造的幻象而已。

将几篇或几十篇的主旨以两句七言命名加以概括或许不难，但将 491 篇的 505 幅作品统统用两句七言命名，就绝非易事了。于受万先生尽量抓住每篇作品的本质所在，甚至力求有所拓深，可见先生用力之勤，感悟之深。《崂山道士》是《聊斋志异》的名篇，于受万先生概括以“神仙皆为凡人做，只怕凡人心不坚”，对原作的主旨有了新的体验和挖掘。所谓神仙法术，并非高深莫测，关键是心要正，志要坚。

于受万先生对聊斋原作的文言缩写，基本能够把握住《聊斋志异》的语言特点。与其他文言小说相比，《聊斋志异》在语言上也有所创新，叙述语言浅近简洁而不失典雅，人物对话雅俗兼顾且声情并茂。如《青凤》中写青凤初见耿生时，“辄俯其首”，再见时“骇而却退，遽阖双扉”。与耿生私会被叔父发现，“俯首倚床，拈带不语”，“低头急去”，“嘤嘤啜泣”。后遇难被耿生所救，“依依哀啼，阘耳戢首”。人物语言与其身份相符合，当雅则雅，当俗则俗。可以看出，于受万先生在进行缩写时，力求保留原作的精彩语言，尽量体现《聊斋志异》的语言风格，这表明于先生在语言表达方面也是颇具匠心的。

十几年前，我曾经参加过于受万先生的聊斋绘画研讨会，近日又应邀出席了蒲松龄纪念馆主办的“王颜山于受万聊斋书画合璧展”。看到于受万先生能以数十年心血致力于聊斋画的创作，由衷感佩，万分钦羡。

于先生成长于书香门第，自幼便受到艺术的熏陶，此后又深造于中国美术学院，具有很强的艺术天赋和极高的艺术功力，再加之他刻苦努力，孜孜以求，最终完成了这一力作并即将付梓。正是在这次展会上，于先生嘱我为此书作序，我对绘画艺术确实是门外汉，并非作序的合适人选。但一方面于先生和我都是《聊斋志异》的忠实粉丝，另一方面更是为了向于先生表示衷心的祝贺和崇高的敬意，于是写了以上的感受，以就正于于先生及各位聊斋爱好者。相信于先生的这部《精短文言全图聊斋志异》在聊斋传播史上必将留下浓墨重彩的一笔。是为序。

王平　中国聊斋学会（筹）会长 山东大学文学院教授 博士生导师

序二

用单幅绘画表现每篇《聊斋》故事，交代故事起承转合，达到高潮，展示主要人物个性，是极难的再度艺术创造，古今中外成功者罕见。读著名画家于受万先生图文的《聊斋志异》，深受感染，他对蒲松龄大师经典杰作的独到理解，给我带来了莫大的审美愉悦和启迪。这批作品通过画家敏于形象思维和擅长中国人物画的精湛功力，提炼、升华出专为《聊斋》打造的造型艺术语言，把聚光灯集中投射在密纹唱片似的年轮上，打捞起心灵的回声，多面统一地倾诉一棵大树经历的春华秋实和冬藏，以及准备再生的顽强。他一改古典小说插图的模式，把角色安顿在典型环境之中，挑出戏剧性场面中一个或几个瞬间的切片，消化了近现代艺术的蒙太奇手段，树立起艺术上独立的风骨。作品不脱离名著神韵，又体现画家对《聊斋》的贞崇，追索经典性现代感的精准表达。

《聊斋》之写狐鬼花妖，寄意传情之渡船，悟透人生、议论世情乃是蒲翁要抵达的彼岸。鲁迅谓："描写委曲，叙次井然，用传奇法，而以志怪，变幻之状，如在目前，又或易调改弦，别叙畸人异行，出于幻域，顿入人间，偶述琐闻，亦多简洁，故读者耳目为之一新。""独于详尽之外，示以平常，使花妖狐魅，多具人情，和易可亲，忘为异类，而又偶现鹘突，知复非人。"此前，六朝至明代志怪小说多有怪诞，人物形象、生活场景、社会风貌的描写从略，缺乏震撼读者心弦的意境。唐人传奇"施之藻绘，扩其波澜，故所成就乃特异"。《聊斋》则以唐诗笔墨结构情节，精雕人物心态，使文言短篇小说超越古人，启示来者。蒲翁情通古今，洞悉世情，汲取传闻，篇无赘语废字，堪称千年来文言文短篇小说冠军。

于受万先生于2013年出版过白话缩文本《新绘图聊斋志异》，此次出版的《精短文言全图聊斋志异》，将前书的图下白话缩文，改用自己撰写的聊斋式文言体式。此文言缩文意义非凡，因其短而保留着《聊斋》文言本味，并在每篇文前加了两句七言导语。此种图文并茂的短版《聊斋》，无疑是普及《聊斋》的最佳形式。书中还有大量由专家撰写的眉批，帮助读者理解图文，在丰富画坛春色，弘扬文坛伟构，身教示范后学等方面，起到了难以估量的作用。

西江一源腾波万里，受万先生的画卷和文笔亦博雅诡奇，史诗品格如影随形，异彩纷呈，善恶美丑，化应大千，可称明镜高悬，穆然高于侪辈。

画学何尝不是人学？受万先生的一支笔成为一个剧团，演出生旦净丑，千人千面，悲欢离合，抑恶扬善，感动大千，升华了蒲翁妙文，有似为《聊斋》添翼，于古今画坛而言，三百年来功莫大焉。

柯文辉 文化部中国艺术研究院研究员 著名资深学者 美术评论家

序三

古典文学名著《聊斋志异》问世300年来，历代都曾有过多种插图版本，这些版本或缩略，或选绘，均难以反映《聊斋志异》全貌。于受万先生积九年之功，将这部经典巨著按版本顺序，逐篇全绘，并配以文言缩文，图文并茂，全面系统地进行了形象化诠释和升华。这是一项浩大的艺术创造工程，绘图恰切而精妙，缩文留住了聊斋本味而又简约。这是一次新的超越。

于受万天性好古尚奇，长期工作于《聊斋》故里，浸润在《聊斋》文化氛围之中。《聊斋》的雄奇与浪漫的风骨，早已对他的绘画创作产生了深刻影响。这部《精短文言全图聊斋志异》按所依据的版本形象化地揭示了蒲松龄笔下诡谲神奇、真幻交织的梦幻世界，仿佛与蒲翁进行了一次超越时空的磋商与合作。

这套全图，每幅画的构思，均是在深度把握原作精神的基础上，进行创造性形象思维，将故事的多维时空拼接组合，将变幻莫测的人物、精灵、情节、场景按照形式美的规律编制、组合，结构在一幅幅精妙的画面中。通过这些穿越时空、逍遥天地的美丽精灵情态，建构起一个个诗意的空间，完整地展示了《聊斋》全貌，表达出对理想人生与梦幻世界的向往，强化了《聊斋志异》瑰丽神奇的艺术魅力。

尤为可贵的是，他又以画家的艺术修养和对经典名著的高度责任感，以文言体式写完全部图下缩文。这套文言缩文，无意中给后人留下了一部短版的《聊斋志异》，这在当下快生活节奏的读图时代，意义尤为重大。

于受万是一位创造能力很强的画家，他把一生厚积的艺术认知和表现力，用于实际创作之中。他创作的《中华医药图》长卷，画尽了古代医药名人、名医方和重要医学事件；他创作的《齐文化长卷》，将淄博所在地的上古姜子牙、齐桓公、管仲、晏子等众多先哲和其业绩，展现在同一幅长卷之中；单幅画《长城颂》表现了自秦始皇修长城之后，历代抗击外寇入侵的多维时空；他画的《孔子莅河图》在北京举行的纪念孔子全国画展中，被公认为最佳作品之一。如此等等。有的入选全国美展获国家银奖，有的获国际金奖，有的载入世界吉尼斯纪录。

于受万不仅是主题创作的高手，他在形式美方面的创造力也很突出。他将西画的光色效果以及中国泼墨写意、版画、雕刻等诸多技法，纳入到他的工笔画创作之中，大量发挥水的作用，产生了玄妙都雅的写意性工笔画。这个新的画法，克服了传统工笔画刻板和呆滞的弊端，在当代工笔画发展路径上，占有自己独特的位置，具有了艺术史的价值。

这部图文并茂的《聊斋》新版本，体现了于受万是一位集艺术造型能力、构思构图能力和文学语言能力于一身的艺术家，他的学养和人格力量，使其作品接地气通古今，超越自我而与社会相关联，这也正是这部图文并茂的《精短文言全图聊斋志异》成功的原因。

从于受万先生这里我们看到了中国画艺术的可喜前景和无限的可能性。

王志纯 北京画院艺术委员会主任

目　录

《聊斋乐土》 350cmX96cm

卷一

《晚霞》·于受万工笔画

【专家点评】

《聊斋志异》是中国文学史上最精彩、最精美的作品，在文学史上的地位非常崇高。现在我快八十岁了，回头再看，仍然觉得它是那么有魅力。还有好多当时没理解的，现在开始理解。这是一本奇妙的书，前无古人后无来者。

《聊斋全图》的完成，于受万先生下了很大的功夫。每幅画都有一篇文言缩文。聊斋故事内容各异，有鬼，有狐，各种各样的花精、鸟精，公鸡老虎都成了精、成了美人，还有一些人情故事、人和社会的故事，几乎没有不写的东西，那是社会生活百科全书。于受万的配图，每一篇都有个主题性的、基本能概括一篇故事内容的画，把故事、人物、情节以多维时空的形式，浓缩在一幅画里面，需要有非常丰富的想象力，有浪漫主义的构图处理能力。人物、花卉、场景配合得天衣无缝，很不简单。于受万已经把故事完全“吃透”了，进入到角色里，能把作品画到这个程度，我很佩服他。

以前看小说，特别注意看插图，一看插图就特别爱看。但是现在觉得有些冷落了。按理说，插图也罢、连环画也罢，还是需要有志于此的画家多下一点功夫，多做一点贡献。

于受万很聪明，手底下功夫很到位；人体画得很美，普及《聊斋志异》这样一部非常经典的文艺作品，意义重大。

孙克　中国画学会副会长
著名美术理论家

《荷花三娘子》·于受万工笔画

【专家点评】

蒲松龄是巨匠级的大文学家，《聊斋》里面吸收了古今中外小说、传奇、笔记以及民间文学等多方面艺术成就。《聊斋》里面的故事，上天入地，人物、鬼神、精灵、虫鸟、狐鬼仙怪什么都有，《聊斋》是一部博大精深、包罗万象的文学巨著。

多年以来，受万画了两千五百余幅聊斋图，他曾深造于浙江美术学院（中国美术学院）。他的这套作品不完全写实，带有夸张，线条流畅而又顿挫，有一些颤笔，构图与章法“密不通风，疏可走马”，在工细中含有豪放之笔，笔墨情趣很到位，格调相当高。

我很欣赏于受万先生的写意性工笔画。现在工笔画有的画得像摄影一样，花费很大功夫去表现衣服鞋袜，而面部表情却被忽略了。受万的写意性工笔画面部表情很丰富生动，有的画面好像能听到里面人的声音，仿佛能感觉到有些神仙古德深夜交谈的情景。他的工笔画出现新的面貌、新的手法，规定性和随意性相结合，我同意王志纯等先生文章中的评价。在画坛上独占一席，确实具有艺术史的价值。

刘龙庭　人民美术出版社编审　著名美术理论家

读于老师《聊斋》图文，如一股清丽之风扑面而来，新鲜又激动。于老师赋予了《聊斋志异》中的狐鬼花妖新的时代个性和鲜明的视角形象，读之引人入胜。他注重《聊斋》中人情味和人性魅力的挖掘，为阅读与欣赏平添了更贴近时代生活的审美价值与积极意义，实属难能可贵。在绘本的人物形象塑造上，注重主次兼顾，具有绘画性审美和文学性叙述的双重意义。理性化的绘画风格和艺术特征加强了绘本的表现力，绘本趣味性、故事性和知识性的表现，也增强了读者的阅读与欣赏的兴趣。尤其是作者运用诗意性的理念进行创作，给绘画注入一种特别的诗意朦胧美，加之图下《聊斋》式文言短文的相得益彰，让读者有一种与现实生活若即若离的感受与遐思。总之此种图文并茂《聊斋》版本的创意，相信会得到更多人的喜爱。

此绘本有助于引导年轻人的人生观和价值观的形成，有助于年轻人思想和道德品质的提高与升华。

陈联喜　中国美术家协会策展委员会委员　中国美术家协会西安展览中心艺术总监　西安美术学院教授

“有心为善虽善不赏，无心为恶虽恶不罚”，“有花有酒春常在，无烛无灯夜自明”，蒲松龄将这两段代表儒家、佛家和道家思想的文字放在开书头一篇，是为整部《聊斋》之总纲。画家将这两副对联写在画中并异常放大，成为这部全图中最大的画面字；图中刻意关注关帝形象，以强化义勇双全的传统美德。据此，足见于受万先生对《聊斋》有着深入的研究。〔贾广健〕

以善恶赏罚贯于首篇，蒲翁《聊斋志异》的主旨已昭然矣。〔巩武威〕

【考城隍】

有心为善而不赏　无心为恶亦不罚

宋焘，淄川人，邑之廪生。一日病卧，恍惚间见一吏人持牒牵马而来，云：“请赴试。”焘力疾乘马从之。至一城郭，如王者都。入府廨，宫殿壮丽，上坐十余官，不知何人，惟红脸长髯之关帝可识。檐下设座墩，先有同考张生坐其末，焘与其并肩而坐。几上有笔札。顷刻，题纸飞下，视之，有八字：“一人二人，有心无心。”二公文成，呈殿上。焘文中有：“有心为善，虽善不赏；无心为恶，虽恶不罚。”诸神传赞不已。召焘谕曰：“河南缺一城隍，君称其职。”焘方悟自身已死，顿首泣曰：“家中老母七旬，无人奉养，请终天年，惟听录用。”查其母寿籍，尚有阳寿九年。众考官踌躇，关帝曰：“不妨，令张生摄篆九年，及期当复相召。”二生稽首并下。张生握手送诸郊野，自言长山人，以诗赠别，内中有“有花有酒春常在，无烛无灯夜自明”之句。至家，豁然梦寤，已卒三日。问之长山，果有张生于是日死矣。

后九年，宋母卒，焘理毕丧事，沐浴更衣，入室而殁。

其岳家居城西。是日，忽见焘舆马而至，登其堂，一拜而去。相共惊疑，不知其为神。奔询之，则已殁矣。

用笔恣肆纵逸而气沉力酣，故其笔下的《聊斋》人物跃跃然于纸上，活灵活现，极具大家气象。〔张　望〕

工笔述事，写意铺色，笔墨情趣足，人物生动传神。连蝇头小字都很精彩。〔马硕山〕

【耳中人】

走火入魔耳中人　落地盘旋小夜叉

谭晋玄，笃信导引之术。一日，方趺坐，闻耳中小语如蝇，曰：“可以见矣。”开目即不复闻；合眸定息，又闻如故。以为内丹将成，窃喜。一日，又言，乃微应曰：“可以见矣。”俄觉耳中习习然，似有物出。微睨之，乃一小人，长三寸许，状貌狰狞如夜叉，旋转地上。心窃异之，凝神以观其变。忽有邻人借物，叩门而呼。小人闻之，意甚张皇，绕屋而转，如鼠失窟。谭觉魂魄俱失，亦不知小人下落。遂得癫症，号叫不止。医药半年，始渐愈。

人物刻画栩栩如生，用笔流畅，简远萧散，极尽线描功力。［曾先国］

该文亦有反抗外来入侵的寓意，图画作者用娴熟的绘画语言，将“死而复生”的生命体对于入侵者的抵挡抗争进行了图释，把树画得犹如铜墙铁壁，强化了故事的钢性概念。［朱全增］

【尸变】

停尸房里女诈尸　车夫三死一逃生

阳信县蔡店某翁，设临路店。一日昏暮，有车夫四人前来投宿，客舍已满。别无宿处，四客坚请容留。翁沉吟良久，告之有子妇新死，停尸一室，尚有空榻。客曰：“但求一榻，更不敢有所择。”遂引客往。

入其庐，灯昏案上。案后停女尸，尸上有纸衾覆之。卧室中有连榻，四客奔波困顿，就枕便睡。惟一客尚蒙眬。忽闻灵床之上察察有声，急开目，见女尸已揭衾起，俄而下，渐入卧室，俯近榻前，遍吹同榻三卧者。客大惧，恐将吹己，潜引被覆首，屏息听之。女果来，吹之如三客。吹毕，复回灵床僵卧。此客惧甚，阴以足踏诸客，皆通体冰凉，绝无少动。顾念无计，遂出手得裤着之，赤脚下榻，夺门而逃。女尸亦起，紧追不舍。客且奔且号，村中无人惊觉。见村头有佛寺，欲叩门求救，女尸已追至，去身盈尺。寺门外有一白杨，围四五尺许，遂以树自障。女尸右则左之，女尸左则右之，与之绕树周旋。尸暴怒，伸双臂隔树探扑之，客惊仆。尸捉之不得，抱树而僵。

僧闻声而出，烛之，客心下徐徐有动气。负入，终夜始苏。视女尸，手指如钩，入木没甲。使数壮男力拔方出，指穴如凿孔然。

用线，方圆有致；用笔，顿挫有力；行文，胸有成竹。［姜长胜］

【喷水】

白发女尸一喷水　窗前主仆两殒命

莱阳人宋玉叔为部曹时，所租宅第甚荒落。一夜，二婢侍奉太夫人宿于厅上，闻院内扑扑有声，如裁缝之喷水者。婢穴窗窥之，见一老媪，短身驼背，白发如帚，绕院环走，竦急作鹤行，且喷水，水出不穷。婢愕，返告太夫人。太夫人亦惊起，两婢扶至窗下，聚观之。媪忽逼窗，直喷棂内，窗纸破裂，三人俱仆。东曦既上，家人毕集，叩门不应，大骇。撬扉入，见主婢皆死。一婢膈下犹温，灌汤救活，乃述所见。宋公至，哀愤欲死。命人掘地三尺，渐露白发；又掘之，得一女尸，面肥肿如生。令击之，骨肉皆烂，皮内尽清水。

此图顺应文意，强化了人物大小的对比，煞是有趣。［罗晓东］

【瞳人语】

好色无行遭恶报　洗心念佛成重瞳

方栋，长安人，颇有才名，而佻脱无行。清明前偶步郊郭，遇一小车，内坐二八女郎，红妆艳丽，为生平所未睹。目眩神迷，瞻恋不舍，不由自主，从驰数里。女郎呼婢曰：“何处疯狂儿郎，频来窥望！”婢掬辙土扬生。生眯目不可开，惊疑而返。至家，觉目不适，请人启睑拨视，则睛上生小翳；经宿益剧，流泪不止。翳渐大，数日厚如钱，百药无效。自此双目失明，懊闷欲绝。

方栋颇自忏悔。闻《光明经》可解厄，遂趺坐持卷，捻珠念诵。持之一年，万缘俱净。一日夜卧，忽觉有两小人自鼻孔出，小语如蝇，言欲结伴至后园看花。顷刻，连臂归，如蜂蚁之投穴者。如此二三日后，左眼小人将翳障破一小窍，黑瞳荧荧，如花椒子。两小人遂同居一眶。越一宿，障全消。细视之，竟成重瞳。虽右眼仍眇，而较之双目视物反更清澈。由此益自检束，乡中称盛德焉。

此篇故事通过写男女情爱体现对人性自由的欲求。画家精心构想，巧妙地刻画了一对情人近距离接触的暧昧关系。虽然较之原文更加雅化了，但是，这在古来《聊斋》插图中也属于大胆的尝试。这个尝试放在《聊斋》里应该是自然的和值得肯定的。图中现实人和画中人合一、天女散花等，强化了亦真亦幻的《聊斋》味儿。

受万妙笔。〔齐辛民〕

结构严谨而又轻松放逸，清新隽永，气韵生动。

〔曾先国〕

“幻由心生”，与《红楼梦》异曲同工。

〔巩武威〕

【画壁】

幻由心生入画壁　拈花少女成妇人

江西孟龙潭，与朱孝廉客都中。偶涉一寺庙，寺中老僧肃衣出迎，导与随喜。庙中有《天女散花》壁画，画中一垂髫少女，拈花微笑，樱口欲动，眼波将流。朱注目良久，不觉神摇意夺，飘飘然如驾云雾，恍惚间已入画中。只见殿阁重重，非复人世。一老僧讲法座上，听僧甚众。朱即杂立其中。少间，拈花少女暗牵其衣，遂随少女穿过曲栏，入一小舍。朱见舍寂无人，遂拥之，女亦不甚拒。两相狎好。如此二日，女伴觉之，于小舍中，共搜得生，戏谓女曰：“腹内小郎已许大，尚发蓬蓬学处子耶？”促令簇髻上鬟，改为夫人发式。两人山盟海誓，渐入猥亵。乐方未艾，忽有黑面金甲天神查勘而至。女大惧，面如死灰，急令朱隐匿榻下。女启壁上小扉，猝遁去。朱伏，屏息，不敢稍动。未几，烦喧渐息，心稍安。然局促既久，耳际蝉鸣，目中火出，殆不可忍，竟不复忆身之何自来也。无奈之际，忽听老僧以指弹壁而呼曰：“朱檀越，何久游不归？游侣久待矣！”朱孝廉遂飘忽自壁而下，灰心木立，目瞪足软。共视拈花少女，已然螺鬟翘然，俨然夫人状。朱惊拜老僧，而问其故。僧笑曰：“幻由心生，贫僧何能解？”朱气结而不扬；孟心骇叹而无主。即起，历阶而出。

【山魈】

山魈进屋铿然响　孙公刀斫击缶声

孙太白之曾祖，尝修学于南山柳沟寺。一夜，月色满窗，万籁俱寂。忽闻风声隆隆，山门作响。 凝思间，风声渐近，房门大开。大疑之。思未定，又闻靴声铿然，渐近寝门。公大惊，急视之，见一大鬼躬身塞入，突立榻前，张巨口如盆，齿疏疏长三寸许，吼声震天。慌乱中，公急抽枕下佩刀斫之，正中其腹，作石缶声。鬼大怒，伸巨爪攫公。公急缩衾中。鬼攫衾捽之，忿忿而去。公随衾堕，伏地号呼。家人持火奔集，则门闭如故，破窗入，见公状，大骇。扶公上床，启扉检视，则衾夹于寝门之隙。见有抓痕如箕，五指着处皆穿。既明，公不敢复留，负笈而归。后问僧人，无复他异。

【咬鬼】

老翁梦魇遭女鬼　猛咬面颊留血腥

某翁，夏日午睡，蒙眬中，一女子掀帘入。白布裹首，身着丧服，年可三十余。面色黄肿，眉目蹙蹙然，神情可畏。又逡巡不去，渐逼近床。翁遂伪睡，以观其变。无何，女子摄衣登床，压翁腹上。觉如百钧重。心虽了了，而手足如缚，不能动，急欲号救，而苦不能声。女子上下乱嗅，喙冷如冰，气寒透骨。翁窘急中，思得计：待嗅至颐颊，乘势力龁之，齿没于肉。女且挣且啼，血液交颐，湿流枕畔。相持正苦，忽闻门外夫人声，急呼有鬼。张口间，女子飘忽遁去。夫人急入，无所见，笑其魇梦之诬。翁述其异，且言有血证。相与检视，如屋漏之水流枕浃席。嗅之，腥臭异常。

心有灵犀，出手传神。文图并茂，功德无量。［张渔洋］

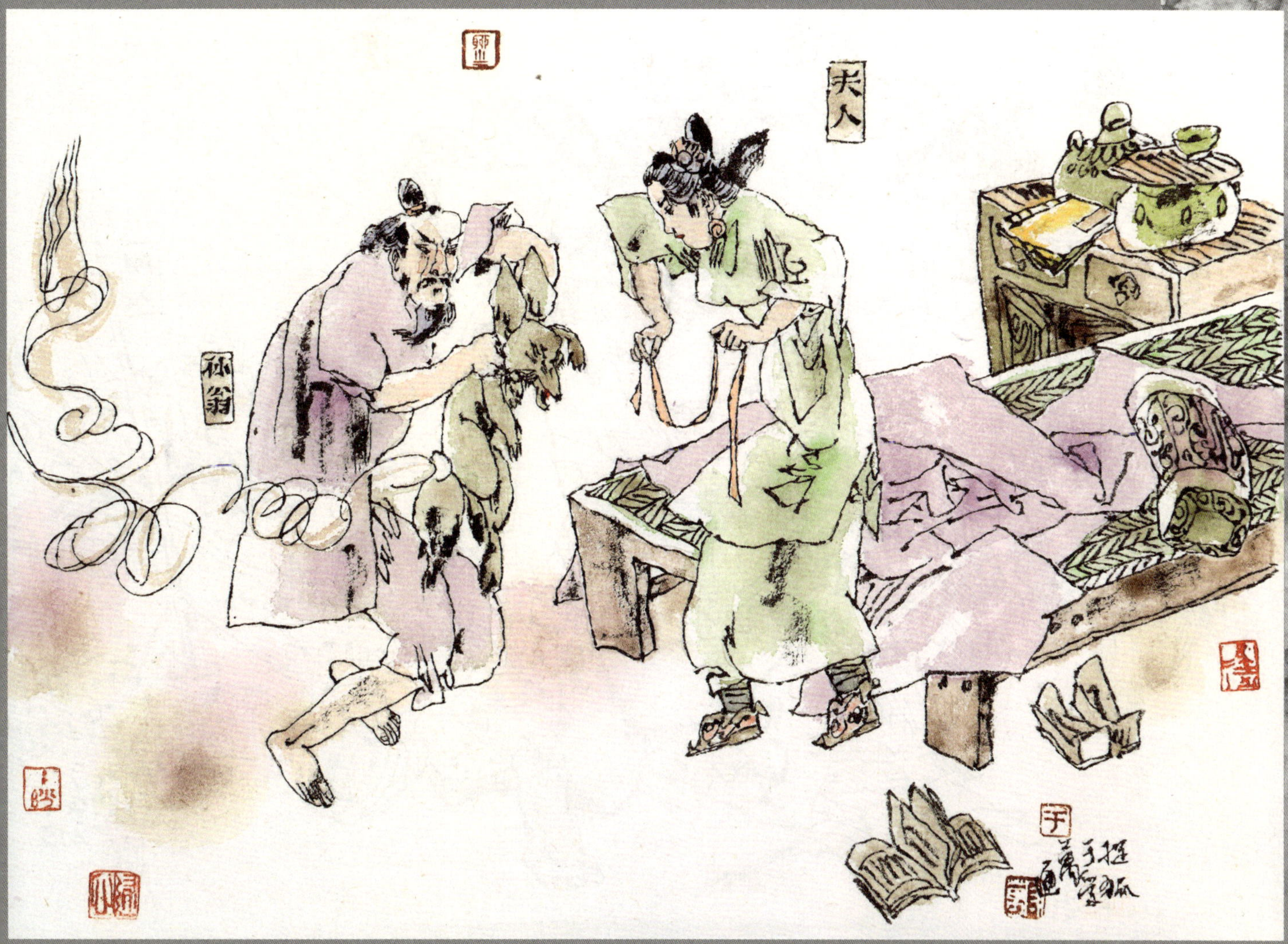

【捉狐】

紧缚狐狸觅屠刀　稍不留神逃夭夭

孙翁者，素有胆。一日昼卧，仿佛有物登床，遂觉身摇摆如驾云雾。微窥之，物大如猫，黄毛而碧嘴，蠕蠕伏行，如恐翁寤。逡巡附体，着足足痿，着股股软。待至腹，翁骤起，按而捉之，紧握其颈。物鸣急，莫能脱。翁急呼夫人，以带缚其腰。乃执带之两端，笑曰：“闻汝善变化，今注目在此，看作如何化法？”言次，物忽缩其腹，细如管，几脱去。翁急力缚之，则又鼓其腹，粗于碗，坚不可下，力稍懈，又缩之。翁恐其脱，命夫人急杀之。夫人张皇四顾，不知刀之所在。翁左顾示以处，待回首，则带在手如环然，物已渺矣。

蒲留仙异想天开的描写，于受万煞费心机的刻画，两相浪漫。〔李　波〕

【荍中怪】

前世做过何冤孽　妖怪一再害乃翁

长山安翁，喜操农功。秋日荍熟，割堆田头。安翁夜宿田间，枕戈露卧，以防盗者。目稍瞑，忽闻有人践荍根，咋咋作响。心疑有贼，急举首，见一大鬼，高丈余，眼似铜铃，须发怒张，去身已近。翁大怖，踊身暴起，挺戈狠刺之。鬼鸣如雷而逝。越日，晒荍于场，忽闻空际有声。翁骇曰："鬼物来矣！"乃奔。麦既入仓，集麦秸为垛，翁亲登垛上踏实之，高至数尺。大鬼突至，翁措手不及，被其扑倒，龁其额而去。共登视，则去额骨如掌，昏不知人。负至家中，遂卒。后不复见，不知何怪也。

人物画忌僵硬造作，忌神态概念，千人一面。这套全图一改此病，在一个统一的调子中，千变万化，意趣横生。〔王小晖〕

【宅妖】

三寸小女嘤嘤哭　肉软长凳漫入墙

长山李公，宅多妖异。尝见厦间有春凳，肉红色，制作精良。近抚之，随手而曲，如肉之软，骇而却走。回视，则四足移动，渐入壁中。又见壁间倚白色木棍，洁泽修长，近扶之，腻软倒地，蛇行入壁，移时始没。康熙十七年夜，其家塾师王先生，夜卧在床，忽见小人，长三寸许，穿丧服，入室中，设灵堂，抬小棺置凳上。安排未已，一女子率众婢到，细小如前状。女子以袖掩口，嘤嘤而泣，声类巨蝇。王睥睨良久，毛发森立，如霜被于体。大叫“有鬼”，颠于床下。馆中人闻声毕集，堂中人物则杳然矣。

好官必善。〔巩武威〕

画如其人；文如其人。绘画与行文皆妙。〔刘秉敏〕

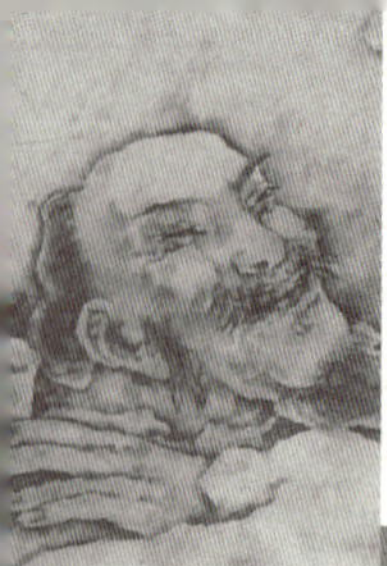

【王六郎】

垂钓祭河得鬼助　为善加封土地神

淄川许某，业渔。每夜，携酒河上，且饮且渔。饮则酹酒于地，意请河中溺鬼与其同享。他人渔，迄无所获，而许独满筐。

一夜，方独酌，有少年来，自称王六郎。邀与同酌。饮罢，六郎下河为之驱鱼，许举网得鱼，皆盈尺。喜极而谢，赠之鱼，不受。自此，每晚对酌，收获益丰。二人相得甚欢。如是半载。

一夜，六郎前来告别。自言为醉酒溺死之鬼，明日业满，当有投河而溺者为其替死鬼，以故，六郎将往投生。

翌日，果有一妇人抱婴儿来，及河而堕。儿抛岸上，扬手掷足而啼。妇人沉浮不已，忽挣扎上岸，抱子而去。抵暮，六郎又至，许疑其言所不验，问其故。六郎曰："吾怜其替弟一人，遂残二命，心有不忍，故舍之。"许赞曰："此仁人之心，可通上帝矣。"六郎善心，果感帝天，被天帝授为招远县邬镇土地神。赴任前，六郎又来告别，再三邀许前去招远探望。几日后，许应约，步行数百里，寻至邬镇，镇上男女老幼夹道相迎。告之曰："昨梦土地神言：淄川许友将至，可助以旅费。"许某惊异，乃入土地庙祭之。夜梦六郎至，二人饮谈如故。临别，村人馈赠甚丰。至此，许某家境稍裕，遂不复渔。

【偷桃】

缘绳上天偷寿桃　父子奇技赚赏钱

立春前一日，济南府有“演春”习俗。红袍官坐堂上，堂下围观者如堵。但闻人语哓嘈，鼓吹聒耳。忽有一杂技者，率披发童，荷担而上。出绳一团，约数十丈，理其端，望空掷去；绳即悬立空际，若有物以牵之。未几，愈掷愈高，渺入云中。待手中绳尽，乃呼其小儿攀之，言去天上，至王母蟠桃园中偷桃。儿援绳盘旋而上，手移足随，如蛛走丝，渐入云霄，不可复见。久之，坠一桃，如碗大。术人喜，持献堂上。诸官传示良久，亦不知其真伪。忽然，绳落地上，术人惊曰：“殆矣！上有人断吾绳，儿将焉托？”移时，小儿手、足、头、躯先后坠落。术人大悲，捧而泣之，一一拾置箱中。乃升堂而跪，曰：“为偷桃故，天杀吾子矣！如怜小儿而助之葬，当结草以报耳。”堂上官员大为骇诧，各有赐金。术人受而缠于腰，拍箱而呼曰：“八八儿，不出谢赏，将待何时？”忽见蓬头小儿顶盖而出，望北叩首，则其子也。

《种梨》为《聊斋》长篇之一，描写破老道以恶作剧的幽默玩世方式，惩治了吝啬的卖梨者。画面活脱画出了梨树的发芽、生长、结果以及摘食的过程，同时将三个不同人物的不同笑貌刻画入微，似乎可以听到其声响。这是单看书上文字所得不到的美感享受。〔李　波〕

【种梨】

吝者一毛而不拔　市上丢梨断车把

有乡人卖梨于市，颇甘芳，而价贵。有道士破巾絮衣，乞于车前。乡人咄之，不去。乡人怒，横加叱骂。旁观者劝取劣者一枚，赠之令去。乡人执不肯。一人见喋聒不堪，遂自买一枚付道士。道士拜谢，曰：“出家人不解吝啬，我有佳梨，愿出供客。”于是掬梨食之，持核于手；解肩上铲，掘地为穴；放入梨核，而覆以土。又向市人索沸水浇之。眨眼间，有嫩芽生出。众目睽睽之下，嫩芽渐大，俄成树，枝叶扶疏；倏而花，倏而果。硕大芳馥，累累满树。道士摘赐观者，分而食之，顷刻而尽。随即以铲断树，扛之而去。是时，卖梨乡人亦杂立众中，引颈注目，竟忘其业。道士既去，始顾车中，则梨已空矣。方悟适所俵散，皆己物也。又细视梨车，则失一车把，似新断者，始知为所伐梨树也，而道士不知所往。一市粲然。

骨法用笔
气韵生动
［李　波］

这篇文章异常复杂，内含造型审美元素丰富。画家似乎不愿意舍弃任何一个兴奋点。人鬼并置的面部特写，邋遢乞丐的全身表现，美女翩舞，男女拥吻，以及满天飞舞的蝴蝶，相揖相让，有条不紊。

图中仙女的长袖和缭绕百转的祥云将画面分割、串联和统一为一个有机的整体，此种手法，在这套全图中是画家的拿手好戏。《聊斋》的核心美感正在这里。［岳海波］

【丐仙（一）】

蝴蝶乃为仙女变　转眼仙女化夜叉

高玉成，故家子，善针灸，不论贫富皆医之。一丐者病重，卧于道，脓血狼藉，臭不可近，命在旦夕。玉成见而怜焉，遣仆扶归，置于耳舍，亲为之灸，日饷以蔬食。数日，丐者索汤饼；未几，又乞酒肉。仆人怒诃之，高闻之，曰：“所费无几，不必计较。”仆伪应而不与。高知之，痛笞该仆，立命持酒炙饵丐者。仆衔恨，夜举火焚耳舍。高起视，茅舍已化为灰烬，叹曰：“丐者休矣！”督众救火。见丐酣卧火中，鼾声雷动。唤之起，故惊曰：“屋何往？”众人始惊其异。数日病愈，容益光泽。言论格调颇高，又善博弈，高与对局屡败。乃日从之学，颇得奥秘。积半年，结为良友。一日，丐言欲借高家后园，行告别宴会。时值冬日，园中竟温暖如春，丹凤噙香茗、神鸟送肴酒。一硕大蝴蝶，翩翩飞翔，旋即化为美女，载歌载舞。玉成酒醉失态，狎抱之。正得意间，怀中美女突变夜叉，锯齿獠牙，吼声动天。玉成大骇。危急间，丐出手搭救，携玉成腾空而去。

洞中方一日，
世间已三年。
［巩武威］

【丐仙（二）】

一脚踏空落深洞　仙中一日世三年

玉成与丐腾云驾雾，渐与天齐。见有高门，入之，光明似昼。有大树一株，高数丈，花开如莲。树下一女子，捣衣于砧，艳丽无双。玉成凝神注目，竟忘行步。女似觉，反手以捣衣杵投之，中之背。高受杵一击，酒颇醒，乃从丐出，有白云接于足下。丐曰：“从此别矣！君寿限已近，明日速避西山，可免一死。”

玉成告别丐者回家，按丐嘱，带干粮，进入西山。不料，山道崎岖，一脚踩空，掉入深洞。沿洞前行，豁然开朗。见有三老下棋，蹲而观之。局终，方与之言。一老者曰：“此非人间，不宜久留，我送君归。”遂将其送出山洞。

玉成至家，见腰中糗粮，已若灰烬。问之方知离家已三年矣。妻言其进山之日，有黑衣使者，凶凶然入室搜寻之，不获，怅然而去。方悟：所遇三老者，仙也；妻之所见者，鬼也。

不遵洁行之嘱，碰壁乃必然矣。［巩武威］

【劳山道士】

神仙本是凡人做　只怕凡人心不坚

淄川王七，少慕道。闻劳山多仙人，负笈往游。登一顶，有观宇，甚幽。一道士坐蒲团上，素发垂领，论理玄妙，请师之。师命其随众入山砍柴。过月余，手足重茧，不堪其苦，阴有归志。一夕，见师与二客共酌，日已暮，尚无灯烛。师乃剪纸如满月，贴于墙上。俄顷，月明映室。一客执壶分赐众徒，且嘱尽醉。王七自思：七八人，壶酒岂能遍给？但连斟几巡，壶中酒仍未少减，心奇之。客又曰：“蒙赐月照之明，何不呼嫦娥伴舞？”师乃以箸掷月中。立见一美人，自月中出，翩翩作“霓裳舞”。三人大笑。又一客曰：“今宵最乐，其饯我于月宫可乎？”旋见三人移席，渐入月中，继续欢饮。移时，宴终，月渐暗。门人燃烛，惟见老道独坐，而二客杳矣。几上肴核如故；壁上月，纸圆如镜而已。王七暗自欣慕，归念遂熄。又一月，仍砍柴，王七苦不可忍，而道士并不传教一术。王七心不能待，辞曰：“弟子数百里而来，纵不能得长生之术，或小有传习，亦可慰教之心。”道士问：“何术之求？”王七曰：“每见师行处，墙壁所不能隔，但得此法足矣！”道士笑而允之，乃授以穿墙咒语，试之，穿墙果然无阻。嘱曰：“归以洁行，否则不验。”王七大喜而归。自诩遇仙，坚墙所不能隔。妻不信。遂口念咒语，去墙数尺，奔而入。不料，法术失灵，触墙而踣。妻扶视之，额上坟起，如巨卵焉。

我们知道受万先生画得好，也知道他文采不凡，却不知道他有能力将一整部《聊斋》用文言写短。精诚所至，金石为开，足见受万先生的艺术造诣和对《聊斋》宠爱之深。［盛　伟］

【沂水秀才】

不爱字画爱白银　俗不可耐美人弃

沂水某秀才，课业山中。夜有二美人入，含笑不语，各以长袖拂榻而坐。少间，一美人起，以草书字画展案上，秀才不予理睬。另一美人置白金一铤，可三四两许，秀才纳入袖中。二美人取巾轻拂，握手笑出，曰："俗不可耐！"秀才扪金，则乌有矣。

丽人在座，投以芳泽，置字画而不顾，而惟金是取，是乞儿相也，岂可耐哉！

能画能文，绘画与文章皆妙。于老师大家风度。［王一君］

【小翠】

狐仙报恩雷霆劫　曲折离奇儿女情

王太常，越人。幼时，昼卧榻上，天忽阴晦，雷霆暴作。一狐来伏身下，辗转不离。少时天晴，乃去。后王公登进士，生一子，名元丰，绝痴。乡党无与为婚，王忧之。适有妇人携少女登门，自请为元丰妻。少女名小翠，嫣然展笑，真仙品也。婚后，小翠颇能窥翁姑喜怒，又甚慧。王公夫妇宠惜过于常情，但其性爱戏顽，至恶作剧。一日竟扮朝中宰相，招摇过市。事虽荒唐，却震慑政敌，颇解公爹之患。又一日，小翠灌热水于瓮中，推元丰入浴，元丰闷热不堪，大呼欲出。小翠不许，以衾蒙之，少时气绝无声。公婆悲怒躁急。方纷噪间，揭衾视之，元丰死而复生，且不再痴呆。合家大喜。从此夫妻恩爱，琴瑟欢好。一日，小翠不慎，打破一玉瓶，公婆交喝骂之。小翠谓元丰曰："我乃狐女，感汝父昔日庇我母，躲过雷霆之劫，前来报恩。如今缘分已尽，我去矣。"盛气而出，追之已杳。

为消元丰思念之苦，二年后，小翠为元丰荐一美女作妻。及新妇入门，则言貌举止，与小翠无毫发之异也。

《聊斋》的浪漫文风，影响了画家浪漫画风的形成。浪漫的画风恰恰是表现《聊斋》的最贴切的手法。于先生大才。 〔崔东湑〕

【长清僧】

改邪归正因堕马　立地得道回本寺

长清僧，其道行高洁，年七十余犹健。一日，颠仆不起，寺僧奔救，已圆寂矣。僧不自知死，魂飘去，至河南界。适逢一故绅公子堕马身亡。魂则翕然而合，遂渐苏。众扶归。入门，见粉白黛绿者，纷集顾问。大骇曰：“我僧也，何至此？”家人以为妄，共提耳语之。亦不自申解，但闭目不复有言。拒食酒肉，吃斋饭，夜独宿，不受妻妾奉。数日后，忽思外出，欲往山东长清寺一游。翌日自遁，直抵旧寺，谓弟子曰：“我即汝师。”众僧相视而笑。乃叙还魂之由，又言生平所为，悉符。众乃信，居以故榻，事之如往日。后，公子家屡以舆马来，哀请之，不去。又年余，夫人遣人多所馈赠。金帛皆不受，惟受布袍一袭而已。年仅三十，而能道其八十余年事矣。

【蛇人】

主人处事通情理　巨蛇在野改前非

东郡某甲，以驯蛇为业。蓄驯大青、二青两蛇，颇通人意。二青额有红点，尤灵驯。一年后，大青死，二青自野外带回一小蛇。某甲名之为小青。又几年，二青长大，不便耍玩，遂将其放归山林。又数年，传言山林中有巨蛇，长丈余，粗如碗，时常追咬过路行人。一日，某甲至，一巨蛇暴出如风。某甲大怖而奔。蛇追益急，回顾已将及矣。而视其额，红点俨然，始知为二青。急呼曰：“二青！二青！”蛇顿止。仰首久之，纵身绕某甲，如昔日弄戏之状。某甲叮嘱曰：“山中不乏饮食，勿扰行人，以免天谴。”二青似懂主人言，逶迤而去。自此行人如常，不知二青何往矣。

此图构思巧妙。画家将大蟒吞人的恶劣情节设计在紧贴画面边缘，而将胡弟有力的斧砍动态置于画面的视觉中心。从而可以看出，画家避免过多地把恶劣刺激加给读者的良苦用心。〔张广庆〕

【斫蟒】

小弟挥斧斫蟒头　勇与蟒争救乃兄

胡田村，有胡姓二兄弟。一日，二人进山砍柴，深入幽谷。遇巨蟒，兄在前，为蟒吞之。弟初骇，欲奔，见兄被噬，遂怒出樵斧，斫蟒首，蟒首伤而吞不已。弟情急无计，乃两手捉兄足，力与蟒争，竟拽兄出。蟒亦负痛去。视兄，则鼻耳俱化，奄奄一息。医养半年，方愈。至今面目皆疤痕，鼻耳惟孔存焉。

带有醋意的疯狂恶狗一声狂吠扑将过来，男人极其惊惶恐怖，女人不知所措，躲藏不及。三者动态表情生动细腻，入木三分。杂乱飘飞的床上用品烘托着画面气氛。

画家选择这个情节作为《犬奸》文章配图，不再多费笔墨交代故事来龙去脉，留给读者足够的想象空间。　［王小晖］

此图男体瘦劲，下身被遮挡；女体丰满而性感。飘起的色块或为被子的异形，参差不齐而浅淡的集密线条表现散乱的门帘，它们激荡了画面的动感节奏，具有全新的形式美感。　［崔东湑］

【犬奸】

差役纵淫为敛财　人犬通奸事荒唐

青州商人某，客于外，常经年不归。家畜一白犬，妻引与交。习为常。一日，商人归，与妻共卧。犬突入，登榻，咬商人竟死。邻里闻之，共为不平，鸣于官。官械妇，妇不招。命缚白犬上堂。犬忽见妇，直扑向前，撕碎妇衣，作交媾状。妇始无词。定罪后，使两役押送巡抚官署，一解人，一解犬。有欲观其交合者，共敛钱赂役。役乃牵聚令交，观者常数百人。役以此网利焉。

天地之大，真无所不有矣！

【雹神】

生前谋士有长策　死后封神讲义气

淄川王筠苍，莅任楚中，登龙虎山拜谒张天师。天师设宴款待，介绍座上雹神李左车，与之相识。雹神李左车与筠苍同乡，因奉旨至章丘降冰雹，提前告辞。章丘与淄川接壤，筠苍离席，乞免家乡之祸。天师曰：“此上帝玉敕，雹有额数，何能营私？”筠苍哀求不已。天师垂思良久，乃顾雹神而嘱曰：“天命不可违，宜多降山谷，勿伤禾稼可也。”

言讫，雹神出，至院中，忽足下生烟，氤氲匝地。俄延片刻，极力腾起，霹雳一声，向北飞去。屋宇震动，筵器摆簸。

后筠苍回淄川，记其月日，遣人问章丘。是日果大冰雹，沟渠皆满，而禾田仅数枚而已。

受万先生，良师益友。〔卢洪刚〕

【狐嫁女】

千里摄爵狐有术　有借有还不敢留

历城殷天官，少有胆识。邑有故家宅第，广数十亩，楼宇连亘，因常见妖异，遂成废宅。久之，蓬蒿满院，白昼亦无敢入者。一夜，公与诸友饮，有人戏云：“有敢进废宅一宿者，共请饮宴。”殷公跃起曰：“是亦何难！”遂携一席往。入宅，来至楼上。坐良久，更无少异，窃笑传言之讹。席地枕石，卧看星河。一更向尽，恍惚欲寐。忽闻楼下有履声，籍籍而上，假寐睨之。少时，来人云集，灯辉如昼。殷公故作嚏咳。一翁上前，跪而言曰：“小女今夕婚嫁，不意打扰贵人，即烦陪坐，倍增光宠。”公喜，应之。入视楼上，灯火辉煌，笙乐聒耳。新郎十七八，丰采韶秀。翁命先与殷公致礼，次翁婿交拜，拜毕即席。少间，粉黛云从，美酒佳肴，玉碗金瓯，光映几案。婢媪辈拥新人出，环佩作响，麝兰散馥，容华绝世。既而，酌以金爵。公思此物可以持验同人，遂阴纳袖中，伪醉倚几，颓然而寝。宴终，闻新郎告行，笙乐暴作，纷纷下楼而去，内外俱寂。公始起，暗无灯火，惟脂香酒气，充溢四堵。视东方既白，乃从容出。及门，则诸友已候，疑其未践诺言。公出袖中金爵示之。众骇问，公以状告。共思金爵非寒家所有，乃信之。

后公举进士，任于河北肥丘，有世家朱姓者，宴公，视所用金爵，款式雕文，与狐物更无差别。大疑，问之，答曰：“此杯祖传，凡八只，珍藏箱中，一只不翼而飞，殊不可解。”殷公宴终归署，取爵驰送之。主人骇绝。公乃历陈始末。始知千里之物，狐能摄取，而不敢终留也。

这是一篇极为复杂的人鬼浑成的美丽故事。画家将多个不同时空发生的情节组联并置在一起，有述事，有特写，圆满了文章的主题。画面祥云的运用，不但起到了分割、连接各段内容的作用，还强化了《聊斋》的诡谲怪诞特色。〔李学明〕

【娇娜】

狐仙受教报师德　娇妻艳友若一家

孔生雪笠，为人蕴藉，工诗，但时运不济。落拓间，结识狐仙皇甫公子。公子将其引至家，拜之为师。皇甫聪慧，过目成咏；两三月，即命笔警绝。后孔生胸间生疮，大如碗，痛楚呻吟，至绝食饮。皇甫乃遣人至外祖家唤妹娇娜医之。娇娜年约十三四，娇波流慧，细柳生姿。生见艳色，痛楚顿忘，精神为之一爽。娇娜摘臂上金镯，安患处，操刀切除，又口吐红丸旋转之，三周遂愈。自此，孔生悬想娇娜，苦不自已；废卷痴坐，无复聊赖。公子因妹年少，不与论婚，遂将表妹阿松嫁与孔生。阿松唇红齿白，画黛弯蛾，与娇娜不差上下。合卺之后，甚惬心怀。

不久，皇甫合家搬迁，欲送孔生返乡里。皇甫以黄金百两赠生，双手把握孔生夫妇，飘然履空。但觉耳际风鸣，少旋至家矣。始知皇甫非人，乃狐仙也。

后孔生举进士授官。一次郊猎，偶遇皇甫公子。公子邀至其家。娇娜亦在，时已出嫁。正宴谈间，崩雷暴作，地动山摇，一鬼物利爪长喙，抓住娇娜。孔生奋然仗剑，刺中鬼物，救下娇娜，却被崩雷击毙。娇娜劫后余生，见孔生为自己而死，痛不欲生，口送丹丸入孔生口中。孔生得以复活。娇娜婆家同日遭劫，一门俱没。孔生遂携皇甫兄妹同归故里，以闲园寓公子一家。生与公子兄妹，棋酒谈宴，若一家然。

这套作品填补了《聊斋》成书三百多年来，
图文方面两个空白。难能可贵。〔赵京州〕

【僧孽】

僧不持戒倒悬苦　虔心改过顽疾除

张某暴卒，阎王稽查生死簿，知为鬼吏误捉，遂令送其还阳。张某私求鬼吏，一观地狱。鬼吏导历九幽，刀山、火海、油锅、剑树，一一指点。末至一处，见一僧孔骨穿绳而倒悬之，痛苦万状，哀号欲绝。近视，则其兄也。鬼吏言：“此和尚，不守戒律，将所募钱财，悉供饮博行淫，故罚之。”张既苏醒，至兄所居兴福寺探之。入门，便闻其号痛之声。入室，见兄股生毒疮，脓血崩溃，挂足壁上，宛如地狱之倒悬状。遂将阴间所见，告兄，兄大骇。痛思之，幡然醒悟。从此戒除荤酒，虔诵经文，改过自新。毒疮旋而痊愈。遂为戒僧。

蒲松龄煞有介事地编撰出这段虚幻怪诞的故事。于受万还真的将其有枝有叶地画了出来。这就应了李一先生的话：“蒲松龄是讲故事的高手，于先生是画故事的高手。”可谓图文并茂，相得益彰。［刘书军］

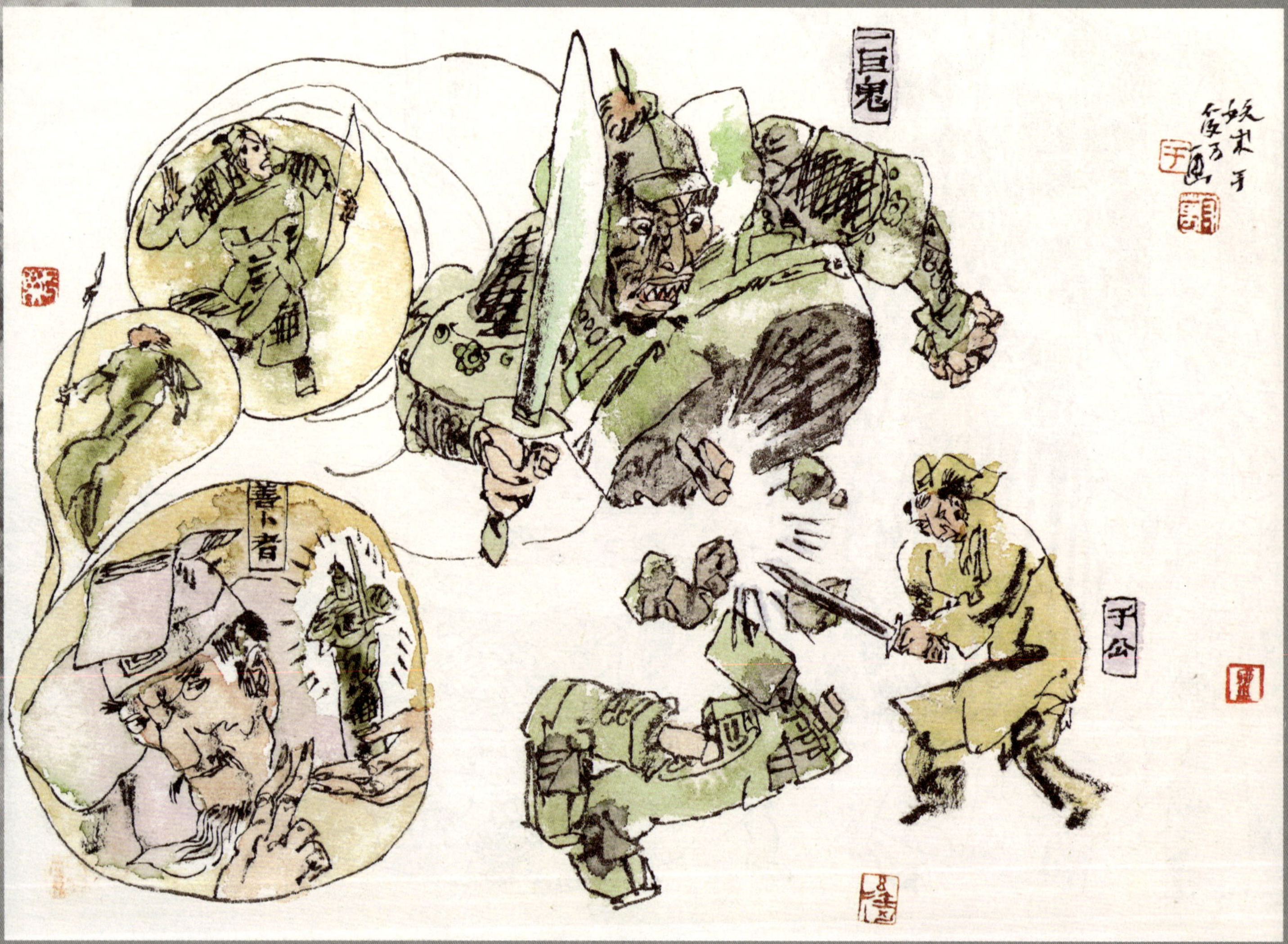

【妖术】

魔高一尺因贪财　道高一丈杀卜人

于公者，少任侠，喜拳勇。一日，至市，见有善卜者，能决人生死，即替患病仆人问卜。卜者曰：“病者无害，而君可危矣。”又曰：“鄙人有小术，付我十两，即可为汝免灾。”公不应。卜者再起一卦，愕然曰：“君三日当死。”于公自念，生死既定，术岂能解？转身而走。卜者曰：“昔此小费，勿悔，勿悔！”

倏忽三日，于公端坐旅舍，静观死法。入夜，忽闻窗隙窣窣有声。急视之，一小人操戈入；及地，则高如人。于公捉剑急击，应手而倒。视之，乃纸人也。片刻，又一物穿窗入，狰狞如鬼。又击之，断为两段，视之，则一泥偶。久之，闻窗外声如牛喘，推窗震屋，其势欲倾。公急奔而出。见一巨鬼，面如焦炭，挽弓搭箭射来。公躲闪腾挪。鬼怒甚，拔佩刀，挥如风，望公力劈。公出没其股间，刺鬼中踝。鬼益怒，吼如雷，挺身复剁。公转身至其肋下，猛斫之，铿然有声，倒地而僵。烛之，则高大木偶。公始悟鬼物皆卜人所遣。次日，遍告戚友，共找卜人理论。卜人见公至，隐身不见。于公早有准备，急以狗血泼去，乃见卜人，血水淋漓，目灼灼如鬼立。众人将其缚送官府，械杀之。

这则故事属于怪诞恐怖一例，画面动作开张，场面激烈，人、怪的殊死搏斗，生动真切。右侧一排铿锵有力的意笔短线，既均衡了画面，又烘托了气氛。［唐秀玲］

这是一篇很神奇的故事，在纷呈的情节中画家抓取最为惊心动魄的一环。画出了人在极度惊恐时，使尽全身力气与野狗殊死搏斗的动态神情。传神写照，尽在苍劲如同铁线的用笔之中。［吴东奋］

【野狗】

危难之际急生智　砸怪得齿四寸长

顺治年间，于七一案，杀人如麻，尸横遍野。乡民李化龙自山中窜归，适逢大兵掩至。急无所匿，遂僵卧死人丛中，诈作尸。兵去，正欲起身，忽一兽头人身怪物，于尸丛中翻拣人头，吸食脑浆。李惧，匿首尸下。物来拨李肩，欲得其首。李伏之不动，物乃移动覆尸，见李首。李大惧，手索腰下，得巨石如碗，握之。物俯身欲龁，李骤起大呼，击其首，中嘴。怪物一声惨叫，掩口负痛而遁，吐血道上。近视之，于血中得二齿，长四寸。怀以示人，皆不知其何物也。

当代作家莫言所著《生死疲劳》当源于此篇。〔巩武威〕

【三生】

善恶到头终有报　三世畜生警世人

刘孝廉，能记前身事。一世为缙绅，行为多玷。六十二岁死。初见冥王，待以士大夫之礼，赐坐，饮以茶。见冥王盏中茶色清澈，己盏则浑浊如醪糟，暗疑迷魂汤。乘冥王他顾，就案角泻之，伪为饮尽。以存神智。冥王稽其前世多恶行，罚做马。因奴仆与马夫鞭挞奴役惨苦，遂绝食死。冥王责其逃避惩罚，又罚之为狗。做狗亦不安分，啮主人，主人怒，杖杀之。阎王怒其狂，笞数百，罚作蛇。其不甘心做蛇，卧于道旁草中，闻车至，遽出当路，被车轮辗为两截。此次，冥王讶其速至，以无罪见杀，允其重新做人，遂托生为刘公。公生而能言，文章书史过目不忘，天启辛酉举孝廉。每劝人：乘马必厚其障泥，股夹之痛，胜于鞭楚也。

【狐入瓶】

狐狸狡诈有所短　躲入瓶中丢性命

万村石氏之妇，祟于狐；患之，而不能遣除。扉后有瓶，每闻妇翁来，狐便遁匿其中。妇窥之，暗计而不言。一日，又窜入。妇急以棉絮塞瓶口，置锅中煮之。瓶热，狐呼曰：“热甚，勿恶作剧！”妇不语，火愈炽，号益急，久之无声。拔塞而验之，毛一堆，血数点而已。

《聊斋》绘画古今存，揽尽全图唯一人。缩写文言金玉配，蒲翁笑慰谢知音。［巩武威］

任尔巧取豪夺，到头来，还不是身首异处，后人蒙羞。［唐加福］

【鬼哭】

平民造反遭杀戮　冤魂昼夜闹不休

清顺治年间，高苑、长山农民起义，宦第皆为贼窟。王七襄学使之宅，义军聚集尤众。待清兵围剿，义军惨败。淄川城内死人无数。尸填庭院，血至充门而流。王学使入城，扛尸涤血而居。往往白昼见鬼，夜则床下磷飞，墙角鬼哭。王乃设水陆道场，命僧道超度之。又夜抛鬼饭，奠以酒水，由此鬼怪遂绝。

【真定女】

不图拳母生锥儿　八岁怀孕童养媳

真定县有孤女，方六七岁，收于夫家做童养媳。居二年，夫诱与交而孕，腹膨膨而以为病。告之母，母曰：“动否？”曰：“动。”又益异之。然以其齿稚，不敢决。未几，生男。母叹曰：“不图拳母，竟生锥儿！”

【焦螟】

道士设坛驱群狐　白团滚滚次第逃

董默庵侍读，其家为狐所扰。瓦砾砖石，忽如雹落。家人相率奔匿，待其间歇，乃敢出操作。董公患之，搬家移避之，而狐随之，扰犹故。有关东道士焦螟，长于符咒驱鬼镇邪之术，公造庐而请之。道士即书朱符，使归粘壁上。狐竟不惧，抛掷有加焉。公复告道士，道士怒，亲赴公家，筑坛作法。俄见一巨狐，伏坛下。一丫鬟恨狐已久，上前踢之，忽仆地气绝。道士曰：“此物道业已深，我尚不能遽服之，何况一小女子。”

道士于坛上戟指诵咒，丫鬟忽起，长跪坛前，称：“我西域产，入都者十八辈。”道士喝令速速离去，狐不答。道士击案怒曰：“汝欲梗吾令耶？若再迁延，法不宥汝！”狐乃蹙怖作色，愿谨奉教。道士又催之。婢又仆厥，良久始苏。俄见白块四五团，滚滚如球，附檐际而行，次第追逐，顷刻俱去。由是遂安。

精诚所至，
魂灵不灭。
〔巩武威〕

【叶生】

魂从知己忘生死　千里良朋惠子孙

淮阳叶生者，文章词赋，冠绝当时，但屡试不第。丁乘鹤任淮阳县令，见其文，奇之。召至官署中，资助灯火，时赐钱谷恤其家。叶生不负所望，科试第一。然至乡试，却又落榜。生嗒丧而归，愧负知己。形销骨立，痴若木偶。公闻，召之来而慰之，生零涕不已。无何，病倒，服药百剂，无起色。

不久，丁公以忤上被免官，将解任还乡。即致函邀叶生，同回原籍，继续文字之交。叶生病重，不能同行。丁公不忍先行，徐待之。逾数日，门人忽报叶生至。丁公大喜，与之同回关东故里。命子再昌拜叶生为师。再昌时年十六，极聪慧。叶生知恩图报，以生平所学悉录授读。几年后，再昌连考连捷，中进士，任工部主事，遂携叶生入都，为之纳粟入监。逾年，中举人。后，公子出差南河，谓叶生曰："此去离贵乡不远。愿先生衣锦还乡为快。"叶生亦喜，择吉上路。

抵淮阳界，再昌命仆马送生归。叶生至村，见门户萧条，意甚悲恻。步至庭中，妻携簸具出；见生，弃簸骇走。叶生曰："几年不见，何不相识？"妻遥谓曰："君死已久，因家贫子幼，尚未下葬，勿作鬼吓人。"叶生闻之，怃然惆怅，逡巡入室，见灵柩俨然，扑地而灭。妻惊视之，衣冠落地，如蝉蜕焉。妻大恸，抱衣悲哭。再昌闻之，涕堕垂膺，即命驾哭诸其室。以孝廉礼葬之。又厚遗其子，为之延师教读，逾年考中秀才。

民间有个说法，夫妻是前世的缘，不是善缘就是恶缘，无缘不合；儿女是前世的账，不是要账就是还账，无账不来。〔石　寒〕

【四十千】

讨债还债前世债　前世无债儿不来

新城大司马王象乾，有一管家，家称富有。忽梦一人奔入，曰：“汝欠四十千，今宜还矣。”问之，不答，径入内室。既醒，妻产男。知为夙孽，遂以四十千钱捆置一室，凡儿衣食病药，皆从中取。过三四岁，视室中钱，仅剩七百。适乳媪抱儿至，调笑于侧。管家呼之曰：“四十千将尽，汝该走矣！”言已，儿颜色突变，项折目张。抚之，气已绝矣。乃以余资置葬具而埋之。

此可为负欠者戒也。

奇思妙想，情理之中，预料之外。
［韦辛夷］

美丽聪明而善恶分明的婴宁，本属狐仙异类，而所发生的故事却与现实人生毫无二致。这套全图抓住了“写鬼写妖实为写人”这个主线，把人性加进去，构成了这套画作的主旨。

此图非但主体情节生动传神，配景中婴宁的三笑特写神态各异，就连三人头发的不同表现也颇具匠心。画面右侧婴宁的双足，右足双钩，左足只用一笔短线稍稍带过，如此等等。这些细节乍看漫不经心，随手拈来，实则体现了于先生过人的造型功力和人文修养。［崔东湑］

【婴宁】

容华绝代憨笑女　藏花枕底痴书生

莒县王子服，早孤，绝慧。上元节郊游，见有女郎携婢，拈梅花一枝，容华绝代，笑容可掬。生注目不移，竟忘顾忌。女顾婢子，笑曰：“个儿郎目灼灼似贼。”遗花地上，笑语自去。生拾花怅然，神魂丧失，怏怏遂返。至家，藏花枕底，垂头而睡，不语亦不食，忽忽若迷。表兄吴生秘诘之，生具吐其实。吴信口笑曰：“彼乃我姑之女，汝姨表妹，家住南山，今尚待聘。”子服信以为真，喜溢眉宇，怀梅袖中，出门自往。至南山，果遇女郎与老媪。老媪自称子服舅母，少女名婴宁，为其女。婴宁善笑，言谈间，嗤嗤笑不已。子服注目婴宁，不遑他瞬。婢向女小语云：“目灼灼，贼腔未改。”女又大笑。

母留子服小住三五日。生在后花园，闻树头苏苏有声，仰视，则婴宁在上。见生至，狂笑欲坠。生曰：“小心，堕矣！”女且下而笑，不能自止。方将及地，失手而堕，笑乃止。子服以手扶之，阴捘其腕。女笑又作，倚树不能行，良久乃罢。生待其笑歇，乃出袖中花示之。女曰：“枯矣，何留之？”生曰：“以示相爱不忘。”女曰：“汝既爱花，待行时，唤老奴来，折一巨捆送之。”生曰：“我非爱花，爱拈花之人耳；非瓜葛之爱，乃夫妻之爱，夜共枕席耳。”女笑曰：“我不惯与生人睡。”少时，回母所。女曰：“大哥欲与我共寝。”生大窘。舅母揣知生之来意，竟遂所愿，提议将婴宁嫁之。

几天后，送子服和婴宁回家完婚。成婚之日，着华妆，女大笑不止，难以成礼。

婴宁灵巧，操女红精巧绝伦。惟善笑，禁之亦不可止；然笑处嫣然，狂而不损其媚，人皆乐之。邻女少妇，争承迎之。一夕，对生零涕，曰：“蒙郎见爱，今实告君。妾本狐产，母临去，以妾托鬼母，相依十余年，始有今日。妾又无兄弟，老母岑寂山阿，心所不忍，乞君施以援手。”生然之，二人同往。女于荒烟错楚中，指示墓处，果得媪尸，遂迁葬之，并按时祭扫无缺。

逾年，女生一子，不畏生人，见人即笑，亦大有其母风云。

【成仙】

迷者一生苦烦恼　悟者步步踏莲花

文登周生，与成生少共笔砚。成生贫，故终年依周。周生遭不白之冤案，多经周折，才获平服。成生见周生之遭遇，顿悟人生之无常，毅然出家，至崂山隐居修道。

八九年后，成生黄巾氅服，岸然道貌，来见周生。阔别重逢，相谈甚欢。夜，同床抵足而眠。周生梦成生裸伏胸上，气不得喘，忽而惊醒。呼成不应，杳然不知所往。取镜自照，自己竟易成生模样。讶曰："成生在此，我何往？"已而大悟，知成生以幻术招隐。周对家人，无以自明，即命仆马至崂山，找到成生。恍惚间，又恢复自己模样。然周生涉世已深，思家深切，留恋娇妻财产。三日后，与成生并卧时，才一打盹，已回家门。叩门不应，越墙而入，飘然似叶。抵卧室，见妻与一仆同杯而饮，状甚狎亵。恨极，挥剑将其并杀之。一惊而寤，乃南柯一梦。周生心中疑惑，遂告别成生，至家探视。只见门户萧索，似无居人。觅弟问之，方知妻与一仆私通，已被人杀死。周生如梦方醒，随即嘱托后事，与成生飘然而去。

几年后，周生道业成，涵寄其弟指甲一片，长二寸许，可触物成金。由此大富，以千金赐成氏子。相传两家有点金术云。

【新郎】

新郎不乏呆憨男　新娘亦有好色鬼

德州村民，为子娶妇。新人入门，亲朋毕贺。饮至更余，新郎出，见新娘亦炫装出，趋转舍后，疑而尾之。新妇过桥径去。呼之不应，而遥以手招婿。婿急随之，相去几尺，而不可及。行数里，入村落。妇曰：“君家寂寞，我不惯住。请与郎君暂住妾家数日，便同归省。”新郎不得已而从之。既入，岳父母俱在，谓婿曰：“我女少娇惯，一旦离家，心辄戚戚。今同郎来，甚慰系念。居数日，当送两人归。”

家中客见新郎久不至，共索之。室中惟新妇在，不知婿之何往。访之，杳无音耗。将半载，女家欲毁婚。男家不允。女家诉于官。官判：“待以三年，再予定夺。”

新郎居女家，大相忻待。每与妇议归。妇亦诺之，而因循不即行。积半年余，思家益切，万虑不安。欲独归，妇固留之。一日，合家遑遽，似有急难。岳父谓婿曰：“本拟三二日遣汝夫妇偕归，不意忽遘闵凶。不得已，先送郎还。”于是急送出门。回视之，则院宇无存，但见高冢。新郎大惊，寻路而归。至家，历述端末。官谕妇家，送女于归，始合卺焉。

【灵官】

天神亦恶脏乱差　甲申之变狐先知

北京朝天观道士某，喜吐纳之术。有翁借寓观中，适同所好，遂为玄友。居数年，每至郊祭则避之，旬日始返。道士疑而问之。翁曰：“我，狐也。每郊祭，天神下界，清理污秽，我无所容，故行遁耳。”

又一年，及期而去，久不复返，疑之。一日忽至，问其故。答曰：“我几不能复见子矣！那日本欲远避，心颇怠，躲于阴沟中。不意，为灵官所睹，愤欲加鞭，余惧而逃。灵官追逐甚急。至河上，无可循，大窘无计，窜伏粪坑中。灵官追至，恶余污秽，始返身去。既出，臭恶沾染，不可复游人世。乃投水自濯，又蛰隐穴中百日，垢浊始净。今来道别，兼以相嘱：君宜速离，大劫将临，此非福地也。”言已，辞去。不久，果有甲申之变。

文言文的读法，宜慢不宜快，只有慢慢细读，才能品出其真味。受万先生这套短版《聊斋》正适合生活节奏快的现代人，置于床头案边，细细品赏。［盛　伟］

【王兰】

还魂不成抢金丹　人鬼合体谋钱财

利津王兰，暴病而亡。阎王复勘，乃鬼卒之误勾也。责令还阳，则尸已腐。鬼惧罪，谓王曰：“人做鬼则苦，鬼而仙则乐。既乐矣，何必生？”王从之。鬼卒引王兰去，入一高第。月下有狐蹲踞，仰首呼吸。呼则有丸自口中出，直入月中；吸则落回口中，如是呼吸不已。鬼潜伺其侧，待丸吐，急掇于手，付王吞下。王与鬼别，至其家。妻子见之，以为鬼，畏惧而走。王告以故，乃相认。由此在家寝处如平时。自此，无药能医疾病，不卜而断吉凶。又恐亲自现身，识者惊怪，遂与村友张某合谋致富。一日，至山西，有富家女暴病，昏迷不觉，百医无效。张请视之。王潜告张曰：“此魂失也，当为觅之。”张乃告富翁曰：“女病虽危，可救。”问：“需何药？”张曰：“不必用药，其魂离他所，已遣神觅之矣。”约一时许，王携女魂回，果然苏醒。富翁以为神，报以千金。从此，或行医，或招魂，得银两人分享。

有赌徒贺才，探知张某邪术赚钱，敲诈之，得白银百两，用以嫖赌。后，贺才因聚赌被收，官审之，得知张某、王兰鬼谋。贺才受刑，死于押解途中。官夜梦金甲神人告之曰：“查王兰无故而死，今为鬼仙。其医亦仁术，不可律以妖魅。贺才邪荡，已罚窜铁围山。张谋无罪当宥之。”官醒而异之，乃释张。张至家，将所获数百金，敬以一半送王家。王氏子孙以此致富焉。

【鹰虎神】

道士诵经惊回顾　门神捉贼跪当前

济南东岳庙大门左右，塑神高丈余，俗称鹰虎神，狰狞可怖。庙中道士任姓，每鸡鸣即起，焚香诵经。有贼隐匿廊间，潜入寝室，搜刮财物，得钱三百。逃至千佛山下。见一巨丈夫自山上来，左臂擎苍鹰，适与相遇。近视之，面铜青色，依稀庙门中鹰虎神，大恐！蹲伏而战。神咤曰：“盗钱安往？”贼益惧，叩不已。神揪令还，入庙，使倾所盗钱，等候发落。道士课毕，回顾骇愕。贼历历自述。道士收其钱而遣之。

画家抓住故事的中心道具金钗加以发挥，主题明晰。将斗鹌鹑的重要情节加以艺术发挥作为背景，连一对鹌鹑的打斗细节也表现得十分生动。构思巧妙，表达贴切，审美价值颇高。 ［李梓源］

【王成】

诚信做人还金钗　穷极变富赖鹌鹑

平原县世家子王成，性最懒惰，生涯日落，惟剩破屋数间，与妻卧牛衣中，交谪不堪。

一日，王成于草丛中拾一金钗，上镌细字“仪宾府制”。王祖为衡府仪宾，家中故物，多此款式。正把钗踌躇，忽一老妪来寻钗。王虽贫，却不贪财，遂出钗授之。妪喜，极赞盛德。妪本狐仙，自言百年前曾与王祖缱绻。王祖殁，遂隐。王成曾闻祖有狐妻，信其言；便邀临顾，妪从之。王呼妻出见，敝衣蓬首，面带菜色；又顾败灶无烟。妪叹曰：“嘻，吾孙乃一贫至此哉！”遂以钗授妇，使换钱买米。三日后再来，出数金籴粟麦各一石。翌日，出金四十两，遣王成进京经商。然，经商不顺，两次失利。适见斗鹌鹑者一赌数千；每卖一鹑，得百钱不止。意动，遂购鹌鹑盈担。不料，阴雨连绵，更无休止。笼中之鹑渐死，仅余数头。经宿往窥，则一鹑仅存，而强武跳跃。雨停，携此鹑入市赌斗，百战百胜。后，将鹑卖于好鹑之王爷家，得银六百两。至家，妪命置良田三百亩，起屋作器，俨然世家。妪每日早起，督导王成与妻男耕女织，勤俭持家。逾三年，家益富。妪辞欲去，夫妻共挽之，至泣下。妪遂止。天明视之，已杳然矣。

利用人体把“小狐狸精”画出了读者心目中的形象定式。

〔齐辛民〕

对于男女性爱的表达，太露了，就成了《金瓶梅》；一点不画，又失去了《聊斋》本意。此图根据原作精神雅化了男女性爱的表达，有意将狐仙画成裸体。书生狂放不羁，动手动脚；狐仙妩媚性感，半推半就，终成暧昧情侣。画面美感度极强，且不落俗套，大片的空白衬托着多个情节内容。大叶子能表舒展，红果子葆之以美满。画面用色夸张，不落陈套，具有现代绘画意识。〔孙佰钧〕

【青凤】

狂生钟爱多情女　颠倒离散终成家

太原耿家，宅第宏阔。后败落，楼舍连亘，半皆旷废，多有怪异。主人患之，移居别墅，仅留一老翁守门焉。耿有侄名去病，狂放不羁，来住院中。嘱翁，若有怪异，则告之。一夜，翁见楼上灯火明灭，走报耿生。生拨蒿上楼，见巨烛双烧，其明如昼。有翁媪和儿女一家四口，团坐笑语。耿生笑呼曰：“有不速之客一人来！”众皆惊散，独翁接谈。自称姓胡，系涂山氏后裔。邀耿生入席，又呼家人相见。翁子名孝儿，风流倜傥，一见如故。女名青凤，弱态生娇，秋波流慧，人间无其丽也。耿生谈及涂山氏佐禹治水之功，深受一家人赞叹。谈竟而饮。饮间，生瞻顾青凤，停睇不转，神志飞扬，不能自主，拍案曰：“得妇如此，南面王不易也！”媪见生渐醉失态，携女离去。耿生萦念青凤，搬居楼下，冀得一遇。夜方独坐，一鬼披发入，面黑如漆，张目视生。生笑，拈指蘸墨自涂，灼灼然相与对视，鬼惭而去。此鬼即翁所化。见恫吓不成，决计合家远迁。

青凤亦钟情耿生。一夕，飘然自至。生狂喜，正欲为欢。方持论间，翁掩入，怒曰：“贱婢辱吾门户，不速去，鞭挞且从其后！”女低头急去。耿生曰：“罪在小生，于青凤何与？刀锯斧钺，小生愿身受之！”自此，宅内绝不复声息矣。耿生买下荒园，举家迁居。日思夜想，未尝须臾忘青凤也。

清明扫墓，见一小狐为犬逼逐，望见耿生，依依哀啼，似乞救援。生怜之，启裳衿，提抱以归。闭门置床上，则青凤也。生喜，另舍居之。两年后，孝儿忽至，告翁遭劫难，央耿生相救。生不计前嫌，慨然从猎者手中索一黑狐。青凤抱狐于怀，三日而苏，辗转化为叟。生即请翁举家搬迁。自此，翁婿和睦。孝儿亦时共谈宴，教耿子读书，循循善诱，有师范焉。

【金世成】

香臭不分得万众　修成文庙万古存

金世成，长山县人，素不检点。忽出家做头陀。类癫，啖不洁以为美味，见有犬羊粪便，则伏啖之。自称为佛。愚民愚妇，竟然纷纷拜以师傅之礼，久之，人数达万千计。金诃使弟子食粪便，无敢违者。

后拟创建佛殿，门徒捐款无数。邑令南公，恶之，执而笞之，罚修文庙。门人竞相告曰：“佛遭难矣！”争相募钱帛而救之。宫殿旬月而成，其金钱之集，尤捷于酷吏之追比也。

于先生人物、山水、花鸟样样精彩。【魏文斌】

【龁石】

不茹火食喜生冷　咬牙叱叱吃石头

桓台县王钦文家，有王姓养马人，幼入崂山学道。不吃熟食，惟啖松子及白石，遍体生毛。后念母老，归里，渐复火食，犹啖石如故。每持石，向日视之，便知石之酸甜苦辣，如啖芋焉。母死，复入山，今又十七八年矣。

《画皮》的传统画法几成定式：画一个公子从窗外向屋里窥探，恶鬼则忙着画美女。于受万有意避开此种老路，另辟蹊径，表现恶鬼得意地把画好了的美女图提起来予以展示。这个构思给读者的第一印象是美女而不是恶鬼，同样画出了这个情节，而给予读者的感受却大不一样，不失为浪漫而良苦的用心。　［王纨学］

【画皮】

鬼画人皮害书生　妻贤忍辱救丈夫

太原王生，早行，路遇一女，乃二八姝丽。心相爱乐，与之语，言其不堪大婆虐待，将欲远遁。王生好色，将女子领回，藏于斋中，与之寝合。久之，王生之妻陈氏知之，疑为大家媵妾，劝遣之，生不听。

偶入市，遇一道士，见生愕然，言其邪气缠身。生以其言异，颇疑女；转思明明丽人，何至为妖？无何，偶至斋门，门内堵，不得入，乃逾垣，蹑足从窗窥之。见一狞鬼，面翠色，锯齿獠牙，铺人皮于榻上，执彩笔而绘之。已而掷笔，举皮如振衣状，披于身，遂化为美女。王生睹此状，大惧，兽伏而出。急追道士，跪地求救。道士以拂尘授生，令挂寝门。生归，不敢入斋，乃寝内室，悬拂尘焉。一更许，女至，见拂尘，初不敢入，去而复回，切齿曰："道士吓我，终不然，宁入口而吐之也！"遂取拂尘碎之，破门而入。直登生床，裂生腹，掏生心而去。妻陈氏入见，大悲而号，至市，急寻道士。道士自言，术浅不能起死，荐市上一癫疯乞丐。陈氏至市，见乞人颠歌道上，鼻涕三尺，秽不可近。陈膝行而前。乞丐出言不逊，怒以杖击陈，陈忍痛受之。市人渐集如堵。又咯痰盈把，让陈食之。陈为救丈夫，遂强啖之，觉入喉中，硬如团絮，停结胸间。旋见乞丐扬长而去。陈氏追之已渺。懊丧回家，既悼丈夫之惨，又悔食唾之羞，抱尸收肠入腹，且理且哭。胸中结物，突然脱口而出；未及回首，已落丈夫腔中。惊而视之，乃人心也，突突欲跃，热气如烟。急以双手合腔，极力抱挤，又裂帛而束之。以手抚尸，渐温；覆之以被，天明竟活。

狞鬼害死王生，再化身老妇，躲入王生之弟二郎家。被道士追至，扙剑刺之，人皮哗然而落，化为厉鬼，卧嗥如猪，再一剑，化为青烟，为道士收入葫芦中。共视人皮，眉目手足，无不具备。卷之如画轴，亦囊之而去。

【庙鬼】

朴诚君子遭女鬼　天神锁之现原形

新城县秀才王启后，夜见一妇人入室，貌肥黑。笑近坐榻，意甚亵。王拒之，不去。由此坐卧皆见之。而王意坚，终不摇。妇怒，批其颊，砰然有声，而不甚痛。妇又以带悬梁上，捽欲并缢。王不觉自投梁下，引颈作上吊状。家人见其足已离地，挺然立空中，而亦不能死。自是疯癫，忽而嚷曰："彼将与我投河矣！"望河狂奔，拽之乃止。如此百端，日常数作，术药无效。

一日，忽见有武士持锁链入，怒斥曰："朴诚者，汝何敢扰！"言讫，即锁妇颈，自窗棂出。才至窗外，妇不复人形，目似闪电，血口如盆，极似城隍庙中一泥鬼。王自此病愈。

畏首畏尾典出于此乎？〔巩武威〕

此篇故事，男女性爱比重很大，于老师显然将之雅化了，既表达了《聊斋》本旨，给读者一个如实的交代，又点到为止，不使之庸俗，想蒲留仙在世也会点头称许。〔宋丰光〕

对于《聊斋》原文的读者和研究者，可以说无人不关注故事中对性爱的描写。此图将男女欢爱植入视觉中心，这应属于《聊斋》特色的一种自然。很显然，画家在这里将文中的性爱情节做了雅化处理，不过这种半遮半掩的表现又恰恰调动了读者的想象力，而更加耐人寻味，充分体现了《聊斋》本体对人性的关爱。〔孙佰钧〕

【董生】

君不畏首而畏尾　淫狐床笫杀两男

董生，青州西鄙人。寒冬之夜，外出饮酒。深夜归，见斋门虚掩，大疑。入室，未及点灯，先以手入衾中，探其温否。才一探入，则腻有卧人，大惊敛手。急点灯视之，竟为姝丽。韶貌稚齿，神仙不殊。狂喜，戏摸下体，则毛尾修然。大惧欲遁。女已醒，出手捉生臂，问："君何往？"董战栗，乞怜恕。女笑曰："何所见而畏我？"董曰："我不畏首而畏尾。"女又笑曰："君误矣，尾何有？"引董手，强使复探，则股肉如脂，尻骨童童，并无毛尾，笑曰："如何？醉态朦胧，竟诬人若此。"董固喜其丽，至此益惑，反自责适才之错。遂解衣共寝，意殊自得。月余，羸瘦。久之，面目益支离，乃惧。服药独寝。然一合眼即梦与女交，醒已遗矣。益恐，移寝内室，妻点灯守之。梦交如故。积数日，董吐血斗余而死。

董生死后，邻居王九思，亦遇一女子，两相暧昧，与董生无异。居数日，王亦迷罔病瘠。忽梦董生曰："与君好者狐也，已杀我，又欲杀汝。我已诉之冥府。"并教以焚香驱狐之法。九思依计而行，夜夜焚香不辍。女子终于仆地而死。烛之，狐也。

此图由狐仙原形、被其弄疯了的裸女以及贾儿三者以蒙太奇手法巧妙组合，互相反衬，相得益彰。吸收了西画色彩原理，并且见笔见韵、顿挫洒落，与画中线描用笔统一起来，产生多方面的艺术美。［任　清］

现实与非现实的营造手法，虚与实的对比处理使画面产生虚幻与梦境，可谓妙趣横生，意味无穷。［宋丰光］

遵照原文，这里出现女人体很具有艺术魅力。［吴东奋］

【贾儿】

妇为狐祟半疯癫　奇儿惩狐有妙招

楚地某翁，行商于外。妻独居，梦与人交。醒而扪之，小丈夫也。察其情与人异，知为狐。不堪其扰。遂让十岁贾儿与庖媪伴寝之。深夜，狐又至；妇喃喃如梦语。媪觉呼之，狐遂去。自此遂狂，歌哭叫詈，日万状。时而赤身裸奔，不避人。又学瓦匠，以砖石堵塞窗口。终日营营不停。

贾儿机敏，有胆识。夜，藏刀于怀，以瓢覆灯。伺母呓语，急启灯，见一物如狸，突奔门隙。急击之，断其尾，鲜血滴沥。及明，贾儿见血迹，逾垣而去，入何氏园中。至夜，潜匿何氏园。见二人来饮，一长鬣奴捧壶，知其为狐。闻一人曰：“明日可取白酒一瓶来。”遂心生一计。翌日，贾儿腰后缚狐尾，至猎户舅家，讨得猎兽毒药。来至市上，沽酒一瓶，隐以药置酒中。时而微启袍服，露其狐尾。果见长鬣奴亦杂人中。便佯作同类，骗得其信任，将毒酒相赠。长鬣奴接酒，欣然而去。至夜，母竟夜安寝，不复奔。寻愈。心知有异，告父往验之，则二狐毙于亭上，一狐死于草中，喙津津尚有血出。酒瓶犹在，持而摇之，未尽也。父惊问：“何不早告？”儿曰：“此物最灵，一泄则彼知之。”翁喜曰：“我儿讨狐之陈平也。”由此，奇儿之慧，教之骑射。后官至总兵。

【蛇癖】

津津有味嗜蛇癖　隔墙闻之有异香

淄川人吕奉宁，性嗜蛇。每得小蛇，则全吞之，如啖葱状；大者，以刀寸寸断之，始掬以食。嚼之铮铮，血水沾颐。且善嗅，可隔墙闻蛇香，急奔墙外，果得蛇盈尺。时无佩刀，先啮其头，尾尚蜿蜒于口际。

朱、陆的谈笑宴饮为第一情节，为朱妻换头为第二情节，两节之间由大小不等的圆环予以分界，亦真亦幻，真也是幻，幻也是真，情趣尽在其中。［李 刚］

“胆大心宜小，智圆行宜方”，至理。［巩武威］

【陆判】

深夜切换美人首　千里姻缘红线牵

陵阳县朱尔旦，性豪放，然素钝，学虽勤苦，尚未知名。一日，与文友聚饮，打赌，竟将十王殿判官塑像背至宴上，敬酒三杯，并祷请判官至自家饮。次日夜，朱正挑灯独酌，判官竟然掀帘而入。浓髯，自称姓陆。两人举杯畅饮，谈古论今，十分投契，遂成莫逆之交。自此，三两日则一至，感情日深。时有不归，则抵足而眠。

一夜，陆判趁朱醉酣睡，为之剖腹换心。朱觉，愕曰：“夙无仇怨，何以见杀？”陆笑曰：“勿惧，我为君易慧心耳。”由此，朱文思大进，过目不忘。未几，科试冠军，秋闱又中魁元。一日，谓陆曰：“吾妻下体颇亦不恶，但面目不甚佳丽，烦君一动刀斧。”陆允之。其时，有吴侍御之女，貌美，为强盗砍头死。陆判将丽人头割提朱家，入朱妇寝室，刀切其首，取美人头合颈上，详审端正，而后按捺之，乃去。朱妻醒后，揽镜自照，面目全非，错愕不能自解。朱入告之，反复细视，长眉掩鬓，笑靥承颧，如画中人也。解领验之，有红线一圈，上下肉色，判然而异。陆判又使吴侍御女魂，托梦细说始末。自此，吴朱两家，遂成翁婿。而以朱妻首，合吴女尸而葬之。后三十年，朱制衣衾棺椁，盛服而没。其子亦慧，二十五举进士。梦父赠佩刀，曰：“佩之则贵。”醒而果有刀置枕畔。制工精良，镌有小字曰：“胆欲大而心欲小，智欲圆而行欲方。”

此图将脉脉含情的性感女鬼、不为钱色所动的正人君子与侠客、恶鬼构成一个丰富多彩的画面，在强烈的对比之中体现了抑恶扬善的《聊斋》宗旨。画面方圆有致，疏密相间，一丝不乱。［唐秀玲］

用美色和金钱迷人，故事一波三折，斯为《聊斋》名篇。画家笔下的聂小倩体态婀娜丰腴，情致妩媚，与正人君子宁采臣、阳刚十足的侠客和面目狰狞的夜叉四者强烈对比，善恶分明，动人心魄。［马硕山］

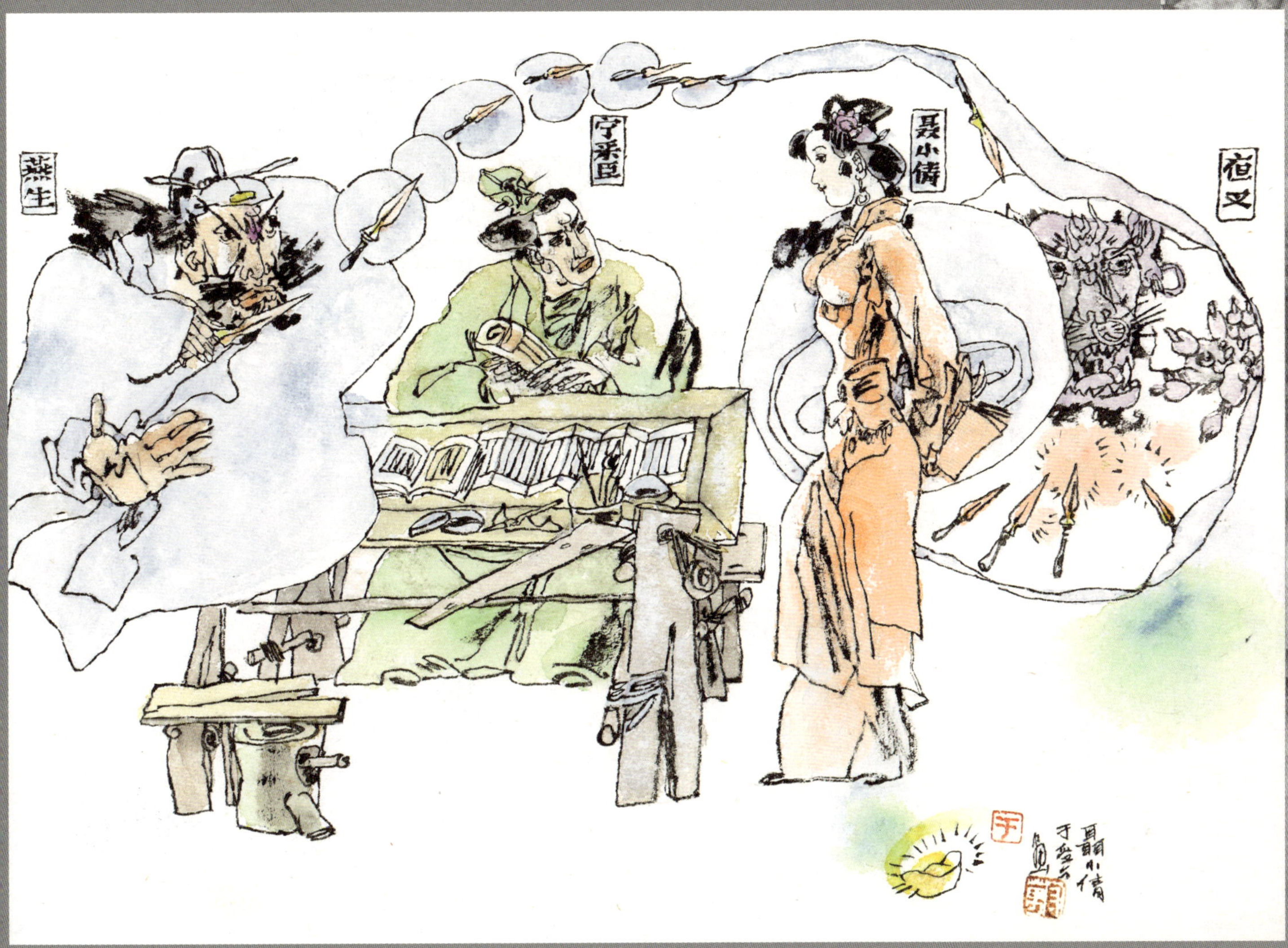

【聂小倩】

剑客仗义除夜叉　阳男鬼女结夫妻

宁采臣，浙江人，性慷爽，品行端庄。适赴试至金华，借住佛寺。有陕西燕生亦住寺中。入夜，采臣方将就寝，一女子入。急起审顾，则二八丽人，肌腴流霞，娇艳绝俗。惊问之，女笑曰：“月夜不寐，愿修燕好。”采臣严词叱之，乃退。至户外，复返，以黄金一锭置褥上。采臣掇掷窗外，曰：“非义之物，污我囊橐。”女惭出，拾金自言曰：“此汉当是铁石。”

翌日宵分，女子又至，自言名聂小倩，十八岁病亡，葬于寺侧，其魂被一老妖胁迫，为虎作伥，实非所愿。昨夜令其以财色诱惑采臣，不成。老妖怒，欲加害。采臣大骇，求计。女曰：“与燕生同室可免。”临别，泣曰：“妾堕玄海，遭老妖奴役，求岸不得。郎君义气干云，必能拔生救苦。倘肯囊妾朽骨，归葬安宅，不胜感激！”采臣毅然诺之。

明日，采臣具酒馔，邀燕生共饮；又强携卧具，与其同卧一室。一更许，窗外隐有夜叉来窥，目光闪灼。采臣惧，方欲呼燕，忽有物裂燕生剑囊而出；耀若匹练，触折窗上石棂，飙然一射，即遽敛入，宛如电灭。夜叉负伤而逃。采臣大奇，起而问之。燕曰：“我，剑客也。”出箧中物示之，荧荧然一小剑也。

临别，燕生将一革囊赠采臣，曰：“此剑袋也，宝藏可远魑魅。”采臣托言有妹葬此，遂发掘女骨，敛以衣衾，赁舟欲归。忽有人呼曰：“缓待同行。”回顾，则小倩也。遂与同归。一夜，小倩曰：“三日来，心怔忡无停息，意金华妖物，恨妾远遁，恐旦晚寻及也。”采臣即将剑囊悬门上。忽有一物如飞鸟至。小倩惊匿帐后。宁视之，物如夜叉状，电目血舌，张牙舞爪而前。至门停步，逡巡久之，渐近革囊，以爪攫取，似将抓裂。囊忽格然一响，大如两竹筐，恍惚有物突出半身，揪夜叉入。声遂寂然，囊亦收缩如故。宁惊诧。小倩大喜，曰：“无患矣！”共视囊中，清水数升而已。

后数年，采臣登进士。小倩生一男，后亦仕进有声。

这部《精短文言全图聊斋志异》图画之美和图下文言短文之精湛，其现实意义，令人拍案叫绝。具备了如此厚实文化修养的画家，才能称得起艺术大家。于先生是我敬重的画家，也是我忘年之交的文友。［魏廷宝］

【义鼠】

老鼠救伴凭智勇　大蛇无奈勉服输

杨天一曰：见有二鼠自墙隙出，其一为蛇所吞，其一瞪目如椒，意甚恨怒，然遥望不敢前。蛇吞鼠后，蜿蜒入穴。方将过半，另一鼠奔来，嚼蛇尾。蛇怒，退出，咬鼠。鼠机灵，不与搏，欻然遁去，蛇追不及而返。及入穴，鼠又来，嚼如前。蛇入则来，蛇出则往，如是者久。蛇出，吐死鼠于地。鼠近嗅之，啾啾如悼息，衔之而去。友人张历友为此作《义鼠行》。

【地震（一）】

男女裸聚忘羞耻　指天画地说震情

康熙七年六月十七日，地大震。余适客济南，方与表兄李笃之对烛饮。忽闻有声如雷，自东南来，向西北去。顷刻间，几案摆簸，酒杯倾覆；屋梁椽柱，错折有声。众骇异，相顾失色。久之，方知地震，各疾奔出。见房舍楼阁，仆而复起，墙倒屋塌之声，与儿啼女号，喧如鼎沸。河水倾泼丈余，鸡鸣犬吠满城中。约一时许，始稍定。视街上，则男女裸体相聚，竟相告语，并忘其未穿衣也。后闻某处井倾仄不可汲；某家楼台南北易向；栖霞山裂；沂水陷穴，广数亩。真乃非常之奇变也。

【地震（二）】

裸妇狼口夺娇儿　人之惶急忘自己

有邑人妇，夜起溲溺，回则狼衔其子。妇急与狼争。狼一缓颊，妇夺儿出，携抱怀中。狼蹲不去。妇大号。邻人奔集，狼乃去。妇惊定作喜，指天画地，述狼衔儿、己夺儿状。良久，忽悟一身未着寸缕，乃奔。此当与地震时，男女两忘，同一情状也。人之惶急无谋，一何可笑。

按照《聊斋》文意，张生被困于蛇，属于大情节，但在画面上却将此情节放在次要位置。画家的用心显然是体现他的“快乐画风”，以免给读者造成过于强烈的恶性刺激。善哉！善哉！［吴东奋］

【海公子】

巨蟒缠身巧脱险　红裳丽人摆风骚

登州张生，性好奇，喜游猎。闻有佳胜，备酒食，自棹扁舟而往。游至东海古迹岛，五色耐冬，花开正繁，香闻数里，树有大至十围者。开樽自酌，恨无同游。忽花中一丽人来，红裳炫目，略无伦比。见张，笑曰：“我胶州娼女，适同海公子来。彼寻胜翱游，妾以艰于步履，故留此耳。”张生正苦寂寞，见美人，大悦，招坐共饮。丽人言辞温婉，荡人心志。张爱好之，因挽与乱。女欣然脱衣从之。相狎未已，忽狂风骤起。丽人急推张起，曰：“海公子来也！”张穿衣愕顾，女已失去。旋见一大蛇，自丛树中飞蹿而出，粗于巨桶。张俱，障身大树后。蛇近前，以身绕之，纠缠数匝。张不能少动。蛇昂其首，以舌刺张鼻。鼻血下注，流地成洼。蛇低头饮之。张生急中生智，奋力抽出一手，摸腰中荷囊，取毒狐药，置于掌中；令血滴药上，顷刻盈把。蛇就掌吸饮。饮未及尽，遽松其体，摆尾若霹雳声，触树即折，卧地如梁而毙矣。张眩晕多时，方苏。载蛇而归，大病月余方痊，疑丽人亦蛇精也。

【丁前溪】

待人以诚夫人贤　涌泉报德丈夫心

丁前溪，诸城人，富有钱谷，游侠好义。一日，过安丘，遇雨，借宿路旁杨家。杨家男主外出，招呼客人，惟妇人与其侄。杨家贫寒，而拌料饲畜，给食周至。次日，雨仍不止，家无草料，女主人竟使侄揭屋顶茅草，饲马。付之金，不受。丁赞叹而别，嘱曰：“我乃诸城丁某，主人归，宜告之。暇幸见顾。”

岁值大饥，杨家困甚，无所为计。妻劝夫至丁家求助。杨从之。至诸城，丁见杨衣敝鞋裂，使居温室，设筵款待，宠礼异常。又为制冠服，表里温暖。居数日，而不见赠别。杨急，告曰：“顾不敢隐，仆出门时，家已将断炊矣。”丁曰：“是无忧虑，已代经纪矣。”其间，知杨曾设博场，以谋升斗，丁即招众博赌，使杨坐而抽头，夜得百金，乃送之还家。杨至家，见妻衣履鲜整，小婢侍焉。惊问之。妻曰：“自君去后，不日即有车马送布帛菽粟，堆积满屋；又有小婢，以供驱使。云是丁客所赠。”杨感不自已。由此小康，不屑旧业矣。

传神。[齐辛民]

【张老相公】

大鼋伤生惹众怒　老翁复仇热铁球

张老相公，晋人。适将嫁女，携眷至江南，置办嫁妆。舟至金山，张先上岸，嘱舟中炒菜，勿动膻腥。盖江有大鼋，闻香则出，坏舟吞行人，为害已久。张去，家人忘之所嘱，炙肉舟中。忽有大鼋来，巨浪覆舟。妻女皆没。张悼恨欲死。因登金山，谒寺僧，询鼋之异，将以雪仇。僧曰：“吾侪惧大鼋之威，惟神明奉之，时斩牛羊而投之，则跃吞而去。”张闻，顿思得计。遂招铁工，起炉山半，冶铁球，重百余斤。审知鼋常伏身之处，使二三健男，以大钳举炽热铁球投之。鼋跃出，疾吞之。少时，波涌如山，哀号震耳。顷之浪息，则鼋死，尸已浮水上矣。游客寺僧并快之，建张老相公生祠，塑像其中，供为水神。

【水莽草】

惩救世人封河神　迷恋美色饮毒茶

水莽草，毒草也。误食之，立死，即为水莽鬼。俗传此鬼不得轮回托生，必有再毒死者始代之。

有祝生者，出行访友，中途燥渴思饮。见道旁一媪，张棚施饮，趋之。奉茶者寇三娘，年约十四五，姿容艳绝。祝生嗅其茶，芳烈无伦。饮尽复索，觑媪出，戏捉纤腕，脱其指环一枚。女赪颜微笑，生益惑。女云："郎暮来，妾犹在此也。"生至友家，觉心头作恶，疑茶为患，以情告友。友骇曰："殆矣，三娘者乃水莽鬼也。"生大惧。友告之以解厄之法：求其旧裆，煮服可痊。生遂至寇家长跪哀求之，然寇家以其将代女死，故不予。祝生切齿恨之，曰："我死，必不令彼女投生！"至家而卒。其魂在阴间，四处寻找寇三娘，于其将投生时，强捉之，令为夫妇。

祝生与三娘回至阳世家中。三娘贤淑，虽不食人间烟火，侍奉婆母，无异常人。寇家得知，闻而大骇，遂与祝家以亲戚走动。祝生心善，不再物色替死鬼，反帮水莽草鬼生还。玉帝以其有功人世，封其为江、河、淮、济四渎牧龙君。

变化多端，生动传神。
［李　刚］

此图画驴、人互变，画出了次第变幻的过程。自左至右，先是驴，后来是驴与人的合形，再后来是搔首弄姿、如梦初醒、恍然间不知身处何地的受害女子，最后是女像特写，凑成五个美女之数。画面中心由螺旋曲线幻出的驴人合形最为精彩，也最重要。店主人的惊愕表情强化了主题；毛驴喝水、扁担、水桶等细节一一点到。画家此类奇特的想象，对于《聊斋》是一种诠释，更是一种升华。［王小晖］

【造畜】

美女化驴儿化羊　倒卖人口遭极刑

世传魇昧之术，不一其道。或投美食，食之则迷，相从而去，俗称“打絮巴”或“扯絮”。小儿无知，深受其害。又有变人为畜者，名曰“造畜”。

扬州一旅店。有人牵驴五头入住，拴之枥下，曰：“暂出即返。”兼嘱：“勿令饮水。”驴暴晒日中，刨蹄嘶喧。店主牵至树下阴凉处。驴见有洼水，纵饮之。一滚尘，皆化为妇人。怪而问之，舌僵而不能言。店主将五女藏于室中。既而驴主至，驱五羊于院中。店主情知有异，乘其进餐时，悉饮五羊，辗转化为童子。阴报官府，遣役捕获，遂械杀之。

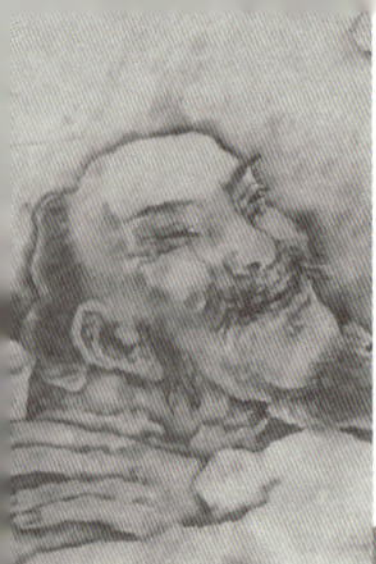

运用勾皴点染多种笔墨形态，使蒲翁笔下的人物跃然纸上，入木三分。［张　望］

此篇故事为三人同梦，梦中丈夫置妻子于不顾并与别的女子床上欢会。情节细腻，矛盾尖锐，画家主次分明地表现了这些情节。至于床上欢会，虽为原文的主要情节，还是被蒲老先生雅化了，画家同样将其雅化，表现得恰到好处。

如此丰富的想象力和表现力，令人叹为观止。［杨子江］

人生如梦。［巩武威］

【凤阳士人】

三人同梦事离奇　牵梦丽者隐姓名

凤阳一士人，负笈远游未归。其妻翘盼殷切。一夜，才就枕，离思萦怀，反侧间，有一丽人来，笑曰：“姊姊欲见郎君乎？”妻急起应之。丽人即挽女手出，行走如飞。移时，士人骑白骡而来，见妻惊喜，急下骑。丽人将二人带至路旁家中，设酒接风。席间，士人注视丽者，屡以游词相挑。而夫妻乍聚，并不寒暄一语。丽人亦眉目流情，妖言隐谜。妻惟默坐，伪为愚者。

久之，渐醺，语益狎。丽人抚琴而歌曰：“黄昏卸得残妆罢，窗外西风冷透纱。听蕉声，一阵一阵细雨下。何处与人闲磕牙？望穿秋水，不见还家，潸潸泪如麻。又是想他，又是恨他，手拿着红绣鞋儿占鬼卦。”音声靡靡，神态狎亵。士人摇惑，若不自禁。两人携手出，入另室，随即传出断云零雨之声。妻闻之，手颤心摇，怒不可遏，起身而出，欲跳涧自尽。正尔时，忽遇弟三郎骑马至。闻知此情大怒。来至院中，举巨石，隔窗砸去。遂听室内大呼曰：“郎君脑破矣！”妻闻之，愕然大哭，怨弟鲁莽。慌乱中，妻惊醒，始知是梦。

越日，士人果乘白骡归，头上有伤。诉说其昨夜所梦所遭，与妻梦一般无二。三郎也因夜间噩梦前来看望。三梦相符，但不知丽人何许耳。

此书出版之前，恰逢于老师在西安成功举办了他的写意性工笔画展览，受到了江文湛等著名画家高度的评价。

著名画家张杲先生看了他神奇的工笔画之后，在媒体采访时说：“看了这个展览之后，我要重新考虑下一步怎样画画了。”他说：“于受万是个鬼才。”

看来于老师在主题创作和形式美的创造方面的成就是有目共睹的，我辈后学者，更要深刻地反思下一步绘画的路应该怎么走。［田根承］

【耿十八】

妻子弃儿欲改嫁　丈夫跃下望乡台

新城耿十八，病危，自知不起，谓妻曰：“我死后，改嫁、守节由汝。汝守节，我心慰；汝改嫁，我意断也。”妻曰：“君在，犹艰难度日；汝死，何以能守？”耿闻之，含恨而死。

耿死后，与众鬼共登望乡台。立台望去，家中情形尽在眼底。心想妻子改嫁，孩子、老母无人奉养，十分难过。情急之下，纵身跃下望乡台，拼命逃离阴曹地府，望村奔之。一进家门，即得复活；投以汤羹，数日康复。由此厌薄其妻，不复共枕席矣。

【珠儿】

恶僧图财害人命　小儿阴阳两界忙

常州民李化，富有田产；年五十余，无子。一女名小惠，十四岁夭折。遂纳婢，生一子，名珠儿。健壮可爱，然性绝痴，言语蹇涩。珠儿五岁时，有盲僧上门化缘，索银百两。李与之二十两，僧厉色曰：“必百两，缺一不可。”李怒，收钱而去。僧忿然曰：“勿悔！勿悔！”无何，珠儿暴病死。李化愤而告官，官拘盲僧，搜其身，得木人二，小棺一、小旗帜五。遂杖杀之。

一日昏暮，一小儿忽入室，若七八岁。言行间，若隐若现，恍如烟雾，宛转间已登榻。李推之下，堕地无声。自述苏州詹氏，六岁失怙恃，亦为盲僧迷杀，逼为伥鬼。因李化报官杀僧，其魂灵得以自由，故自荐为李之子。小儿能奔走于阴阳两界，从阴间找到小惠，使与家人见面。后，李化暴病，为二索命鬼纠缠，医药无效。小儿又为之周旋，借小惠丈夫楚江王子之势力，使李得百岁寿。时，珠儿暴亡不久，尸尚未腐，小儿借其尸还魂以复活。李延师教儿读。儿甚慧，十八岁中秀才，能言冥间事。

【小官人】

昼卧见小仪仗队　人细如指马如蛙

某太史公，昼卧斋中，忽有小仪仗队，计数十人，自屋角出。马大如蛙，人细如指。一官乘轿，戴乌纱帽，穿蟒袍，纷纷穿厅而去。

公奇之，窃疑睡眼蒙眬之讹。忽见一小人返回，携一毡包，大如拳，至公床下，曰：“家主有小礼物，敬献太史。”说完，却不肯献上礼物。少间，又自笑曰：“小小礼物，想太史亦无所用，不如即赠小人。”太史颔之。欣然携之而去。后不复见。

画面人鬼形象活灵活现。述事清晰，笔墨洗练，道具开列详尽，如同画家亲历。［樊　萍］

蒲老先生煞费苦心地塑造出文学形象的狐狸精，于先生还真的顺着这个思路创作出了这些狐狸精的艺术形象，连从小小瓶口飞出来的过程都表现得合情合理。在这生死关头，荣辱观念已经没有了，所以画家将这些狐仙都以裸形呈现。旁边两个男人的存在更强化了视觉冲击的效果。

此图的意境更加浪漫，似乎已经超出了文章原旨。［马硕山］

【胡四姐】

入瓶狐女四逃一　得道不忘真情人

尚生，泰山人，独居清斋。秋夜，银河高耿，明月在天。徘徊花阴，颇存遐想。忽一女子逾垣来，笑曰：“秀才何思之深？”生视之，容华若仙。惊喜拥入，穷极狎昵。女自言胡氏，名三姐。自此，临无虚夕。经三姐介绍，又见大姐、二姐，惟四姐未见。三姐曰：“妾陋质，蒙遂青盼如此；若见吾家四妹，不知如何颠倒。”生益倾动，长跪哀请。逾夕，果偕四姐来，年方及笄，荷粉露垂，杏花烟润，嫣然含笑，媚丽欲绝。生狂喜，引坐。未几，三姐起别，妹欲从行，三姐止之。生益拽之不释，四妹遂留。二人引臂替枕，备尽欢好。四姐自言为狐。尚生恋其媚，不以为怪。四姐亦钟情尚生，阴告曰：“三姐狠毒，已惑杀三人矣，当早绝之。”并为之书一符，粘之寝门。三姐再来时，见符却步，忿恨而去。

一天，有陕人骑驴登门，言其弟被狐妖蛊杀，誓寻而殄灭之；追寻千里，来至尚生家。生父母闻之，大惧，延入，请其作法。陕人出瓶，置地上，咒之良久，有四团黑雾投入瓶中。生知为狐女，心不忍。趁陕人出，近前探视，忽听四姐瓶中求救，遂按四姐嘱，放倒旗帜，针扎瓶之封口。只见一缕白气，自孔中出，凌霄而去。陕人回，见旗倒，大惊。摇瓶俯听，曰：“所幸只逃其一，此狐命不该绝，犹可赦。”乃携瓶别去。

三十余年后，四姐名列仙籍，而尚生年事已高，被四姐度为鬼仙而去。

【祝翁】

尸翁灵床悯老伴　夫妻双双赴九泉

济阳县祝村有祝翁者，年五十余病卒。着丧服，停灵床上，家人忽闻呼之甚急，奔集视之，则已复活。群喜慰问，翁皆不理。但谓媪曰：“我一去行数里，转思抛汝一副老皮骨在儿辈手，寒热仰人，亦无生趣，不如从我去，故醒来，欲偕尔同行也。”媪曰：“如此亦善。但方生，如何便死？”翁曰：“不难。家中俗务，可速料理。”媪不忍拂其意，遂入室，着裙妆以出，曰：“安排停当矣。”儿女皆匿笑。翁移头于枕，手拍令卧。媪如言，并枕而卧。家人又共笑之。俄视，媪笑容忽敛，渐而双目俱合，久之无声，俨如睡去。众近视之，则肤已冰而鼻无息矣。视翁亦然，始共惊怛。

【猪婆龙】

鳄鱼沿江食家禽　入江鼓浪颠翻船

猪婆龙，又名扬子鳄，产于江西。形似龙而短，能横飞；常上岸，沿江岸捕食鹅鸭。一客自江西来，得一头，系船上。一日，泊船钱塘，缚稍懈，忽跃入江。俄顷，波涛大作，商船倾沉。

【某公】

前世作恶罚作畜　留片羊皮散腥臊

陕右某公，辛丑进士，能记前身。言前世为士人，中年而死，目睹地府刀山火海，一如世传。阎王殿东侧架上，挂猪羊狗马诸皮。鬼吏据生死簿，视所犯罪恶轻重，或罚作马，或罚作猪。皆裸体，于架上取皮被之。

俄至公，冥王曰：“宜罚作羊。”鬼取羊皮，按覆公体。一吏忽曰：“某曾救一人命。”阎王取簿复查，曰：“恶虽多，此善可赎，免之。”于是，鬼又剥其羊皮。皮已粘体，不可复动。两鬼捉臂按胸，力脱之，痛苦不可名状。羊皮片片撕下，不得尽净。肩背处犹粘羊皮大如掌。公复活后，其肩背处有羊毛丛生，剪而复生，闻之有羊臊气。

【快刀】

法场砍头有高手　世间行行出状元

明末，章丘多盗，捕得则杀之。有刽子手某，刀利而手快。一日，捕盗十余名，押市曹待斩。内一盗与某相识，阴求曰：“闻君刀最快，斩首无二割。求汝杀我！”答曰：“紧跟我，勿离也。”盗从之，至刑处，某出刀挥之，豁然头落。数步之外，犹旋转而大赞曰：“好快刀！”

【侠女】

侠女隐名杀仇敌　私生少年举进士

顾生，金陵人。博于才艺，而家贫。又以母老，不忍离膝下，惟日为人作书画以为生，二十五岁尚未成家。

对户旧有空宅。一老妪及少女税居其中，女郎年约十八九，秀曼都雅，世罕其匹，见生亦不甚避，而意凛如也。顾母见其贫乏，时接济之。女亦常至顾家走动。顾母欲娶做儿妇，女默然，意殊不乐。

一日，女出门，生目注之。女忽回首嫣然而笑。生喜出意外，趋而从诸其家。挑之亦不拒，欣然上床交欢。事已，戒生曰：“事可一而不可再。”明日，又约之，女厉色不顾而去。数月后，女母死，生竭力葬之。女由此独居。生意孤寝可乱，每求之，亦不应。十月后，女产男。对生曰：“妾能为君生之，不能为君育之。可密告母，觅奶妈，伪称讨一义子。”生以告母，母笑曰：“异哉，聘之不可，而私顾于我儿。”喜从其谋以待之。

一日半夜，女子手提革囊，前来辞行，笑曰：“大事已了，请从此别。”生问囊中何物？女曰：“仇人头耳。”检而窥之，须发交而血模糊。骇绝，复问之。曰：“父官司马，被陷于仇家，致妾家破人亡。遂负老母出，隐姓埋名已三年，如今大仇终报。为不连累顾家，决计远走高飞。”又嘱曰：“所生儿，善视之，君福薄无寿，此儿可光门闾。”说完，一闪如电，瞥尔不见。几年后，生果卒。其子十八岁举进士，侍奉祖母以终老。

【酒友】

深夜醉卧得狐友　荒年荞麦价飞升

车生嗜酒，床头酒樽常不空也。夜非三杯不能寐。一夜睡醒，转侧间，似有共卧者，摸之，则茸茸有物，似猫而巨，烛之，狐也，酣醉而大卧。视酒瓶则空矣。因笑曰："此我酒友也。"不忍惊，覆衣加臂，抱与共寝。半夜，狐欠伸。生启覆衣视之，则儒冠之俊男也。生曰："君可常临，无相猜。"狐诺之。生既醒，则狐已去。抵夕，果至，促膝欢饮。狐量豪善谐，于是恨相见之晚。

狐见车生家贫，时而为之少谋酒资。一夕，告之曰："去此东南七里，道旁有遗金，可早取之。"旦而往，果得二金；狐又告曰："院后有窖藏，宜掘之。"如其言，果得银钱百千余。翌年，市上荞麦便宜，促生买四十余担。未几，天大旱，禾苗尽枯，惟荞麦可种。车生卖所蓄，获利十倍。由此益富，治良田二百亩。但问狐，多种麦则麦收，多种黍则黍收。农事皆取决于狐。日稔密，呼生妻以嫂，视生子犹子焉。后生卒，狐遂不复来。

宫兴促织风，祸国殃百姓，丹青化剑刺昏虐，泄民怨，人动容。［孙雨田］

【促织】

天子所尚动四海　小儿投井化蟋蟀

明宣德年间，宫中流行斗促织之戏。促织，蟋蟀也。上官责令地方州县，征蟋蟀进贡。邑令则责之里正。有成名者，为华阴某村里正，为人迂讷。促织事急，遭邑宰严限追比，忧闷欲死。又不想转责村民，无奈，自行入山搜觅。早出暮归，于败堵丛草中，探石发穴，一无所获。一日，寻至村东大佛阁后，于蒿莱中，蹑迹寻找，见有促织伏于棘根。扑之，入石穴中；掭以尖草，不出；以筒水灌之，始出。状极俊健，遂捉得之。巨身修尾，青项金翅。大喜。笼归。举家庆贺，虽连城拱璧不易也。精心饲养，备极护爱，留待期限，以塞官差。成之稚子好奇，窥父不在，开罐视之。蟋蟀跃出，迅不可捉，及扑入手，已股断腹裂，斯须而毙。其母见之，面如死灰，大骂曰：“小孽种，死期至矣！”儿涕而出，跳井而死。夫妻化怒为悲，痛哭欲绝。日暮蒿葬，近抚之，尚有微息。置榻上，半夜复苏，但神情木然。

成顾蟋蟀笼虚，气馁声吞，亦不复以儿为念。自昏达曙，目不交睫，僵卧长愁。忽听门外虫鸣，惊起，蹑足寻视，果有蟋蟀。小而黑，状如土狗，梅花翅，方首长胫，意似良种，喜而捕之。携与健壮者斗，竟百战百胜。方共瞻玩，一雄鸡突来，啄之。成骇立惊呼。却见其一跳而起，落鸡冠上，力叮不释。雄鸡浑身颤抖。成益惊喜，收置笼中。逐级奉上，直达皇宫。在宫中，举天下所贡油利挞、青丝额等一切异种蟋蟀，遍试之，所向披靡。圣上大悦，地方官免成名税役，又录成为秀才。

后岁余，成子精神复旧，自言：“身化蟋蟀，轻捷善斗，今始苏耳。”

三个人物的笑貌、神态毕现，十分动人。

该图构思巧妙，将文意进行了既概括又精练的造型升华，在美感趣味中发人深省，淋漓尽致。

这样的造型能力才可以为《聊斋》这部经典增色。［肖 冰］

受万先生运用夸张、变形的绘画方法，把《聊斋》故事情节和人物形象刻画得恰到好处。

他的写意性工笔画有“意在笔先，趣在法外”的境界，读来令人耳目一新。［王双贵］

【狐谐】

滑稽古有东方朔　狐谐妙绝解人颐

博兴人万福，幼业儒，家贫而运蹇。为逃劳役，至济南，住旅店中。夜有奔女，颜色颇丽。万悦而私之。问姓氏，女自言：“实为狐，然不为君祟。”万喜而不疑。女嘱勿与客共。遂日至，与共卧处。自此，凡日用所需，无不仰给于狐。几日后，有二三文友，聚饮笑谈，留宿不去。知遇狐女，愿一睹仙容。狐已知之，曰：“见我何为？我亦人耳。”闻其声，历历目前，四顾，却又不见。客有孙得言者，善诽谑，曰：“得听娇音，魂魄飞越，何吝容华，徒使人闻声相思？”狐凭空笑曰：“贤孙子！欲为曾祖画像耶？”众大笑。一客曰：“骂人者当罚。”狐笑曰：“骂狐如何？”众曰：“可。”狐曰：“有大臣出使红毛国，戴狐毛冠。国王曰：‘此物未曾得闻。狐字如何写法？’使臣书空而奏曰：‘右边一大瓜，左边一小犬。’”客闻之，哭笑不得。孙得言戏狐曰：“我出一联，请君对之：‘妓女出门访情人，来时万福，去时万福。’”狐笑对曰：“龙王下诏求直谏，鳖也得言，龟也得言。”四座听之，无不倾倒。客有陈氏兄弟，一名所见，一名所闻。见孙大窘，乃曰：“雄狐何在，而纵雌狐流毒若此。”狐曰：“前一典犹未终，遂为群吠所乱，请终之：国王见使臣乘一骡，甚异之。使臣告曰：‘此为马所生。’王细问之，曰：‘马生骡，是臣所见；骡生驹，是臣所闻。’”举坐又大笑。

狐之诙谐，难以尽述。

以其独特的手法展现出丰富的笔踪墨韵，把中国绘画中最为强烈的抽象表现主义表达得淋漓尽致。［张　望］

此图是一幅梦境，容纳了近二十个人物，现实人物和梦中人物混杂其间，梦中人物又包括受贿和被诛两部分内容。受贿行贿两者神态贴切，骄慢、献媚、无奈和低三下四的表达神态各异；而梦中贪官被诛时惊恐失态，贴切入微，真切而恰当。这一切集中在一幅画面，令读者一目了然地去品味、去思考，颇具匠心。［常　勇］

【续黄粱】

贪赃枉法三世债　黄粱梦醒入空门

福建曾某，会试得中。与二三新贵郊游，至一佛寺问卜，卜者见其意气扬扬，稍佞谀之。曾摇扇微笑，便问：“有蟒玉分否？”卜者曰：“二十年太平宰相。”曾大悦，气益高，遂以宰相自居，戏为同游者封官许愿。

值小雨，众游侣避雨僧舍。曾蜷伏榻间，忽见二宦官，持天子诏书，宣召曾太师一决国策。曾得意荣宠，直趋入朝。天子对其温语良久，命三品以下，听其任免，不必奏闻。又赐蟒袍、玉带、名马，曾稽拜而出。入家，则绘栋雕梁，穷极壮丽；妻妾成群，应诺雷动。亲朋好友皆有封赐，有恩者升迁，有怨者加害。阿谀奉承、送钱送礼者不绝于门。

久之，群臣为之侧目，普天下民怨沸腾。六部九卿，忍无可忍，纷纷上奏弹劾。圣上愤然下旨抄家，充军云南。旋有武士数十人，掌剑操戈，直抵内寝。剥其衣冠，与妻并缚。抄没金银钱钞数百万，珠宝美玉数百斛。曾视之，酸心刺目。又捉美妾出，披发娇啼，玉容无主。曾悲火烧心，含愤不敢言。

充军路上，忽有群盗拦路，宣言：“我辈皆被害怨民，只欲得佞贼头，别无他求。”旋以巨斧砍曾头，坠地有声。魂方凝骇，即有二鬼，将其逮至阴曹，受尽刀山火海地狱之苦。后托生为女子，为人作妾，被诬勾结奸人杀夫，依律凌迟处死。

正悲号间，闻游者呼曰：“兄梦魇也？”豁然而寤。僧笑曰：“宰相之占，验否？”曾益惊异，拜而请教。僧曰：“修德行仁，火坑中有青莲也。山僧何知焉。”曾盛气而来，不觉丧气而返。台阁之想，由此淡焉。后入山，不知所终。

【辛十四娘】

轻脱纵酒终败家　狐仙有道媚皇上

广平县冯生，轻脱纵酒。一日傍晚醉归，见一古庙中有红衣女子出入，容色娟好，心动。遂而移步，入看究竟。一斑白叟出见，自言辛姓。红衣女子为其女，名十四娘。冯生醉，出言轻荡，以婿自荐。辛父厌恶之，轰出庙门。酒愈涌上，倒榛莽中，遂有瓦石，乱落如雨，幸不着体。卧移时，乃起，踉跄前行，误入涧谷。狼奔鸱叫，竖毛寒心。踟蹰四顾，见有高第，入之。见已死多年舅姥娘。问之方知，辛十四娘乃为狐。心想：“若得丽人，狐亦佳。”舅姥娘遂唤十四娘至，亲为二人连夜定亲。东方欲晓，送生出门。出数步，回望，村舍全无，但见松楸浓黑，蓬颗蔽冢而已。乃悟，其处为舅老爷薛尚书之墓。心知遇鬼，而恐鬼约难持。至家，忽闻门外哗然，有绣车送十四娘并嫁妆至。冯生喜得丽偶，并不疑其异类。

有楚银台之公子，闻生得狐妇，登门求见。越数日，又下帖招冯生饮。十四娘谓生曰：“我观其人猿睛鹰隼，不可与之为友也。”生不以为然。乃应招赴饮。饮间，楚公子出新作。生观之，以其文劣，加以点评，其语涉嘲笑。公子大惭，不欢而散。生归，笑述之。十四娘曰：“楚公子豺狼，不可狎也！子不听吾言，将有后患也。”又曰：“轻薄之态，施之君子，则丧汝德；施之小人，则杀汝身。”

十四娘勤俭持家，积攒钱粮。冯生仍轻脱不羁，不辨善恶。终因醉酒，被楚公子诬为逼奸杀婢，打入死牢。十四娘遣其狐婢进京，伪作流妓，媚惑皇上。诱使皇上下诏，冯生才得无罪释放。

居无何，十四娘厌倦尘嚣，托媒媪为冯生购良家女为妻，自己则患暴疾，日渐衰老，绝食而逝。后，有人至太华山，遇十四娘，乘青骡，知其已入仙籍矣。

【姊妹易嫁】

百两银钱担不动　怎堪消受老尚书

掖县毛纪，家贫，其父为人牧牛。有大户张某，数梦神示：“毛家风水好，未来子孙富贵。”

张大户刻意资助毛家，供毛纪读书。又许将长女嫁之。长女嫌贫爱富，声言：“宁死不嫁牧牛儿。”出嫁之日，彩轿在门，女掩面向隅而泣，不穿嫁衣。百劝不听。父怒逼之，哭益厉。父惶迫不知所措。次女在侧，亦苦劝之。姊怒曰：“死妮子，亦学人喋聒，尔何不从他去？”妹曰：“阿爷若以妹嫁毛郎，何烦姊姊劝驾也？”父听其言慷爽，大喜，遂以次易长，以姊妆妆妹，上轿径去。入门，夫妇雅敦逑好。及知易嫁之事，毛益以知己爱女。

后，毛纪功成名就，官至尚书。妇以夫贵，云鬟委绿，倍增妩媚。而姊所嫁富家子，败家无行，潦倒早卒，贫困无助，无以为生。闻妹家富贵，刻骨自恨，忿然废身为尼。后毛以宰相归省，遣人至庙，馈以罗绢若干匹，以金纳其中。姊见罗绢恚曰：“与我金钱，尚可作薪米费，此等仪物，我何须尔！”遂令将回。公及夫人启视之，而金仍在，方悟见却之意。毛曰：“汝姊百金尚不能任，焉有福泽从我老尚书也。”

《席方平》亦为名篇，图中冥王、城隍、郡司和灌口二郎四位不同身份的正反人物各具情态。被锯为两片的席方平，刚毅不屈，视死如归。两个持锯恶鬼的表现亦不雷同。画面冷暖两色，区别了善恶；断锯和火苗的细节，反衬了枉法阴官的败绩和席方平受到天理公正待遇的良好结局。［盛　伟］

【席方平】

不屈不挠为救父　阴曹地府有清官

席方平，东安人。其父憨拙，与富翁羊某结怨。羊先死。数年后，席父病危，谓子曰：“羊某贿赂冥吏搒我矣。”俄而全身赤肿，号呼而死。席方平为此惨怛不食，曰：“父朴讷，今见凌于强鬼；我将赴阴曹，代伸冤气矣。”

自此不复言，木然呆坐，状类痴，盖魂已离体矣。席至阴间，见父遭鬼役日夜搒掠，体无完肤。席怒，遂至城隍喊冤。羊某惧，内外贿通。城隍以所告无据，不理。席愤气无伸，告之郡司。郡司又批回城隍复审。城隍恐其再讼，遣役押送还阳。席不肯归，遁赴冥府，诉郡邑之酷贪。冥王亦受贿，命鬼卒脱席衣，置火床上，反复揉捺之。骨肉焦黑，苦不得死。冥王问：“敢再讼乎？”席曰：“大冤未伸，寸心不死，必讼！”冥王怒，命鬼吏以锯解其体。锯方下，顶脑渐碎，痛不可忍。一鬼曰：“壮哉！此汉。”又一鬼曰：“此人大孝无辜，锯令稍偏，勿损其心。”席体被锯为二，痛极而踣。一鬼出丝带予席束之。冥王问曰：“还敢再讼？”席伪应之：“不讼矣。”遂派鬼吏押送还阳。途中，席乘其不备，反身逃遁，复见冥王。冥王感席诚孝，许以千金之产，期颐之寿，命其托生为婴儿。出生之后，席愤啼不乳，三日死。世传灌口二郎神为帝勋戚，聪明正直。席之魂，寻至灌口告状。二郎神铁面无私，招来冥王、郡司和城隍，当堂对勘。三官战栗，状若伏鼠。二郎援笔立判。冥王判辞有：“当掬西江之水，为尔湔肠；即烧东壁之床，请君入瓮。”郡司、城隍判辞有：“是宜剔髓伐毛，暂罚冥死；所当脱皮换革，仍令胎生。”冤案由此昭雪。自此，羊家败落凄惨，而席家丰隆日盛，父子皆愈，九十而终。

这套文言缩写，很精彩。我更喜欢文前的两句导语，既概括主题，又点出了精华。画家用心良苦。［崔东渭］

【安期岛】

先天玉液能延寿　一镜抛海波涛平

大学士刘中堂鸿训，出使朝鲜。闻安期岛神仙所居，欲命舟往游。国王即遣朝中小张，驾舟送刘前往。但觉凉风习习，如驾云雾，移时已抵安期岛。

时值严寒，岛上山花遍野，温煦如春。导入洞府，见三叟趺坐。中一叟起身迎客，相互为礼。即坐，呼茶。一童子拔石壁上铁椎，即有清泉，喷涌而出。其色淡绿而凉。刘畏寒不饮。童子又至原处，再盛一杯，则热气蒸腾，如初出鼎。

既归，备述其异。国王不禁叹道：“可惜未饮其冷者，彼乃先天玉液，一杯可延百龄！”

临别，王赠一物，纸帛重裹，嘱近海勿开视。既离岸，急取拆视，去尽数百层，始见一镜。审之，则见蛟宫龙族，历历在目。方凝注间，忽见潮头高于楼阁，汹涌已近。大骇，极驰，潮从之，疾若风雨。大惧，以镜投之，潮乃顿落。

五人一鬼表情各异，传神得体。［张　宜］

【长亭】

鬼缠狐家娆娇妹　道士合伙赚长婷

石太璞，泰山人，好符咒之术。有汴城玄帝观道士王赤城，喜其慧，纳为弟子，得驱鬼之术。求其捉鬼者接踵于门。

一日，有叟至，翁姓，炫陈币帛。谓其女红亭患鬼病已殆，必求亲至。至其家，入室，见少女十四五许，卧病于床，形容枯槁。翁曰：“白昼见少年来，与共寝处；捉之已杳，少间复至，疑为鬼。”太璞授以符，夜宿其家。半夜，果有少年入。太璞问之，答曰：“翁家尽狐。我鬼也，偶悦其女红亭，故至焉。鬼为狐祟，阴德无伤。君何必离人之缘而护之也。其姊长亭，光艳尤绝。翁若许配于你，方可为之施治；尔时我当自去。”太璞诺之，少年遂去。天明，见长亭，果丽如天人。诊已，索水洒幛。长亭急以碗水付之，蹀躞之间，意动神流。太璞于此际，心殊不在鬼矣。太璞依鬼之计，委婉提亲。翁答应：一旦鬼邪驱除，即以长亭许配之。不料，红亭鬼病虽除，狐翁非但自食其言，并起杀心。幸得长亭夜奔，助太璞逃离狐家。翁之恩将仇报，媪亦不满，亲送长亭至太璞家，为之完婚。年余，生一子，取名慧儿。过两三月，翁家取女归宁，半年不回。往探之，则人去宅空。

又数年，狐翁遇难。捉狐者，为太璞之师赤城道士。长亭母女跪求太璞。太璞至汴城求师，见厨下一老狐，刺穿前股而系之。师以其狡诈，不肯轻释。固请，始许之。因备诉其诈。狐闻之，塞身入灶，似有惭状。太璞牵之出。以刀断索，狐痛极；既释，摇尾而去。长亭与太璞终得团聚。自此，母女走动无间，而翁婿仍不相往来。

卷二

【专家点评】

先是看了于受万先生的《聊斋全图》画册，今天又来看了展览原作，我真是吃了一惊：现在居然还有画得这么好的聊斋图！

从于受万的画作里，看得出他具有很深的功底，很强的创作能力，现在这样的人才已经很少了。这个展览我看得很认真，太不容易了！他有这样的造型基础，还以这样的艺术形式进行创作，这个精神非常可贵。这是对古典文学名著乃至山东地域文化做出的巨大贡献。

这套《精短文言全图聊斋志异》的创作在艺术史上意义重大。整个《聊斋》的感觉他吃得很透，作品表现得非常细腻，很到位。大量的作品和草图以千为单位进行创作，而且画家的心能融进去，这样的画家已经很少了。于受万的这种精神状态，值得现在的年轻人学习。进入这样一种境界，才能拿得出这样的好作品，这对于现在的美术教育，也是一个很好的个案和典范。

《聊斋》最伟大之处在于作者浪漫主义的想象力，给了画家一个很广阔的思维空间，越是广阔，越是难以找到一个切入点去找到它。于受万同样很有想象力，加进各种各样的手法在里面。《聊斋志异》给人类留下最伟大的一个单词就是"小狐狸精"，任何人都用这个词或者赞扬女孩儿或者骂人，这套全图，狐媚的味道是有的，我以为似乎还应该更强化一点才好。

这套图是小尺寸作品。绘画不是以面积论英雄，《蒙娜丽莎》那么一点点，放在卢浮宫那儿照样很了不起，它本身含金量很重，把一面墙都震住了，震撼力不在作品的面积大，艺术就要靠它的本体对你发生一种强烈的刺激，你才能得到共鸣，你才会有感受。于受万的作品里面有金子，所以震撼。这套《聊斋》属于册页手卷式，我很长时间没有看这种手卷式和册页式的让你慢慢把玩的中国画艺术品了，今天看了《聊斋》图展，得到了满足。

于先生的写意性工笔画《聊斋乐土》同样精彩，体量也是可以的。其写意人物画也很好。

陈醉 中国艺术研究院研究员 博士生导师 全国政协委员

《向杲》・于受万工笔画

《聊斋乐土》局部 · 于受万工笔画

【专家点评】

于受万先生的巨型画作《聊斋乐土》集中凸显了他既具形式美又有文化性的浪漫写实风格。《聊斋乐土》把蒲松龄和多个聊斋故事情节巧妙联系在一起，使绘画语言和文字语言浑然有机地融合起来，采用了其独具的写意性工笔画法，产生了令人意想不到的艺术效果。

《聊斋乐土》全图刻画了二十多个人物，出自蒲松龄《聊斋志异》中十余篇有代表性的故事。画面大开大合、跌宕起伏，依稀有山有水，具有山水画式的壮观气象。借助西画光色以及浮雕般的立体效果，斑驳陆离、刀劈斧凿，强化出主题的厚重感和文学名著感，使人形象地触摸到蒲松龄所创造的聊斋世界，正如一座耸立的浮雕丰碑，产生着庄重宏阔的视觉美感。

于受万先生根据自己绘画创作的无尽乐趣，推想蒲松龄在撰写聊斋时难以言表的快乐心态，并在其聊斋自叙中的“浮白载笔”“遄飞逸兴”等文辞和蒲松龄家乡大量民间传说中得到印证。聊斋成书至今三百年间之所以倾倒过无数读书人，而几近家喻户晓，究其原因，应归结为他以美妙绝伦的文笔，所给予读者的快乐上。这种快乐既体现在美好爱情、和谐人际故事上，也体现在除恶务尽、转劣为善，令人拍案称快、啧啧赞赏之中。于受万先生以《聊斋乐土》为题，体现这位文化伟人和世界名著，应该说是深思熟虑的恰当选择。

于受万先生所创作的《聊斋乐土》，站在蒲松龄浪漫睿智的视角，将超现实的多维时空、多重情节组揽叠加起来，以自己的鲜明风格特色，画出了聊斋感和聊斋味，显然得益于他对《聊斋志异》和蒲松龄深刻的理解，同时得益于他的写意性工笔画法。从这里我们看到了中国画表现力的无限可能性。正如贾德江先生的一篇“推荐人语”所称：“于受万的艺术实践已超越了自我的范畴而具有了艺术史的意义。”（《当代著名画家技法经典 · 于受万彩墨写意》2004 年中国工人出版社）

巩武威　蒲松龄研究会副会长　著名剧作家

【莲香】

狐鬼二女恋一男　两世姻缘话团圆

沂州人桑晓，少孤，设私塾于红花埠。桑为人静穆自喜，东邻生偶至，戏之曰：“君独居，不畏狐也？”桑笑曰：“丈夫何畏狐鬼？雄来吾有利剑，雌者尚当开门纳之。”是夜，邻生与友谋，梯妓于垣，过生舍，弹指叩扉。生窥问其谁，妓自言为鬼。生大惧，齿震震有声。第二日，方知朋友之恶作剧也。

积半年，又一女子夜来叩斋，生以为友人之复戏也，开门延入，则倾国之姝。惊问所来，曰：“妾莲香，西家妓女。”信之，熄灯登床，绸缪甚至。自此，三五夜则一至。

一夕，独坐凝思，又一女翩然入户，年仅十五六，风流秀曼。行步之间，若还若往。大愕，疑为狐。女曰：“妾良家女，姓李氏，慕君高雅，幸能垂盼。”生喜，握其手，冷如冰。既而罗襦衿解，俨然处子。临别，留一绣鞋。受而视之，翘妙可爱。越夕无人，便出审玩；女飘然忽至，遂相款昵。自此，每出绣鞋，则女必应念而至。约两月余，觉大困顿。因循数日，沉绵不起。

一夜，莲香来，惊曰：“殆矣！十日不见，何益惫损，保无有他遇否？”生言不知。莲香心知有异，暗中窥之，得知确有鬼遇。劝桑与之决绝。桑不听。一夕，莲香自枕底得李履，就灯展玩。李女骤至，见莲香，返身欲遁。莲香以身挡之，当面相质。李俯首谢过。莲曰：“佳丽如此，乃以爱结仇耶？”李即投地陨泣，乞垂怜恕。莲遂扶起，细诘生平。曰：“妾，李通判女，早夭。已死春蚕，遗丝未尽。与郎偕好，妾之愿也；致郎于死，良非素心。”莲解囊出药，曰：“解铃还须系铃人，请以樱唾合吾药，并烦对口而喂之。”凡三四唾，药丸已下咽。复纳一丸，自乃接吻而补以气。生觉丹田火热，精神焕发，愈矣。

未几，李女借尸还魂，名燕儿。莲香相助，嫁桑生。逾两月，莲香举一子，产后暴病而卒，乃一狐尸。又十四年，有媪送女归桑生。燕儿知为莲香后身，拍其顶而呼曰：“莲姊，莲姊！”女忽如梦醒，豁然曰：“妾生而能言，母饮之以犬血，遂昧前因。今始如梦寤。”共话前生，悲喜交织。

以其老辣的笔法在似有似无的虚幻情致中，为欣赏者营造出一片别样的《聊斋》审美天地。［张 望］

想象丰富，借古喻今，赞！赞！［韦辛夷］

【阿宝】

痴讷近仁情益重　鹦鹉附体结姻缘

名士孙子楚，生有六指，性迂讷，人称“孙痴”；大贾某翁女阿宝，绝色也。大户子弟争相求亲，皆不当翁意。有人戏劝子楚通媒。阿宝知之，戏曰：“彼若去其枝指，我当嫁之。”子楚信以为真，以斧自断其指，大痛彻心，血益倾注，濒死。阿宝闻而奇之，戏言，再去其痴，方嫁之。子楚知其戏己，由此心灰意冷。

值清明节，子楚随友出游，遥见一女子憩树下，恶少围观如堵。趋之，阿宝也。审视之，娟丽无双。女起，遽去。众情颠倒，纷纷若狂。生独默然，众散，生犹痴立如故，呼之不应。群曳之曰：“魂随阿宝去矣。”被众人推挽以归。至家，直上床卧，冥若醉，唤之不醒。家人疑其失魂，为之招魂，莫能救。强问之，则蒙眬云：“我在阿宝家。”初，生见女去，意不忍舍，觉自己从之行，遂至阿宝绣房，坐卧依之，夜则与狎。女每梦与人交，问其名，曰：“我孙子楚也。”心异之，而不可以告人。生卧三日，家人大恐。无奈，托巫至阿宝家招魂。巫回，子楚于榻上已呻，既醒，备述阿宝闺房器物，历言不爽。女闻之，阴感其情之深。

子楚家中养一鹦鹉，忽毙。子楚自念：尚得身为鹦鹉，振翼可达女室。心方注想，身已翩然鹦鹉，扑棱棱，飞至阿宝绣房。女喜而捉之，锁其足。鹦鹉大呼曰：“小姐勿锁，我子楚也！”他人饲之不食，女自饲之，则食。坐卧依之。阿宝见其情深如此，心魄大动，决计非子楚不嫁。几天后，鹦鹉叼阿宝绣鞋回家，坠地而死。子楚醒。家人知其情，使人通媒。女矢志相从，翁媪知其情，允之。子楚闻知大喜，疾顿愈。亲迎成礼之夜，两人相逢，如隔世之欢。

【九山王】

秀才杀生群狐惨　老狐报仇计谋奇

曹州李秀才，舍后有园数亩，荒置之。一日，有叟以高价租之。越日，忽见园中舍宇华好，舆马眷口，纷纷甚多。李心知为狐，遂起杀心。暗将百斤炸药铺满荒园。骤火之，焰达霄汉，如黑灵芝，燔臭灰眯不可近。火既熄，入视，则死狐满地，焦头烂额者不可胜计。叟自外归，见此惨剧，颜色惨恸，责李曰："夙无隙怨，荒园报以百金，非少，何忍心族灭？此奇惨之仇，无不报者！"忿然而去。

顺治初年，山中盗贼蜂起，聚众万人，官莫能捕。李为此提心吊胆。忽有卜者过访，自称"南山翁"。为李推演八字，恭称其为"真龙天子"，并力劝其筹备甲胄、弓弩，以夺天下。李信之，扯旗招兵。又拜翁为军师，联络各路山头，攻城略地，捷报频传。李名声大震，人马逾万，自立为"九山王"，加封翁为"护国军师"。高卧山巢，公然自负，以为黄袍加身，指日可待矣。

山东巡抚闻之，调集各路兵马，军旅旌旗弥满山谷。"九山王"大惧，召翁谋之，则不知所往。"九山王"山破被擒，妻子家小均被杀戮。始悟翁即老狐，盖以报灭族之仇也。

【遵化署狐】

贪财杀生伤天理　老狐报仇动京城

遵化署患狐，最后一楼，住一狐狸家族。时出殃人，百方驱逐无效。官此者，惟设牲祷之，不敢忤。诸城人邱公莅任，闻而怒之。狐亦畏公刚烈，化一妪，告家人曰：“请告大人，勿相仇。容我三日，将携细小避去。”公闻之，亦默不言。

次日，阅兵后，戒勿散，使尽扛诸营巨炮，环楼千座并发。数仞之楼顷刻夷为平地。皮肉毛血如雨，自天而下。但见浓尘毒雾之中，有白气一缕，冒烟冲空而去。众望之曰：“逃一狐也。”署中自此平安。

后二年，邱公为谋升迁，遣干仆，携银赴京打点。事未就，将银窖藏于班役之家。忽一叟进京告状，言妻子横遭杀戮，又讼邱公攀附权贵，克削军粮。其贿银藏处，举报甚详。案情清晰，一举而破。邱公由此罹难，乃知叟即逃狐也。

【张诚】

继母虐待千般苦　百折不回手足情

明末，齐地大乱，张某孕妻为北兵掠去。张客于豫，娶妻生子讷。不久，妻卒。再娶继室牛氏，生子诚。牛氏悍甚，虐讷，奴畜之，啖以粗饭。使入山砍柴，日责柴一担；无则挞楚诟骂，苦不堪言。隐蓄美味予亲子诚，使诚从塾师读书。诚渐长，性孝友；劝母，母不听。父性朴讷，亦无如何。

一日，大风雨，讷砍柴维艰。日暮归，母验少之，怒不与食。腹中大饥，入室僵卧。诚自塾中归，知兄饿，遂窃家中面，请邻妇作饼饵兄。次日，又逃学进山，助兄砍柴。讷心不忍，促速归，诚不听。一日与数人砍柴山中，突有虎至。众惧而伏。虎叼诚去，行缓，为讷追及。力斧之，中胯。虎负痛，叼诚狂奔，莫可追逐。讷痛哭不止，以斧自刎其颈，血溢如涌，眩瞀殒绝。众急救之，扶持而归。母哭骂曰："汝杀吾儿，欲劙颈以塞责耶！"讷昼夜依壁坐哭，牛氏旦夕诟责。讷遂不食三日而毙。

讷死后，魂至阴间，四处寻弟，迄无知者。正行间，突见云中豪光四射，世界通明。人共哗言："菩萨至！"众鬼纷纷跪地合掌，齐诵慈悲救苦之声。菩萨以杨枝遍洒甘露，其细如尘。讷觉颈上沾露，斧刎处不复作痛。

讷死二日，豁然而醒。拜父曰："行将穿云入海往寻弟，如不可见，愿父犹以儿死。"讷离家，千辛万苦寻弟。困惫之际，偶见十余骑过，内一长官年四十余，一少年从之。少年停鞭下马，呼曰："非吾兄耶？"讷视之，则诚也。握手悲痛失声。初，虎衔诚去，不知何时置路侧。卧之经宿，适张别驾路过，怜而抚之，渐苏。言之，知为同乡，因载与俱归。三人至家，见太夫人，细审居里、情状，方知皆是一家人。初，夫人为北兵所掳。身属旗主。张别驾为其遗腹子。旗主死，补秩旗下，迁此官。别驾遂得两弟，甚欢。卖家产，办行装，即日还乡。

至家，牛氏已去世，老父见三子与结发妻同归，喜极而泣。别驾出资，建楼阁，延师教二弟。马腾于厩，人喧于室，居然大家矣。

【汾州狐】

狐女本性难过河　河神核准十日回

汾州通判朱公，所居官署多狐。公夜坐，有女子往来灯下，容光艳艳，美如天仙。心知为狐，而爱好之，遂大声呼唤：“过来！”女止步笑曰：“厉色加人，谁是汝婢媪也？”朱笑而起，拽坐谢过，遂相款密。久之，如夫妻之好。

一日，女忽谓曰：“君将升迁，但贺者在门，吊者即至，不能官也。”三日，升官喜报果来；正待赴任，家中老母死讯亦到。无奈，按律不能赴任，先奔丧。

女子将朱公送至河边，说：“狐不能过河也，奈何？”朱不忍别，恋恋于河畔。狐感其情深，谒于河神。河神限其十日往返。狐女即随朱公同船返家。至十日，果别而去。

傻小子喜美女，路上见之，张口、瞪眼、探身躬背、手足无所措。被傻小子盯着的两个异类女子又羞涩、又好奇、又好笑的情态毕现。国家画院的王平先生赞“于受万是大导演”，此言不虚。［刘书军］

【巧娘】

天阉男儿得双娇　传书鬼狐成姻缘

广东缙绅傅公，年六十余。有一子名廉，十七岁，甚慧。而男根细小如蚕。遐迩闻知，无与论婚者。公日夜忧愁，而无如何。

廉从师读，一日贪玩废学，因惧师责，遂亡去。离家数里，遇一素衣女郎，妖丽无比。女自言名三娘，托廉为其母华姑传书；母居琼州秦女村。廉浮海至琼州秦女村，问之，并无华姑者。而天色已晚，窘甚。见道侧一坟，思欲傍坟栖息，又惧虎狼，遂爬至坟旁树上。半夜，突闻树下有人语，下视，则庭院宛然。一丽人坐石上，双鬟挑灯，分侍左右。廉意其鬼魅，瑟缩不已。女惊曰：“何处大胆儿，暗来窥人？”廉大惧，遂盘旋下，伏地乞宥。女见之喜，邀廉入室，同卧一榻。未几，女暗以纤手下探廉之私处，突而停手，怅然若失，悄悄出衾而去。俄闻哭声。廉自惭形秽，惶愧无以自容。此女名巧娘，生前丈夫亦如阉人，以故悲伤而死。

廉正自惆怅，三娘之母华姑入。见廉所传三娘书信，十分感激，亲手为廉疗疾。廉服华姑丹药，顿觉热气直冲会阴，蠕蠕然似有物垂股间，自探之，已成伟男。不久，三娘亦至。

华姑令廉明做其义子，暗以三娘为妻，勿使巧娘知。廉捉臂登床。云雨初试，其快无比。一日，趁华氏母女他往，廉强拉巧娘登榻。巧娘戏掬脐下，触手盈握，惊曰：“何前之渺渺，而今累然？”笑曰：“前羞见客，故缩；今以讥笑难堪，聊作蛙怒耳。”遂相绸缪。后，华姑背着巧娘，将三娘与廉送回广东傅家。傅家父母皆喜。而巧娘在琼生下一子，母子孤苦无依，日夜啼哭。三娘遥知此情，于心不忍；廉亦思念巧娘，遂将巧娘母子接回家中。

自此，鬼、狐二女，共事一夫，和睦相处。儿长大，绝肖其父，尤慧，十四岁中秀才。

【吴令】

两个城隍争一庙　再筑一庙闹乃平

吴县民俗，最重城隍之神。木雕城隍神像，衣以锦。值神寿节，则乡民集资为会。辇游通衢。旗幢、卤簿，森森布列，鼓吹且作，阗阗咽咽然，一道相属也。习以为俗，无敢懈。

新任吴令，刚介有声。见此，大怒。指神而责之曰：“城隍实主一邑，如冥顽无灵，则淫昏之鬼，无足奉事；若有灵，则宜惜物力，何得以无益之费，耗民脂膏？”言已，拽神于地，笞之二十。从此，习俗顿革。

吴令清正无私，惟少年好戏。居年余，偶于廨中梯檐探雀，失足而堕，折股，寻卒。人闻城隍祠中，公大声喧怒，似与神争，数日不止。吴人不忘公之德，群集祝而解之，又别建一祠祠公，亦以城隍名。春秋祀之，较故神更灵验。吴至今有二城隍云。

《聊斋》原文写一个行医女子利用口技，凭空捏造出一群生动活泼的人物活动场景，画家的本事与行医女子很相似。所区别者，一是用口，一是用笔。《口技》文章写的是听声不见人，图画则是见人没有声。大家手笔。［杨庆芬］

【口技】

术业行行出状元　口技半夜充神医

村中来一女子，年二十四五，携一药囊，售其医。有问病者，女不能自为开方，须待夜晚问诸神。晚洁斗室，自闭其中。众绕门窗，倾耳寂听。

至半更许，忽闻帘声。女在内曰：“九姑来也？”一女子答曰：“来矣。”又问：“蜡梅也来矣？”似一婢答曰：“来矣。”三女子絮絮不止。女又曰：“六姑至矣。”曰：“春梅亦抱小公子来也！”一女子曰：“拗小子哄之不睡，定要从娘子来。身如百钧重，还抱猫儿来，累煞人也！”旋闻女子道谢声、九姑问候声、六姑客套声、两女子彼此慰劳声、小儿嬉闹声、猫叫声，一齐嘈杂。门帘又响，有人问：“四姑来何迟也？”一小女子细声答曰：“路有千里之遥，阿姑行且缓，故迟也。”遂各各道温凉声，并移座声，换添座声，参差并作，喧繁满室。许久始定。

女子问病，九姑说用人参，六姑说用黄芪，四姑说用白术，参酌移时，即闻九姑唤笔砚。无何，折纸戢戢然，拔笔帽丁丁然，磨墨隆隆然。投笔触几，震震作响；又闻撮药包裹苏苏然。顷之，女子掀帘，呼病人拿药取方。又返身入室，即闻三姑告别，三婢作别，小儿哑哑，猫儿呜呜，又一时并起。或清越，或缓苍，或娇婉，各有态响，了了可辨。

众讶以为真神。而试其方，亦不甚效。此即所谓口技，特借之以售其术耳。

【狐联】

端男坐怀心不乱　媚狐无奈说对联

焦生，章丘人，读书园中。夜半，有二美人来，颜色双绝。一可十七八，一约十四五，抚几媚笑。焦生心知为狐，不为所动，正色拒之。

长者曰：“君髯如戟，何无丈夫气？”焦曰：“仆平生不敢二色。”女笑曰：“迂哉！子尚守陈规也？鬼神凡事皆以黑为白，况床笫间琐事乎？”焦又咄之。女知不可动，乃云：“君名士，妾有一联，请属对，能对，我自去。上联：‘戊戌同体，腹中只欠一点。’”焦凝思不能对。女笑曰：“名士不过如此！我代对之，可矣！‘己巳连踪，足下何不双挑？’”说罢，一笑而去。

【潍水狐】

前世为驴潍县令　先知先觉老狐翁

潍县李某，有别墅。忽一翁来租居，岁金五十两。数日后，不见翁至，李欲另租。翌日，翁至，曰：“我已租下，何欲另租他人？所以迟至，因十日后方为吉日。”并先交一年租金。过数日，仍渺然。李往视之，则双扉内闭，炊烟起而人声杂矣。讶之，叩门。翁迎出，请入，笑语可亲。既归，遣人馈遗其家，犒赐丰隆。又数日，李设宴邀翁，宴间，谈笑甚欢。翁曰：“家在陕西，大难将至，不可居，故来贵乡暂住。”时四方太平，便未深问。

越日，翁回请李某。山珍海味，备极侈丽，疑为贵官。翁以交好，坦言为狐。李骇绝，逢人便道。潍县士绅闻其异，纷纷登门，与翁结交。翁无不伛偻接见。惟县令求通而被谢绝。李问其故，私语曰：“彼今虽俨然民上，其前身为驴。我虽异类，亦羞与为伍。”不久，陕西果遭兵乱。狐能先知，信矣！

画面左侧画狐女爬过梯子与相公约会，男者痴情如呆，女者半推半就，活脱画出了初恋男女之情态。画面右部画宋家恶奴抢夺卫女的惊心动魄场面，两组情节强烈对比，散乱的竹帘烘托了激烈的气氛。此图灵动传神，细细品味，不但可以得到美的享受，还能引起读者看《聊斋》原文的欲望。 ［马硕山］

【红玉】

过墙狐女情意切　辟邪兴家惩恶人

广平府冯翁与子相如，皆为秀才。而家门不幸，媪与子妇相继逝，家务自操之。一夕，相如坐月下，忽见东邻女自墙上来窥。视之，美。招以手，不来亦不去。固请之，乃梯而过。生大爱悦，遂共寝处。女言：“妾邻女红玉也。”与订永好。自此夜夜往来，约半年许。

翁性方耿。一夜，隔窗听知相如私情，痛骂之。女流涕曰：“亲庭罪责，良足愧辱！我二人缘尽矣！”分手前，出资为相如聘卫氏女为妻。越二年，生一男。不料，祸从天降，卫氏被恶绅宋某掠去，逼淫不屈而死。翁愤气中结，亦吐血亡。相如讼告无果，悲愤欲绝。忽一虬髯丈夫前来吊丧，自言欲为相如报杀父夺妻之仇。

当夜，宋某父子三人及一媳一婢被杀。宋家诬相如为凶手。县令将相如押入死牢。是夜，县令方卧，忽闻有物击床，震震有声，大惧而号。家人惊集，见一利刃剁床入木者寸余，牢不可拔。令大惧，遂释相如。

生归，瓮无升斗，孤影对四壁。思惨酷之祸，几于灭门，则潸潸泪堕；及思半生清贫彻骨，宗支不续，大哭失声，不能自禁。忽有扣门者，启扉视之，则红玉也。挽一小儿，嬉笑胯下。相如见之，悲喜交织，相抱呜咽。女曰：“实告君，妾非邻女，实为狐。适宵行，见儿啼谷口，抱养于秦。闻大难既息，故携来与君团聚耳。”

红玉住下，相夫教子，勤俭持家。逾半年，人烟腾茂，家道富足。又为相如讨回秀才功名，是年，相如领乡荐。红玉袅娜，如随风欲飘，而操作胜农家妇。虽严冬自苦，而手腻如脂。自言二十八岁，人视之，常若二十许人。

【龙】

能大能小云中龙　一声霹雳出眼飞

章丘小相公庄，有农妇在野，值大风，尘沙扑面。觉一目眯，如含麦芒，揉之吹之，而不愈。启睑审视之，睛并无恙，但有赤线蜿蜒肉内。或曰：“此蛰龙也。”妇忧惧待死。

积三月余，天暴雨。忽炸雷一声，有物裂眦飞去，果龙也。而妇无少损。

本篇故事侧重于写男女性爱，画家以一个半裸女子和着衣男子的贴身接触，雅化了原文中其他性爱行为。画中半裸女体型丰腴，性感媚人，有似现代女模。此种表现强化了现代美感，迎合了现代人的快餐式生活节奏和人性欲求，但缺少了些学究气，噫！“鱼与熊掌不可兼得”。　［韦辛夷］

【林四娘】

一歌代哭难为厉　日诵菩提千百言

青州道台陈宝钥，闽人。夜独坐，一女子入。视之，不识；而艳绝，长袖宫装。问之，自言西邻林四娘。公意其鬼，而心好之。捉袂挽坐，谈词风雅，大悦。拥之，亦不甚拒。遂相欢好，鸡鸣乃去。

由此，夜夜必至，暧昧之情，胜过夫妻。四娘自述，本明朝衡王府宫女，遇难而死十七年矣。诗词音律皆精通，时而低吟漫唱，哀婉动人。宫中之事，无不剖释详尽。四娘睡眠绝少，夜则坐诵金刚、准提诸经咒。

居三年。一夕，惨然告别。惊问之，答曰：“冥王以妾生前无罪，死犹不忘诵经，允生帝王之家。别在今宵，永无见期。”临行，公置酒相与痛饮。女慷慨而歌；又索笔，赋诗一首而赠之。诗曰：“静锁深宫十七年，谁将故国问青天？闲看殿宇封乔木，泣望君王化杜鹃。海国波涛斜夕照，汉家箫鼓静烽烟。红颜力弱难为厉，蕙质心悲只问禅。日诵菩提千百句，闲看贝叶两三篇。高唱梨园歌代哭，请君独听亦潸然。”

画黑人见笔墨。赞！【范 杰】

【江中】

古老战场现鬼怪　挽弓射之入江中

王圣俞南游，泊舟江心。既寝，忽听船顶如有小儿行走，芦篷嚓嚓作响，疑有盗，急呼童仆。待众惊起，声响顿息。告以所闻，疑为错误。俄响声又作。群趋四顾，渺然无人。众危坐舟中，旋见江中有火如灯，随波漂游，近船而灭。即有黑人骤起，屹立水上，以手攀舟而行。众人挽弓射之，黑人即缩身入水，不复见矣。问舟人，曰："此乃古战场，常有鬼魅出没，不足为怪。"

文言短聊斋，
图画式新裁。
狐鬼跃纸上，
受众悉喝采。　〔赵增福〕

【鲁公女】

情感深时菩萨助　七十老翁变少年

招远张于旦，疏狂不羁。读书萧寺。县令鲁公，有女好猎。生偶遇于野，见其风姿娟秀，穿锦貂裘，跨小骊驹，翩然若画。归忆容华，极意钦想。后，闻女暴卒，悼叹欲绝。鲁公以家远，将女灵柩寄存寺中。生对之敬礼若神明，朝必香，食必祭。每酹酒而祝曰：“睹卿半面，常系梦魂。今近在咫尺，而邈若河山，恨如何也！然生有拘束，死无禁忌，九泉有灵，当姗姗而来，慰我倾慕。”日夜祝之。

及半月。一夕，生挑灯夜读，忽举首，见女含笑立灯下，曰：“感君之情，不能自已，遂不避私奔之嫌。”生大喜，遂共欢好。自此，夜无虚夕。偶值节序，欲与同行，而忧足弱，不能跋履。生即抱负以行，如抱婴儿，殊不重累，遂以为常。谓生曰：“吾生前好弓马，以射獐杀鹿为快，罪孽深重，死无归所。君如诚心爱妾，烦代诵《金刚经》一藏数，生生世世不忘也。”生如数诵之。五年后，因得生诵经之力，女投生卢户部家，嘱生十五年再相会。

至十五年后，张生年迈，夫人亦以老病卒。生夜梦青衣人邀去，见菩萨，饮之以茶，浴之于池。池水清洁，游鱼可数。入之而温，掬之有荷香。移时，渐入深处，失足而陷，灭顶。一惊而寤。由此身益健，目益明，胡须尽落，皱纹亦渐舒。数月后，宛如十五六时。按女所嘱，辗转至卢户部家。先是，卢公生一女，生而能言，父母钟爱之。贵家通媒，皆不欲；怪问之，具述与张生前约。细问门第，知其贵家，益喜，择日成婚。居岳家半月，携女归。夫妻居家，俨如小耦。不知者，多误以子媳为公婆焉。

【道士】

翩翩起舞两秽石　游戏人生到头空

韩生，世家子，好客。同村徐生，常饮于其座。会宴集，有道士托钵门外，未经门报，竟入。问之，始知其居村东破庙中。韩邀之饮。道士豪饮二十余杯，乃辞而去。自此每宴客，道士必至。遇食则食，遇饮则饮。韩生稍厌其频。徐生嘲之曰："道长每日为客，何不一作东道主？"道士笑曰："道人与居士等，惟双肩承一喙耳。"徐惭不能对。道士曰："明日当作杯水之酬，幸赐光临。"

次日，徐韩相邀同往。入破庙，则荒院一新，连阁云蔓。其室陈设华丽，超过世家。大奇之。入席，酒馔芳美，备极丰渥。旋有二美人入，媚曼双绝。少者拍板而歌，长者和以洞箫，其声清细。歌毕，临席对舞。长袖乱拂，香尘四散。二人心旷神飞，不觉大醉。道士谓客曰："烦稍待，我小憩复来。"竟自走向墙下睡榻，二女侍奉道士卧。道士拽长者共寝，少者为之搔痒。徐韩二人睹此状，颇不平。徐生大呼："道士不得无礼！"道士急起而遁。

徐乘醉拥一女同卧，韩亦抱一女共寝。天明，韩生酒梦俱醒，觉怀中冷物如冰，视之，则抱一长石，卧青阶下；急视徐，尚未醒，头枕遗厕之石，酣寝败厕中。蹶起，互相骇异。四顾，则一庭荒草，两间破屋而已。

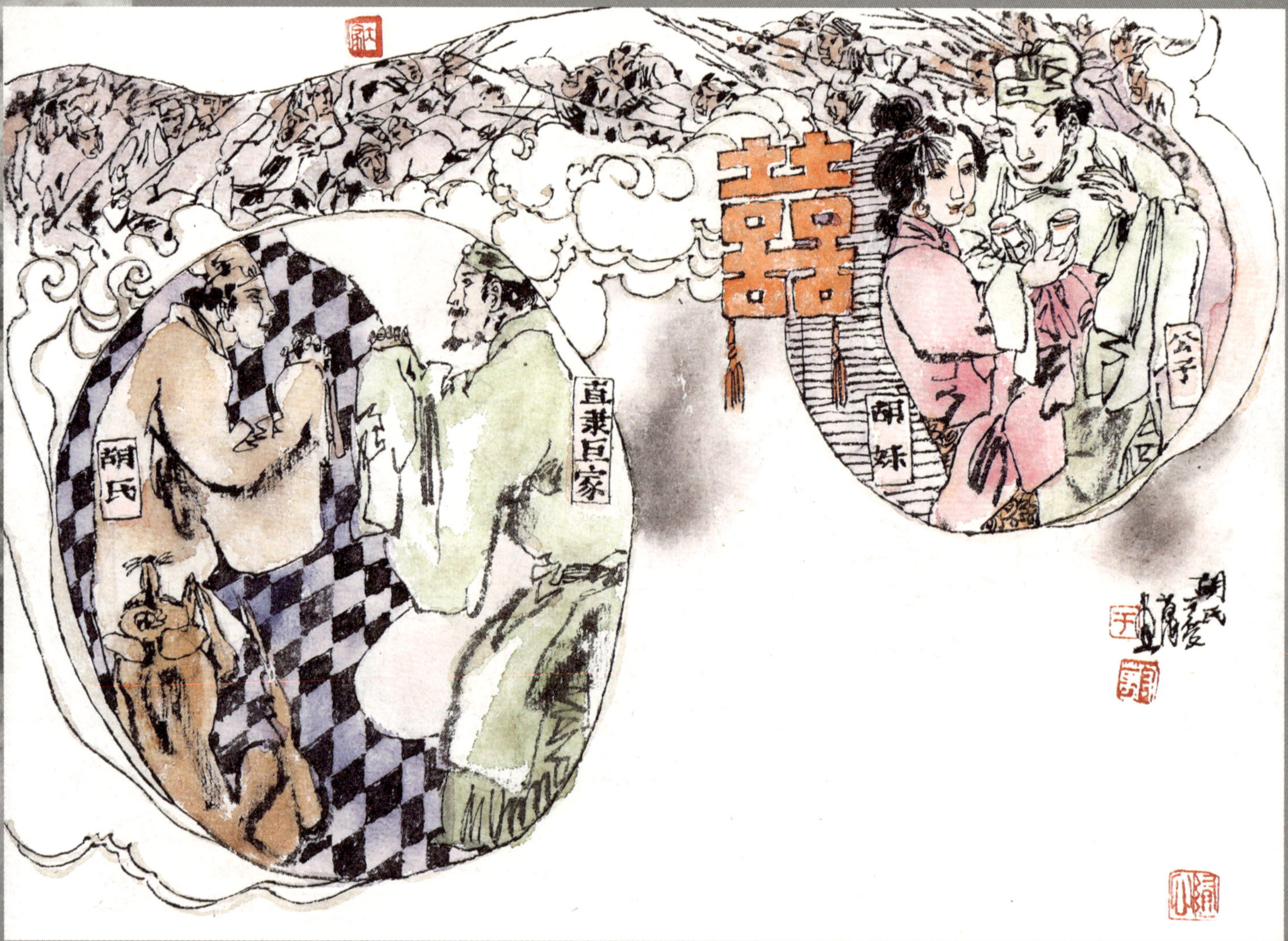

【胡氏】

求亲不成动干戈　温言相慰结姻亲

直隶有巨家，欲延请塾师，一胡姓秀才上门自荐。言语开爽，遂被聘用。

胡秀才学问渊博，课业良勤。然时常出游，深夜始归，不闻叩门，而已在房中。众疑其为狐。主人有女而美，胡屡屡示意，欲求姻好。主人心有芥蒂，假作不解。胡不罢休，遣客上门提亲，主人不应。客曰：“胡亦世族，何遽不如先生？”主人曰：“但恶非其类耳。”客怒，欲抓主人。主人命家人杖逐之。

胡恼羞成怒。次日，狐兵大至，声势汹汹。家丁奋出迎敌，飞石急箭，相互冲击。狐渐靡，纷纷退去。遗刀地上，亮如霜雪；近视之，则高粱叶也。众笑曰：“技止此耳。”明日，忽一巨人自天而降，高丈余，挥大刀如门，逐人而杀。家丁矢石乱击之，颠仆而毙，则殉葬草人而已。众益藐视之。主人适如厕，狐兵张弓挟矢而至，乱射之，集矢于臀。拔矢视之，皆蒿梗。如此月余，来去无常。虽不甚害，而日日戒备，主人患苦之。一日，胡生率众至。主人出，温言邀胡入斋，置酒款待。答应家中十五岁公子，做胡家女婿。双方以此握手言和。

一年后，果有舆马送新妇至。温丽异常，奁妆丰盛。主人大喜。胡家时来望女，人皆见之。

【戏术】

市上桶戏寻常事　白米满席奇其多

有桶戏者，桶可容升；无底，中空，亦如俗常之戏。戏人以二席置街上，持一升入桶中，旋出，即有白米满升，倾注席上。又取，又倾，顷刻两席皆满。后，一一量入，毕而举之，犹为空桶。奇在多也。

【丐僧】

生时游僧心虚静　死后蒿葬穴乃空

济南一僧，不知何许人。破衣，赤足，每日于大明湖、芙蓉街诵经化缘。与之酒食钱粟皆不受；问所需，亦不答。终日，未曾见其餐饭。或劝之曰：“法师既不茹荤酒，当募山村僻巷中，何日日来往于闹市？”僧闭目诵经，若不闻。反复问之，僧遽张目，厉声曰：“要如此化！”又诵不已。久之，自去。或从其后，再三询问。走不应。一再问之，又厉声曰：“非你所知，老僧要如此化！”逾数日，忽出南城，卧道侧如僵。三日不语。居民恐其饿死，贻累近郭，因集劝他徙。僧瞑然不动。群摇而语之。僧怒，于衲中出短刀，自剖其腹，以手入内，理肠于道，气遂绝。众骇，告郡，蒿葬之。

异日，为犬所穴，席见；踏之似空；发视之，席封如故，犹空茧然。

蒲翁写男女之事，用的是雅化了的手法。受万兄也随之雅化，点到为止，堪称高手。　［巩武威］

【伏狐】

郎中春药治淫狐　胜过道人画鬼符

太史某，为狐所魅，骨瘦如柴。请僧道多方驱之，无效。乃乞假归，冀可逃避。太史行，狐则从之；大惧，无所为谋。一日，止于涿县，门外有江湖郎中，自言能伏狐。太史延之入。投以药，则房中术也。促令服讫，入与狐交，锐不可当，狐惊拒，哀而求罢，不听，进益勇。狐辗转营脱，苦不得去。移时无声，视之，则现狐形而毙矣。

【蛰龙】

蛰龙忽自书中出　长揖送之腾云霄

於陵人曲银台，读书楼上。值阴雨晦暗，见一小虫，有光如萤，从书箱爬出，蠕蠕而行。过处，则黑如蚰迹。渐盘卷上，卷亦焦。意为龙，乃捧卷送之。至门外，持立良久，仍蜷曲不动。公曰：“将无谓我不恭乎？”持之返，仍置案上，冠戴长揖送之。方至檐下，但见昂首乍伸，离卷横飞，其声嗤然，光一道如缕。数步外，回首向公，则头大如瓮，身数十围矣；又一折返，霹雳震惊，腾霄而去。

此图依然巧用祥云曲水幽美的线条，既用之联络分隔，亦有吉祥之寓意。苏仙形象本身，丰腴健美，和祥可亲，已有佛性。原文故事很美，画面亦然。〔徐永生〕

【苏仙】

青苔一缕春心动　彩云绕舍女升天

郴州民女苏氏，浣衣于河。河中有巨石，女踞其上。有青苔一缕，绿滑可爱，浮水漾动，绕石三匝。女视之，心动。既归而孕，腹渐大。母私诘之，女以情告，母不能解。数月，竟生一男。母欲弃之，女不忍，藏箱中而养之。遂矢志不嫁。然无夫而孕，终以为羞。

儿至七岁，未尝出以见人。一日，忽谓母曰："儿渐长，幽禁何可长也？去之，不为母累。"又曰："我非人种，行将腾霄昂壑耳。"女泣问归期，答曰："待母归天，儿始来。去后，倘有所需，可启藏儿箱索之，必能如愿。"言已，拜母而去；望之，已杳矣。女告母，母大奇之。

女坚守旧志，与母相依，而家益贫。偶缺晨炊，仰屋无计。忽忆儿言，开箱视之，果然得米，赖以举火成炊。自是，有求必应。逾三年，母病卒；一切葬具，皆取之于箱。

母葬，女独居三十年，未出家门。一日，忽有彩云绕女舍，亭亭如盖。中有一人盛服立，审视之，则女也。回翔久之，渐高不见。邻人共疑之。窥睹其室，见女靓装凝坐，气则已绝。众以其无后，议为殡殓。忽一少年入，丰姿俊伟，向众申谢。出金葬母，又植二桃于墓，乃别而去。数步之外，足下生云，倏忽不见。后，桃树结实甘芳。居人谓之"苏仙桃"。树年年华茂，更不衰朽。

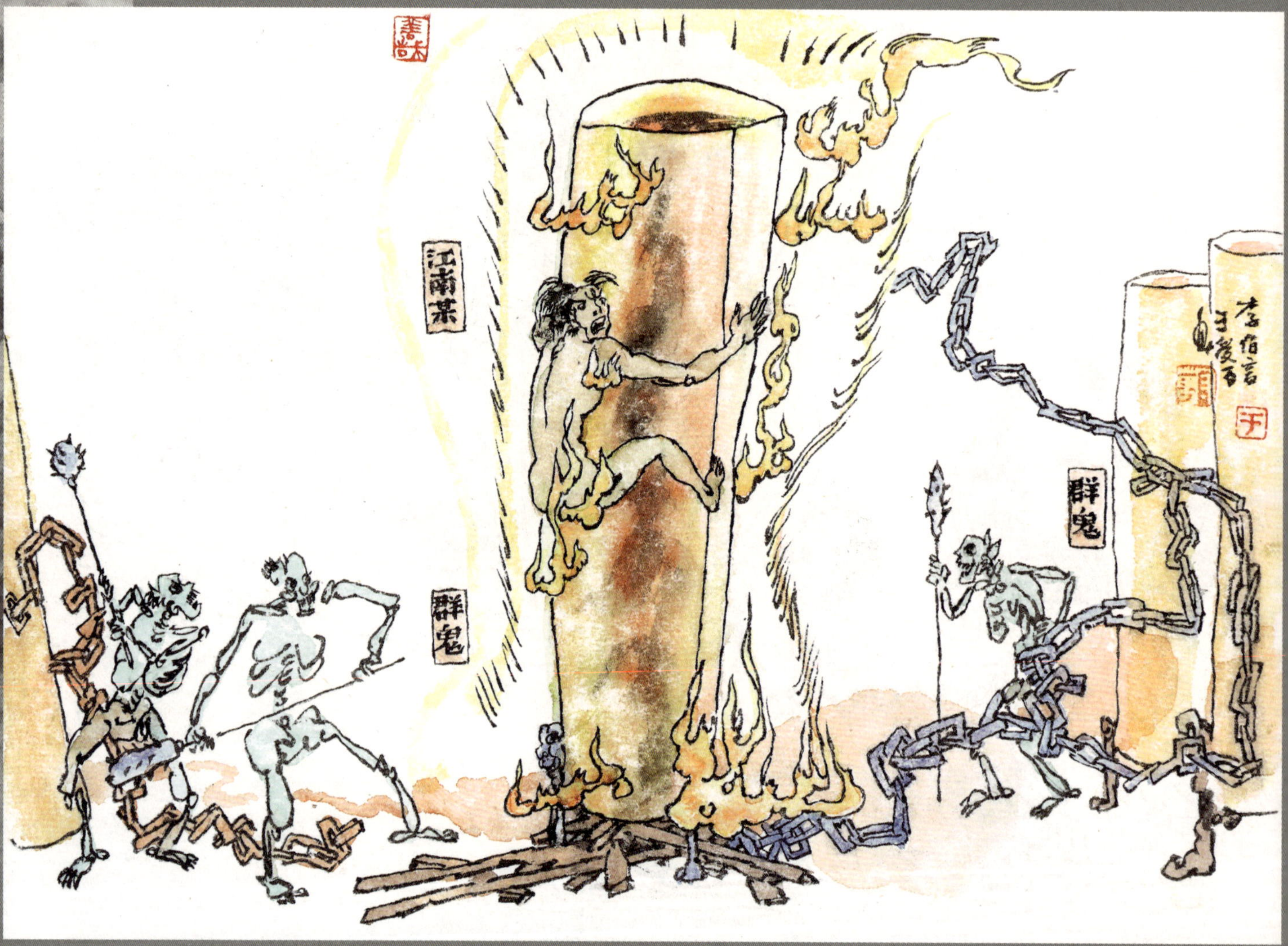

【李伯言】

闺房一语通幽冥　阴曹不可有偏心

沂水人李伯言，抗直，有肝胆。忽暴病，家人进药，却之曰：“吾病非药饵可疗。阴司阎罗缺，欲命我暂摄其篆耳。死，勿埋我，后当复活。”果卒。即赴阎王殿上任。第一宗案件，江南某，平生所私良家女八十二人。证据确凿，按冥律，宜炮烙。堂下有铜柱，高八九尺，围可一抱，空其中而炽炭，表里通赤。群鬼以铁蒺藜挞驱使登，手移足盘而上。甫至顶，则烟气飞腾，崩然一响，如爆竹，人乃堕；待复苏，又挞之，爆堕如前。三堕，则匝地如烟而散，不复能成形矣。

另一起，为淄川王某盗占婢女案。王某乃伯言亲家，暗生袒护之心。此心才动，殿上火起。伯言大骇，鬼隶急进曰：“阴曹不可有私念。”伯言遂收偏袒之心，秉公办理，判王某以鞭刑，殿火遂灭。

伯言代理阎王三日期满，将还阳。有数百异乡鬼，跪地而哀，请求发放通牒，以便魂归故乡。伯言为难。群鬼曰：“南村胡生，将建道场，代嘱可也。”伯言应诺，遂复活。

群鬼所言胡生，乃伯言好友，闻李再生，前来探视。李问之做道场事。胡大惊，叹曰：“前日曾与内人谈及做道场之事；闺房一语，遂播幽冥，可惧哉！”乃敬诺而去。次日，伯言看望亲家王某，王犹惫卧，见李，肃然起敬，申谢佑庇。李曰：“冥律不得徇私，今幸无恙乎？”王曰：“已无大碍，但笞伤脓溃耳。”又二十余日始愈。

【黄九郎】

借尸还魂成翰林　一家皆狐人不知

何子萧，斋于苕溪，门临旷野。薄暮偶出，见妇人跨驴来，少年从其后。妇五十许，意致清越。少年十五六，风采过于姝丽。何生有同性恋之癖，见之心动，曲意逢迎，邀其过斋小憩。少年辞以不暇。固拽之，乃入。略坐兴辞，坚不可犯。生由是凝思如渴。往来眺瞩，足无停趾。一日傍晚，少年忽至。大喜，邀入，以酒款待。问其姓字，答曰：“姓黄，名九郎。”酒数行，欲辞去；生捉臂挽留。九郎复坐，温若处子。未几，引与同衾，苦求私昵，九郎曰：“此之为，是禽处而兽爱之也！”径去。生相思成病，日渐委悴。一日，九郎过门，见生清癯，大骇，问之。生实告以情，泪涔涔零落。九郎曰：“区区之意，实以相爱无益于弟，而有害于兄，故不为也。君既乐之，仆何惜焉！”生大悦，遂相缱绻。九郎去后，病遂平复。一日，九郎又来，言：“母患心病，惟齐人王太医先天丹药可疗。君与之善，当能求之。”生诺之，入城求药。及得药付之，九郎喜。生又强与欢。九郎曰：“勿相纠缠。愿为君图一佳人，胜弟万万矣。”又曰：“表妹美无伦比，当为媒通。”生全不在意，只苦恋九郎，夜夜与之欢会，气血耗尽而死。其时，邑有太史某公，少与生为好友，因抗劾巡抚之恶，遭其报复而自经，夫人亦投缳死。生借尸返魂，太史某公复活，而其所言皆何生之事。九郎践诺，将表妹嫁与公。

九郎实为狐，多能变化，旋饰女郎，去见巡抚。作天魔舞。巡抚惑之，赐金万计，动息不相离。半年，巡抚病危。九郎知其去冥路近也，遂辇金帛，假归公家，起屋置器，畜婢仆，母子亲戚并家焉；九郎出，舆马甚都。人皆不知其狐也。

【金陵女子】

命里多金担不动　蒜臼檐水治喉瘤

沂水赵某，自城中归，见一白衣女子哭路侧，甚哀。睨之美，悦之，凝注不去，问之。女垂涕曰：“夫死无路，孤身无依，是以哀耳。”赵忻然自荐，女从之。至家，操井臼甚勤。三年后，谓赵曰：“感君恋恋，猥相从，忽已三年，今宜且去。”赵曰：“前言无家，今焉往？”曰：“彼者漫言之，何得无家？妾父卖药金陵。倘欲再晤，可载药往。”赵欲为赁舆马，女辞之，出门径去。追之不及，瞬息遂杳。

居久之，颇涉怀想，即购药材去金陵。寄货旅店，访诸街市。市中药店一翁，望见赵某，曰：“吾婿至矣。”请入之。女正浣衣庭中，见之不言亦不笑，浣衣不辍，如见生人。翁备酒饭，谋厚赠之。女止之曰：“命薄福浅之人，多将不任，宜少慰其苦辛，再捡十数医方与之，便吃穿不尽矣。”翁问所载药，女曰：“已售之矣。”翁乃出方付金，送赵归。归后，试其方，果有奇验。沂水尚有知其方者。以蒜臼接茅檐雨水，洗喉赘，其方之一也，良效。

于老师是前辈画家，年轻时多有受教，其画风自成一家，风格鲜明、雅致，构图独特清新，其画作既传统又现代。他是我学习的良师益友。〔徐永生〕

此图为本套《聊斋》图中最具吉祥寓意的一幅。汤公一声“阿弥陀佛”，画面出现观音菩萨、帝君、阿弥陀佛和宣圣。画家有意将文中迂回曲折的丰富情节做如此的浓缩调整，大家手笔。〔任 清〕

【汤公】

心地诚善得神助　菩萨法力能回天

汤聘，辛丑进士，抱病弥留。忽觉下部热气，渐升而上：至股，则足死；至腹，则股死；至心，心死最难。一生往事，都随心血来，一一潮过。如一善，则心中清净宁帖；一恶，则懊悔烦躁，似油沸鼎中，其难堪之状，口不能比拟之。犹忆七八岁时，曾抓雀雏而毙之，只此一事，心头热血潮涌，食顷方过。直待平生所为，一一潮尽，乃觉热气缕缕然，穿喉入脑，自顶颠出。逾数十刻，魂乃离窍，忘躯壳矣。而渺渺无归，漂泊郊野路间。忽一巨人来，身高丈余，掇拾之，纳入袖中。入袖，则叠肩压股，其人甚夥，气闷殆不可过。公顿思惟佛能解厄，因宣佛号，才三四声，即飘堕袖外。巨人复纳之。三纳三堕，巨人乃去之。公独立彷徨，不知何往为善；忆佛在西土，遂往西去。

无何，路遇一僧，问之。得知读书人生死簿，由文昌帝和孔圣司之，必两处销名，乃可他适。公遂先见孔圣，又见文昌帝。帝曰：“汝心诚正，应予还阳，但躯体已腐，非菩萨无能为力。”即按帝所指而行。俄见茂林修竹，殿宇华好。进殿，见菩萨螺髻庄严，金容满月；瓶浸杨柳，翠碧垂烟。公肃然稽首，拜述帝君之言。菩萨手断柳枝，倾瓶中水，合净土为泥，拍附公体。使童子携送灵所，推而合之。棺中呻动，霍然而苏。家人骇集，扶而出之，计气绝已继七矣。

借用太极图，将阴阳两界的人物情节予以区分，不失为匠心独具一幅精妙插图。〔杜文周〕

【阎罗】

日间为人夜阎罗　二十鞭笞审曹操

沂州徐君星，自言夜作阎罗。州有马生者，亦然。徐公闻之，访于马家，问曰：“昨夜冥中处分何事？”马曰：“无他事，但送进士左萝石升天，天坠莲花，朵大如屋矣。”

莱芜秀才李中之，性直谅不阿。每过数日，便死去，僵然如尸，三四日始醒。或问所见，则隐秘不泄。时淄川张生，亦数日一死。语人曰：“李中之，阎罗也。余至阴司，亦其曹属。”或问：“李昨夜赴阴曹何事？”张曰：“不能具述，惟提审曹操，笞二十。”

【连琐】

廿年复活如一梦　百折不回人鬼情

杨于畏，移居泗水之滨。斋临旷野，墙外多古墓。夜阑秉烛，忽墙外有人吟曰：“玄夜凄风却倒吹，流萤惹草复沾帏。”反复吟诵。其声细婉似女子，疑之。翌日二更，吟声又作。移杌登望，吟顿止。意其为鬼，然心慕之。次夜，伏伺墙头。闻哀吟，续之曰：“幽情苦绪何人见？翠袖单寒月上时。”久之，寂然，杨乃入室。方坐，忽见丽者自外来，敛衽曰：“君子固风雅士，妾乃多所畏避。”杨喜，曳坐，问之。女言，名连琐，随父流落至此，十七岁病故，已十九年。孤寂凄苦，吟诗以寄幽恨。杨欲为欢，女戚然曰：“与鬼幽欢，促人寿数，妾不忍祸君也。”杨乃止。戏以手探胸，则鸡头之肉，依然处子。与谈诗文，慧黠可爱。自此，每夜必至，或共谈诗文；或教杨弹琴，欢同鱼水。虽不至乱，而闺阁之中，诚有甚于画眉者。剪烛西窗，如得良友。视窗上有曙色，则张皇遁去。

久之，事泄。同窗薛生得知，仰慕殷切，执意要见连琐。杨不得已，诺之。连琐知之，怒曰：“与君缘尽！”杨百词慰解，终不欢。起而别去，挽之已渺。自是，月余不至。杨思之成病，形销骨立。

一夕，连琐突至，涕泪垂膺，曰：“负气去，又急而求人，难免惭愧。”再三问之，方知，一龌龊鬼逼其做妾，无力抗拒，此来请杨救援。杨生即在梦中与仇人交手，阴间好友王生相助，击败恶鬼，救出连琐。由是往来如初。

几月后，连琐曰：“久蒙眷爱，接生人之气，白骨顿有生意。但欲复活，还须生人精血。”杨笑曰：“卿自不肯，岂我故惜之？”遂与为欢；又以利刃刺臂出血，滴女脐中。百日后，杨挖坟开棺，见女貌如生，摩之微温；蒙衣抱归，置暖处，半夜而苏。每谓杨曰：“二十余年，如一梦耳。”

【白于玉】

月宫仙人驾青蝉　人间书生入空门

吴青庵，少知名。葛太史见其文，每嘉叹之。常邀至其家，领其言论风采。曰：“焉有才如吴生，而长贫贱者乎？”又使人转告吴生，有意将女儿嫁之。

一夕，有秀才白于玉造访。略与倾谈，豁人心胸。悦之，留同止宿。黎明欲去，约期而别。至日，白至，乘骏马如龙。出一卷授生，曰：“此乃《黄庭》之要道，仙人之梯航。”生不以为然，以迂缓置之。次日，白忽促装言别，生凄然。两相依恋。俄见一青蝉鸣落案间，白辞曰：“车驾已到，请从此别。如相忆，拂我榻而卧之。”说罢，身缩如指，翩然跨蝉背上，杳入云中。生乃知其非常人，错愕良久，怅怅自失。

逾数日，细雨迷蒙，思白心切，遂卧其榻上。无何，见有白家童来相招，吴忻然从之。俄有桐花鸟翔集，骑之，戛然，凌升空际。未几，见有朱门，童扶生下。问之，知为天门，童导入广寒宫。时，白于玉正候于门，握手

入，设宴款待。又令紫衣、翠衣 、淡白衣、绛红衣四丽者侍奉左右。吴心动神移，依醉，请白赐一女，以销魂。白遂命紫衣女奉客。既而携女入室登床。衾枕之爱，极尽绸缪。生索赠，女脱腕上金钏付之。正缠绵间，忽童仆催行。女急起，遁去。生仓皇出，回视，则人物已杳，而虎哮骤起。生惊窜而去，失足堕无底洞中。一惊而寤，则太阳已升。紫衣女所赠金钏尚在手中。

过十余月，昼寝方酣，梦紫衣女抱婴儿至，曰：“此君骨肉，天上难留此物，敬持送君。”匆匆欲去。生强之为欢，女曰：“前一度为合卺，今一度为永诀，百年夫妇，尽于此矣。”生醒，果有男婴在侧。

吴生使人告太史，将入山隐居，请其女别择良配。太史与女亦不肯。生感其贤，遂与之成亲。敬爱臻至。三年后，吴生辞妻而去，不知所之。紫衣女所生之子名梦仙，十五岁中进士，授翰林。

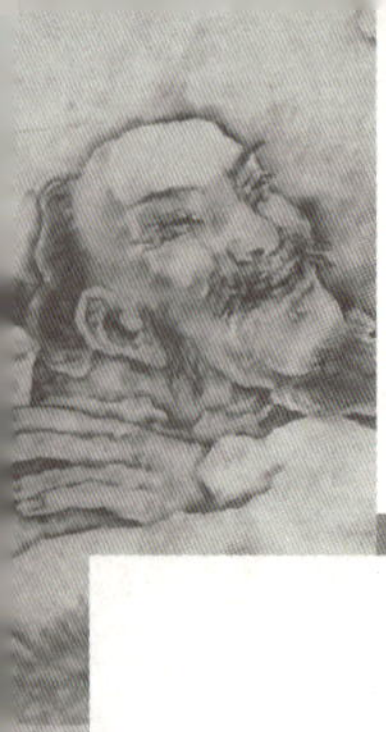

【单道士】

道士壁上画一城　跃入城中杳无踪

韩公子，淄川世家。有单道士，精于幻术。与人对坐，忽而隐身，不见踪影。公子爱其术，奉为座上客。求传其术，不肯。固求之，单曰：“非吝此术，恐坏吾道也。所传而君子则可，不然，有借此以行窃者矣。或见美丽而悦，隐身入人闺闼，是济恶而宣淫也。不敢从命。”公子心怒，阴与仆辈谋惩辱之。恐其逃匿，因以细灰撒麦场上。心想，旁门左道虽能隐形，而履处必有脚印，可随印处急击之。于是诱单往，使人执牛鞭立挞之。单忽不见，灰上果有履迹，左右乱击，顷刻而没。待公子归，单道士亦至。对诸仆曰：“吾不可再留此矣，向劳服役，临别，当有以报。”袖中出酒一瓶，又取肴一盘，并置案上。凡十余取，案上已满。遂邀众饮，俱醉。韩知其异，使再作剧。单于壁上画一城，以手推之，城门顿开。乃将衣物掷于门内，拱手曰：“我去矣！”跃身入城，城门遂合，道士顿杳。

家家床头都有个夜叉在，古今一也。〔唐加福〕

【夜叉国】

商人泛海纳夜叉　子女勇武成将军

交州徐某，泛海经商，被大风吹至一处，深山苍莽。遂缆船而登，见两岸峻崖皆洞口，密如蜂房。至一洞外，伫足一窥，中有夜叉二，牙森列戟，目闪双灯；爪劈生鹿而食。见徐，捉之入洞，裂衣欲啖。徐急将囊中牛脯进之；又打火，将獐鹿煮熟供夜叉食。二夜叉喜。俄有数夜叉闻香而至，群集吞食，皆喜。居数日，夜叉与徐渐熟，聚处如家人，遂携一母夜叉来，妻徐。

值天寿节，夜叉载歌载舞，迎接大夜叉；项下各挂明珠一串。见徐无项链，众各摘其五，共得五十之数，以野苎为绳，穿挂徐项。徐视之，一颗可值百金。大夜叉啗徐煮肉，极赞嘉美，并赐大明珠十颗。居四年，母夜叉一胎生两雄一雌，皆人形。徐教之以人言，渐能语，啁啾有人气焉。虽童也，奔山如履坦途。一日，母夜叉与一子一女外出，半日不归。徐思念故乡，携子至海岸。见故舟犹存，而北风大作。遂携子登舟，一昼夜，乘风破浪，回至交州。家中妻已改嫁。出售明珠两颗，家境已颇丰足。子取名彪，勇武有力。送之从军。战功显赫，十八岁升副将。

彪思母及弟妹，费百般周折，漂洋过海，将之接到交州，令其穿锦衣，学文化。弟名豹，妹名夜儿，皆强劲有力。妹能开千石弓，后嫁袁守备，随夫征战，屡立战功。豹考中武进士，三十四岁成将军。其母随子南征，勇不可当。朝廷下诏封为男爵。豹代母上书辞谢，改封为夫人。

【小髻】

扫荡群狐连遽去　惟遗地上骚臭髻

长山县居民某，暇居，忽有短客来，久与扳谈。素不识其生平，颇注疑念。一日，客曰：“三数日便将徙居，与君比邻矣。”过四五日，又至，曰：“今已同里，旦晚可以承教。”问居何处，亦不详告，但以手北指。自此，日则一来，时向里人借器具；或吝不借，则自失之。众疑其为狐。村北有古冢，深不可测，意必居此。共操兵杖往。伏听之，久无动静。一更向尽，闻穴中叽叽然，似数十百人作耳语。众寂不动。俄而，尺许小人连遽而出，至不可数。众噪起，并击之。杖杖皆火，瞬息四散。惟遗一小髻，如核桃壳，纱饰而金线。嗅之，骚臭不可言。

中西殊俗而世理相近，坐地弩远便易生讹传，梵客东来，汉僧西往良有以也。西传东土黄金遍地，菩萨犹在；东说西天琉璃 世界，佛祖未死。彼此相羡，都忘本来面目。所以，《西僧》一篇实为破妄点化之作。画家把准《西僧》后段文意，于画图中央着意刻画东西二僧中途邂逅、互道契阔、解嘲破痴、合掌噱笑之憨态，每人身后又以不规则括边图画，状绘东西方讹传之景象，以映照文章前段之叙述，构思奇巧，画出了真谛。［王颜山］

【西僧】

西僧悉心羡东土　东僧虔诚慕西天

两僧自西域来，一赴五台山，一赴泰山。其肤色言貌，皆与中国殊异。自言：历火焰山，山重重，气熏腾若炉灶。凡行必于雨后，心凝目注，小心翼翼；误蹴山石，则飞焰腾灼矣。又经流沙河，河中有水晶山。峭壁插天际，四面莹澈，透明如琉璃。又有隘，可容单车，二龙交角对口守把之。过者先拜龙，龙许过，则口角自开。途中历十八寒暑。离西土者十二人，至中国仅存其二。西土人传，中国有四名山：一泰山，一华山，一五台，一落伽也。相传山上遍地皆黄金。观音、文殊犹在。能至其处，则身便是佛，长生不死。听其所言状，亦犹中国人之仰慕西土也。尚有西游之人，与东渡者，中途相遇，各述所有，当必相视失笑，两免跋涉矣。

笔墨洗练，构图新颖，人物生动，特别是人物表情极尽生活百态，如历目前。〔曾先国〕

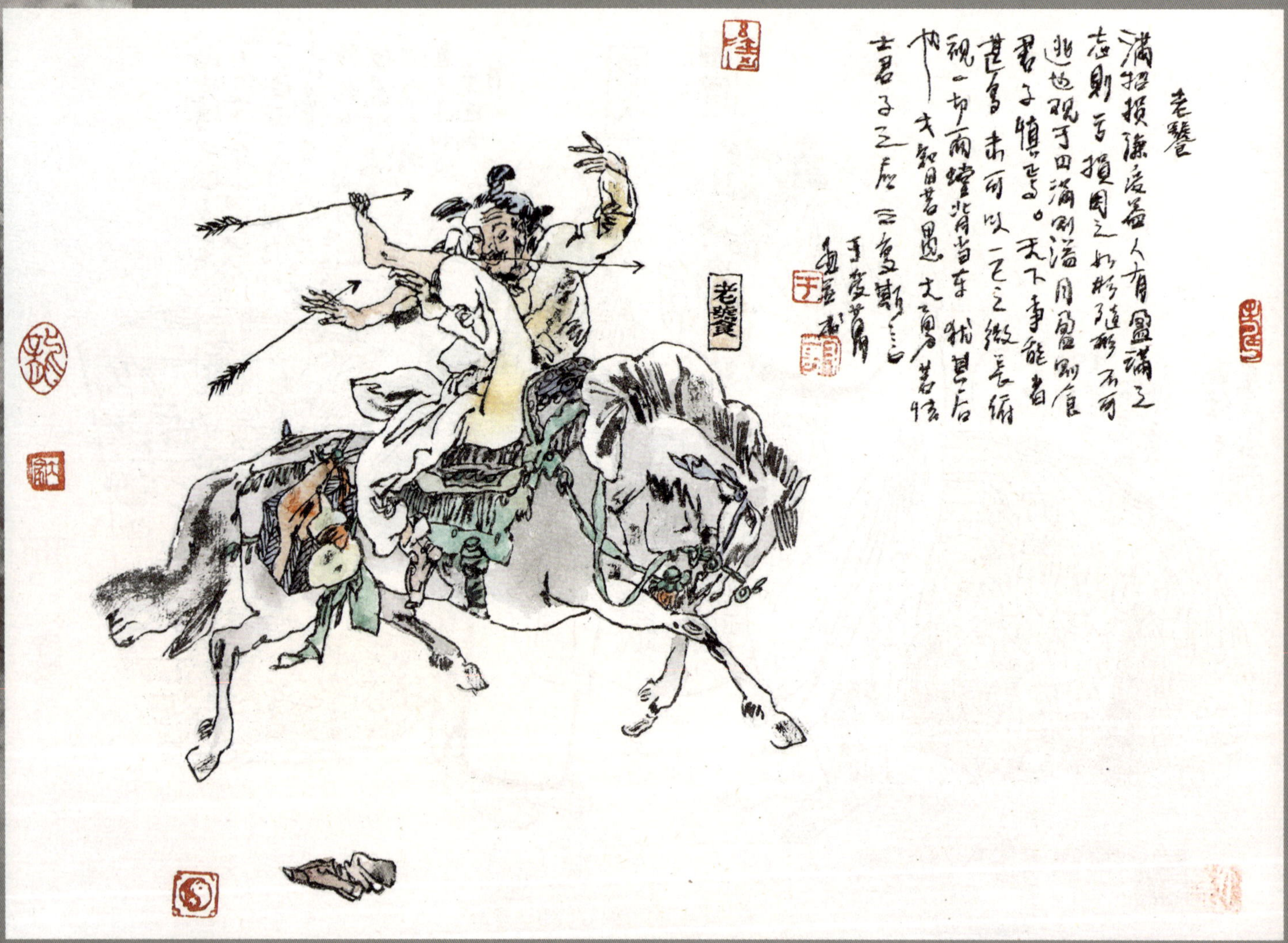

【老饕】

绿林豪发连珠箭　老叟从容张口衔

泽州人邢德，绿林之杰也。能挽强弓，发连矢，称一时绝技。而平生落拓，不善营谋，出门则亏其资。两京大贾，往往喜与邢交，途中恃以无恐。年关将至，邢匹马出都门。自念新岁无资，倍益怏闷。至一临路店，解装觅饮。见一白发叟与一黄发少年酌北窗下。饮罢，叟命少年于革囊中取银，堆累几上，结算酒资。余银包裹完好。又牵一黑跛骡来，扶叟乘之，出门去。邢窥其多金，馋焰若炙。罢饮，急尾随之。抄近路，斜驰于叟前，勒马弯弓怒相向。叟俯脱左足靴，微笑曰："尔不识老饕也？"邢拉满弓，一矢射去。叟仰卧鞍上，伸其足，开两指如钳，夹矢住，笑曰："技但止此，何须翁手敌？"邢怒，出其绝技，连发二矢。叟手接其一，似未防其连珠，后矢直贯其口，踣然而堕，衔矢僵眠。邢喜，谓其已毙，近临之。叟吐矢跃起，鼓掌曰："初会面，何便作此恶剧？"邢大惊，马亦骇邢骇逸。以此知叟乃异人，不敢复返。

邢走三四十里，遇一贾人，劫之，略可千金。意气始得扬。忽见黄发少年，乘羸马至，叱曰："所猎之货，宜少瓜分。"邢以其貌不扬，连发三矢。少年毫不慌迫，手接二，口衔一。笑曰："这等本事，辱没煞人！"遂于指上脱铁环，穿矢其中，甩手力掷，呜呜风鸣。邢急拨以弓，弓折弦断，惊绝，未及觑避，矢过贯耳，不觉翻坠。少年下马，便将搜括，邢以断弓卧挞之，少年夺弓去，拗折为两，又折为四。已，乃一手握邢双臂，一脚踩其双腿，极力不得少动。腰中束带双叠，可骈三指许。少年以一手捏之，随手断如灰烬。取金已，跃上马，作一举手，致声"孟浪"，霍然径去。

邢归，卒为善士。每向人述往事不讳。

【连城】

恋情深时共肝胆　几番生死志不移

乔生，字大年，晋宁人。少负才名，为人有肝胆。与顾生善，顾卒，时恤其妻子。邑宰以文相器重，情义投合。宰死于任上，家口淹滞不能归。乔生破产扶柩，往返两千余里，而送之。家境由此衰落。有史孝廉之女，字连城，善绣知书，孝廉以出所绣《倦绣图》征诗，意在择婿。乔生献两首，女得诗喜，对父称赏；父嫌其贫，不许。女令媪假借父命，赠金以助灯火。乔生视连城为知己。孝廉终将连城许配某盐商之子。未几，女患重病，有西域僧自谓能疗，但须男子膺肉一钱，捣合药屑。盐商子不舍心头之肉。孝廉乃曰："有能割肉者嫁之。"乔生慨然割肉，血染袍裤。僧敷药始止。连城服药而愈。孝廉欲践其言，盐商不允，催婚。连城气恨交加，旧病复发而死。乔生痛惜万分，前去吊唁，悲伤过度，亦气绝身亡。孝廉舁送其家。

乔生之魂，在阴间寻找连城。巧遇故友顾生。顾生时在阴曹主管文书。导乔生辗转多所，见连城与一白衣女郎，泪睫惨黛，倚坐廊隅。突见乔生，喜极而泣。顾通蝙地府，教连城从乔生返魂。白衣女郎名宾娘，长沙史太守女，知连城还阳，大悲。顾不忍，亦使其随之还阳。

乔生先期复活，至史孝廉家，请求之，得连城之尸，自言能使复活。史喜，从其言。连城方至乔家，视之已醒。盐商得知其复活，又贿官府，将连城判归其子。连城愤然自尽。殆将奄息，盐商惧，送归史。史家复送归乔家。盐商知之亦无如何，遂安焉。

宾娘复活后，言非乔生不嫁。史太守从其志，亲诣宾娘至乔家。

【霍生】

惊驴抱妇恶作剧　尽力极奔得吼疾

淄川王氏，与同窗某狎。某妻归宁。王知其坐骑善惊，先伏丛莽中。伺妇至，暴出，驴惊妇堕。王乃殷勤抱控甚至，妇亦不识谁何。王扬扬以此得意，谈笑间，谓抱妇于草莽中而私之，述妇之衣履甚悉。某闻，大惭而去。少间，自窗隙中见某一手握刀，一手捉妇来，意甚怒恶。大惧，逾垣而逃。某从之，追二三里，不及，始返。王尽力极奔，肺叶开张，以是得吼疾，数年不愈焉。

注：此篇原文含两则故事，该图画后一则，仍沿用原题。

【汪士秀】

月夜蹴鞠洞庭湖　父子齐力斩鱼妖

汪士秀，庐州人。刚勇有力，能举石舂。父子善蹴鞠。父四十余，过钱塘江，溺水而亡。

多年后，汪因事去湖南，夜泊洞庭湖。忽有五人自湖中出，携大苇席平铺水面，席上纷陈酒馔。三人相对饮，一衣黄，一衣白；另有一老一少两褐衣侍者，殷勤左右。细审，老者酷类其父。二更向尽，忽一人曰：“趁此月明，宜一击球为乐。”黄衣人呼叟共蹴之。球大可盈抱，中如水银满贮，表里通明。正观看间，大球倏然飞堕舟中。士秀技痒，极力踢去，觉异常轻软。踏猛似破，腾丈余，中有漏光，下射如虹，蚩然疾落；又如经天之彗，直投水中，滚滚作沸泡声而灭。席中人怒曰：“何物生人，败我清兴！”褐衣老者笑曰：“不恶，不恶，此吾家流星拐也。”白衣人恨之，命童叟过船捉人。士秀无所逃，亦不畏，捉刀立舟中。童叟操兵至，士秀注视之，真其父也，疾呼：“阿翁，儿在此。”叟大骇，急曰：“儿速匿。不然，都死矣！”席上三人闻之，忽而登舟，攫叟去。士秀奋力夺父，刀砍黄衣者，截其臂落，乃逃。又剁白衣者颅，堕水有声，哄然俱没。士秀正谋携父夜渡，旋见巨喙出水面，深若井。俄一喷涌，则浪接星斗，万舟簸荡。舟人大恐。舟上有石鼓，重百斤。士秀举而投之，激水雷鸣，浪波悉平。士秀疑父为鬼。叟曰：“我非鬼。前溺江者十九人，皆为妖物所食，我以善蹴鞠得全。妖得罪钱塘君，故移居洞庭。三人鱼精也，所蹴之球乃鱼泡耳。”父子聚喜，中夜击棹而去。天明，见舟中有鱼翅，四五尺长，乃悟为夜间所断臂也。

夜除邪恶，且出自一个弱少女之手，令人叫绝。人物动态和背景构成极具视觉冲击力。〔唐秀玲〕

文章中将商三官夜杀仇敌一节只用虚写，文字极为简约："移时，闻厅事中格格有声"。而画家则是以虚就实营造画面。画中三官如同风驰电掣从天而降，手刃邑豪。略去文中其他情节，只是将其刃仇神勇表现到极致。正是表现其"人莫测其用，鬼莫测其踪"之胆智毅魄。当读此文、赏此画，余意欲酹奠三杯，长揖英魂焉。〔王颜山〕

【商三官】

贤孝烈女貌如仙　女扮男装报父仇

商士禹，因醉谑忤邑豪。豪嗾家奴乱捶之，至家而死。商有二子，长曰臣，次曰礼。另有一女，名三官，年十六，出阁有期，因父祸而不嫁。两兄出讼，终岁不得结。婿家催婚，三官皆以父尸骨未寒而拒之。待父葬已，三官夜遁，不知所往，二兄暗中侦察之，半年无耗。

会邑豪诞辰，招优为戏。戏班主孙淳，携二弟子应邀前往。其一王成，姿容中等而音调清澈；其一李玉，容貌韶秀；所度曲，半杂儿女俚谣，合座为之鼓掌。李玉为邑豪敬酒，来往给奉，善觑主人意，豪悦之。酒阑人散，留与同寝。玉入豪室，关门插键，为之拂榻解履，殷勤周至。豪惑益甚。

移时，闻室中格格有声，门外诸仆情知有异，破门而入。见豪已身首两断，玉亦悬梁自缢死。验之，乃是女子。问班主，亦不知底里。见其内穿丧服，疑是商家刺客，暂以二仆逻守之。女貌如仙，抚之温软，二仆窃谋淫之。一仆抱尸转侧，方欲缓其衣结，忽觉头如棒击，口血暴注，顷刻即死。众人以为异，对女敬若神明，且以告郡。郡宰审问商家兄弟，言妹出走半年矣。勘验之，果为三官。郡宰奇之，判二兄领葬，敕豪家勿仇。

【于江】

少年机智胜狼黠　田间夜报杀父仇

乡民于江，父宿田间，为狼所食。江时年十六，悲愤欲死。夜待母寝，潜持铁锤，至田间父宿处，待报父仇。少间，一狼来，逡巡嗅之，江不动；无何，以尾扫其额，又舔其脸，江仍不动。既而欢跃直前，将咬其颈。江急以锤击狼脑，立毙。起置草中。少间，又一狼来，如前状，又毙之。卧至半夜，再无至者。江困极，睡去。梦父曰："杀二物，足泄父恨。然杀父者，其鼻白色，二狼不是。"江醒，坚卧以伺之。既明，无所复得。欲拽狼归，恐惊母，投之枯井。至夜，复往，仍无至者。

如此三四夜。忽一狼来，咬江足，拽之以行。荆棘刺肉，乱石伤肤，江一如死者，狼置之地上，意将先开其腹。江骤起锤击之，又连锤之，毙。细视之，真白鼻也。大喜，负之以归。始告母。母泣，从去，探枯井，得二狼焉。

此图，将亦真亦幻，真幻交织之趣，以美妙生动的人物情态和良好的节奏，以及美妙的构图，恰切地表达出来。苍劲有力的用笔使得整幅画面活泼灵动而感人。〔肖 兵〕

【小二】

纸剪判官收贼银　身怀绝技救乡亲

滕县赵旺夫妻奉佛，不茹荤腥。一女小二，绝慧美，赵珍爱之。小二自六岁即随兄从师读，凡五年而熟五经。同窗丁生，长女三岁，文采风流，二人颇相倾爱。然赵欲以女嫁大家，不许。未几，赵惑于白莲教，一家俱陷为贼。小二知书善解，凡白莲教纸兵豆马之术，一见即会，成首领徐鸿儒高徒。丁生不忘小二，亦投徐麾下。见之，力言白莲教乃旁门左道，不可长。小二豁然醒悟，决意逃离。夜与丁生乘纸鹤，比翼而飞。天明，抵莱芜界。女以指拈鹤项，忽落，换乘双驴。驰至山村，托为避难，租屋而居。

其西邻，有绿林强人。一日劫金而归。小二知之，拟取其金。即以纸剪判官，置地上，覆以鸡笼。夫妇悠然对诗猜谜。忽闻笼中戛戛作响。女曰："至矣。"启笼验视，见布裹白金，累累充溢。后听邻家婢言，主人初归，地忽暴裂，深不见底。一判官自内出，曰："我地府司隶也。泰山帝君命收汝金，以消汝罪愆。"主人骇惧，焚香叩祷，奉以千金。判官荏苒而入，地亦遂合。小二夫妇得金，购牛马，蓄厮婢，自营宅第。

里中无赖窥其富，逾垣劫财，女戟指而呵曰："止，止！"盗皆吐舌呆立，痴若木偶。

居无何，鸿儒被擒，赵旺夫妻俱被诛杀。小二夫妇亦觉不安，遂贱售其业而去。止于益都之西鄙，开设琉璃厂。女明察如神，人莫敢欺。村中二百余家，凡贫者俱给资本，乡里以此无游惰者。每秋日，鼓励童子采集野菜，以钱购之，积满楼屋。人窃非之。会山东大饥，人相食。女乃出野菜，杂以粟谷，赡饥者。近乡赖以全活，无逃亡焉。

【庚娘】

谋人之妻害己妻　两妻巧归被害人

金大用，中州世家子，娶太守女庚娘。女丽而贤，夫妇逑好甚敦。后因流寇之乱，携家南窜。途遇一少年，亦携妻而逃者。自言为广陵王十八，愿为之前驱。金喜，行止与俱。皎月初升，船入芦荡。既泊，王邀金出舱赏月，乃乘间挤金入水；金父见之欲号，乃以篙筑之，亦溺；金母闻声出窥，又筑溺之。庚娘微睨之。半夜，王夫妻大吵，但闻妇曰：“汝之所为，难逃雷霆之罚！”遂听咕咚一声，妇亦溺矣。王强携庚娘回金陵。至家，具酒对酌。庚娘心虽衔恨，而伪从之。执壶劝酌，王渐醉。又以巨碗，强媚劝之，王酣醉。庚娘出房觅刀入，手索王颈，力切之，不死；又挥之，而毙。王母闻声趋问，亦杀之。大仇已报，庚娘启户出，投门前池水中。众人捞出，已死，查有遗书，备述冤状。众以为烈，敛资葬之。好事者为之珠冠袍服，殉葬丰满。

金生被害溺水，浮木板上，得不死，为一小舟所救。舟乃富民尹翁专设，以救溺者。翁留金生于家中，以教其子读书。后又捞得亡叟及媪，翁代营棺木而葬之。后又救一溺妇，乃王十八之妻唐氏。唐氏哀求金生，请勿相弃。尹翁审其故，喜为天报，劝金娶之。

庚娘葬后，有恶少窥其葬具丰美，发冢破棺，庚娘被震活，相共骇惧。未敢加害，载送巨家寡媪耿夫人。夫人见之，大喜，以为义女。

适耿夫人携庚娘至金山进香，巧遇金生。夫妇得以团圆。金得两妇，唐氏少庚娘一岁，妹之。金生遂拜耿夫人为母。后往来不绝矣。

【宫梦弼】

奢侈已甚遭天谴　慷慨自立有神帮

柳芳华，保定人，财雄一方。慷慨好客，座上常百人。急人之急，千金不惜，而宾友借贷常不还。惟一客宫梦弼，无所乞请。其词旨清洒，柳与交往最密。柳儿名和，以叔视之；宫亦喜与柳和戏玩。二人常以埋石子为戏，假作埋金。厦屋五幢，埋藏已遍。十年后，柳家败落，客亦稀。至柳病卒，竟无钱置棺木。宫则自出囊金，为之殡葬。柳和益德之，家乃悉委宫叔。宫每自外归，必带瓦砾抛掷暗处。并勉励柳和自立自强。一日，辞旧，一去不返。

柳和少时与邻县黄氏女订亲。自柳家败落，黄家断然悔婚。而黄女坚不答应。无何，黄家遭贼，财物席卷一空。父母欲将黄女卖与商人为妾。黄女察知其谋，乘夜遁去，丐食于途，辗转找到柳家。从此与柳和母子相依为命。一日，黄女入闲舍中，见断草丛丛，无隙地；渐入内室，尘埃积中，有物堆积，拾视皆银。惊告柳和同验，皆为宫叔往日所抛瓦砾也。及发地砖，则所埋石子，灿灿皆白银也。由是，柳家再富。门庭华好过于昔日。因自奋曰：“若不自立，愧负宫叔。”遂刻志读书，三年中乡选。

先时，柳和贫窘，去岳家求助，被拒门外，邻居刘媪慨然予以资助。柳和富足，上门酬谢。经刘媪周旋，柳和与黄家婿岳得以通好。

【鸲鹆】

八哥巧舌兼有智　能解主人窘急愁

鸲鹆即八哥。有养八哥者，教以言语，甚狎习。出游必与之俱。一日出门，距家尚远，而资斧已罄，其人愁苦无策。鸟云：“何不售我？卖与王府，当得善价，不愁归路无资也。”其人云：“舍不得。”鸟言：“不妨。主人得价疾行，于城西二十里大树下待我。”其人从之。携之至绛州城，人鸟相互问答，观者甚众。有宦官见之，诉之王。王将其人招入，欲买之。其人曰：“小人与之相依为命，不愿卖。”且问鸟：“汝愿住否？”答曰：“愿住。”王喜。鸟又言：“给价十两，勿多予。”王益喜，立付十金。其人故作懊悔而去。王得鸟，与之言，应对便捷。鸟曰：“臣要浴。”王命金盆贮水，开笼令浴。浴已，飞檐间，梳翎抖羽，尚与王喋喋不休。顷之，羽燥，翩跹而起，操山西腔曰：“臣去矣！”顾盼已失所在。王及内侍仰面咨嗟。急觅养鸟人，已渺。后有往陕西者，见其人仍携鸟在西安市上。

【刘海石】

道眼炯炯识毫末　顽兽一毛而不拔

刘海石，博兴人，避乱于滨州。与滨州刘沧客相善，结为兄弟。无何，海石父母双亡，奔丧而归，音信遂杳。

沧客家富，生二子；年四十，又纳倪氏，宠爱之。半年后，长子患脑痛卒，继而妻病，又卒。逾数月，长子妇及婢仆多人相继丧亡。沧客哀悼，殆不能堪。一日，方愁坐间，海石至。惊曰："兄有灭门之祸，不知也？"沧客愕然，以状告。海石欷歔曰："阳宅风鉴，颇能习之，敢请相宅。"沧客喜，遂导海石入，内外遍观之；已而，请睹诸眷口。至妾倪氏，海石大笑不已。众方惊疑，但见倪氏战栗无色，身暴缩。海石击之，作石缶声。揪其发，检脑后，有白发数茎，欲拔之。女缩项跪啼，但求勿拔。海石强拔之。女随手而变，黑色如狸。众大骇，海石掇纳袖中。言此物亦狐属，吸人神气以为灵，最能害人。言已，告别，忽袖中空空，骇曰："忘之矣！尾有大毛未去，今已遁矣。"众俱骇然。海石曰："颈毛已去，不能作人，只能化兽，遁当不远。"遍查之，见圈中多一猪；闻海石笑，遂伏，不敢少动。提耳捉出，正欲拔尾上白毛，而哀鸣不听拔。海石曰："造孽既多，一毛而不拔也！"执而拔之，随手化为狸。

及别后，沧客细思其名，始悟曰："海石者，仙矣！'山石'合一岩字，盖吕祖洞宾之讳也。"

【谕鬼】

命里富贵天早定　铮铮题壁鬼潜踪

青州尚书石茂华，为秀才时，郡府门外有大渊，不雨亦不涸。邑中获大盗数十人，刑于渊上。鬼聚为祟，经过者则被拽入。一日，有某甲正遭困厄，忽闻群鬼惶窜曰：“石尚书至矣！”未几，公至。甲以状告。公以地上石灰题壁示云：“石某为禁约事：照得厥念无良，致婴雷霆之怒；所谋不轨，遂遭刀钺之诛。只宜返魍魉之心，争相忏悔；庶几洗骷髅之血，脱此沉沦。尔乃生已极刑，死犹聚恶。跳踉而至，披发成群；踯躅以前，搏膺作厉。黄泥塞耳，辄呈鬼子之凶；白昼为妖，几断行人之路。彼丘陵三尺外，管辖由人；岂乾坤两大中，凶顽任尔？谕后各宜潜踪，勿犹怙恶。无定河边之骨，静待轮回；金闺梦里之魂，还践乡土。如蹈前愆，必贻后悔！”自此鬼患遂绝，渊亦寻干。

【泥鬼】

堂堂磊落官清正　失睛庙鬼不敢欺

淄川太史唐梦赉，数岁时，与表亲某相携戏于寺中。唐童年磊落，胆气最豪。见庑中泥鬼，睁琉璃眼，甚光而巨，爱之。阴以指抉取，怀之而归。既抵家，表亲忽暴病不语。移时，忽起，厉声曰：“何故掘吾睛！”噪叫不休。众莫知何为，唐始言所作。家人乃祝曰：“童子无知，戏伤尊目，即奉还也。”表亲大言曰：“如此，我便当去。”言讫，仆地而绝，良久而苏。问其所言，茫不自觉。乃送睛仍按泥鬼眶中。

【梦别】

生时良友同手足　死后托梦入深壑

王春李先生之祖，与蒲留仙先叔祖玉田公交情最好。一夜，梦公至其家，黯然相语。问：“何来？”曰：“仆将长往，故与君道别耳。”问：“何之？”曰：“远矣。”遂出。送至谷中，见石壁有裂罅，拱手作别；以背向罅，逡巡倒行而入。呼之不应，因而惊寤。及明，李祖以告其子敬一，令作吊具，曰：“玉田公亡矣！”敬一请先探之，信，而后吊之。李祖不听，竟以素服往。至蒲门，则丧幡挂矣。呜呼！古人于友，其死生相信如此！

【犬灯】

犬灯及地化艳女　厦屋转眼成粮田

淄川人韩大千之仆，夜宿厦间。见楼上有灯如明星，荧荧飘落，及地化为犬。睨之，转舍后去。急起，潜尾之。入院中，化为女子。心知其狐，回卧故所。俄，女子自后来。仆假寐，以观其变。女俯而撼之。仆伪作醒状，问其为谁，女不答。仆曰：“楼上灯光，非汝也？”女曰：“既知之，何问焉？”遂共宿之。自此，昼去夜会，以为常。

主人知，使二人夹仆卧。二人既醒，则身卧床下，亦不觉堕自何时。主人怒，令仆捉之。仆辗转无策。忽忆女子有小红衫，密着其体，未肯暂脱，必其要害，执此可以胁之。昏夜，女至，及寝，因掬其衫。女急啼，力脱而去。从此遂绝。

后仆于道旁遇女子，下骑相见。女握手，曰：“我谓子已忘旧好矣，既恋恋有故人意，情尚可原。前事出于主命，亦不怪汝也。但缘分已尽，今设小酌，以为别。”时秋初，高粱正茂。女携与俱入，则中有巨第。系马而入，厅堂中酒肴已列。群婢行炙。日将暮，遂别。既出，则依然田垄耳。

【番僧】

番僧青州演幻术　左臂伸长右臂缩

青州有二番僧，相貌奇古，耳缀双环，身披黄布，须发鬈曲。自言从西域来，闻太守重佛，谒之。太守遣二隶，送至寺庙。有僧问：“西域多异人，罗汉可有奇术否？”其一辗然笑，出手入袖，出小塔，托于掌，高不盈尺，玲珑可爱。寺壁最高处有小龛，僧掷塔其中，矗然端立，无少偏倚。视塔上有舍利放光，照耀一室。少间，以手招之，仍回掌中。另一僧乃袒臂，伸左肱，长可六七尺，而右肱缩无有矣；再伸右肱，亦如左状。

【狐妾】

狐送靓女谐花烛　三十筵席唾手成

莱芜刘洞九，官汾州。一日，独坐署中，忽有四女子至，一四十许，一可三十，一二十四五，一垂髫，并立几前，相视而笑。刘知官署多狐，置不顾。少间，垂髫者出一红巾，戏抛面上。刘拾掷窗外，仍不顾。四女一笑而去。

一日，年长者来，谓刘曰：“舍妹与君有缘，勿嫌弃。”刘漫应之，女遂去。俄，偕一婢拥垂髫女来，曰：“一对好凤侣，今夜谐花烛。”言讫而去。刘谛视，光艳无俦，遂与燕好。诘其所踪，女曰：“妾，前官之女，蛊于狐，奄忽以死，葬园内。众狐以术生我，遂飘然若狐。”自此，遂留不去。家人俱尊以小君礼。婢媪参谒，赏赉甚丰。

越数日，家中遣二仆如汾。途中一仆曰：“闻狐夫人犒赏优厚，此去得赏金，可买一裘。”女在署中已知之，明日，仆至，头大痛，狐妾曰：“尔谓夫人，则已耳，何谓狐也？”仆乃悟，叩不已。狐妾曰：“愈矣！”随手掷仆一羊裘并银五两。

值刘寿辰，客多，须三十余筵，而少厨师。女知之，言曰：“勿忧，所请厨师，可尽遣之。妾虽短于才，然三十席亦不难办。”命以鱼肉姜椒，悉移内署。家人但闻刀砧声不绝；转视，则肴俎已满。十余人托去复来，络绎于道，取之不竭。末后，索汤饼。内言曰：“主人未尝预嘱，咄嗟何以办？无奈，就近借之。”少顷，三十余碗汤饼，蒸腾几上。席散，乃谓刘曰：“可出金资，偿某家汤饼。”刘使人送钱去。某家突失汤饼，方共惊疑；见送钱来，疑始解。

女凡事能先知。一日，与刘并坐，忽仰天大惊曰：“大劫将至，君当求差远去，可免于难。”刘从之，乞于上官，得出差云贵间。无何，姜瓖叛，汾州城陷。官僚皆罹于难，惟刘得免。后数年，女忽去。不久刘亦卒。

【雷曹】

一饭之德得奇报　明星入口孕神童

乐云鹤与夏平子，少同里，长同斋，相交莫逆。夏少慧，十岁知名。乐虚心事之。后夏病逝，乐为之治丧，恤其妻子。因之家贫，去读而贾。一次贩货至金陵，休于旅舍。

一日，见一人，颀然而长，神色黯淡有戚容。乐问：“欲得食也？”其人不语。乐推食食之。则以手掬食，顷刻已尽。又与以数人之餐，尽食之。谢曰：“三年以来，未尝如此饫饱。”食已，与乐同行。次日，渡江，风涛暴作，舟尽覆，人货皆落江中。俄，风定，其人自江中，负乐踏波出，至舟上，又破浪去。少时，挽一舟至，嘱乐卧守；又跃入江，以两臂夹货出，掷舟中；数出数入，列货满舟。乐谢之，惊为神人。

乐与同归，寝处共之。其人每十数日一食，食则啖嚼无数。

一日，雷雨，其人笑曰：“君欲作云中游耶？”应之。少时，即觉身摇摇然，不似榻上。开目，已在云气中，周身如絮。仰视星斗，在眉目间。细视星嵌天上，如莲实之在蓬也；遂摘其一，藏之袖中。拨云下视，则银海苍茫，城郭如豆。俄见二龙夭矫，驾缦车来。车上贮水。数十人，以瓢掬水，遍洒云间。时苦旱，乐亦持一瓢，望故乡处，尽情倾洒。

其人谓曰：“我本雷曹，前误行雨，罚谪人间三载。今天限已满，请从此别。”乃以万丈长绳缒乐而下。时久旱，十里外少雨；缘瓢洒故，独乐乡沟塘皆满。至家，归探袖中，摘星犹在；出置案上，光明焕发。一夜，忽见星光渐小，流动横飞；妻方怪咤，已入口中。既寝，乐梦已故之友夏平子来，曰：“我乃少微星也，蒙自天上携归，今为君嗣，以报大德。”乐三十无子，得梦甚喜。自是，妻果孕；及产，光耀满室，因名“星儿”，机警非常。十六岁，及进士第。

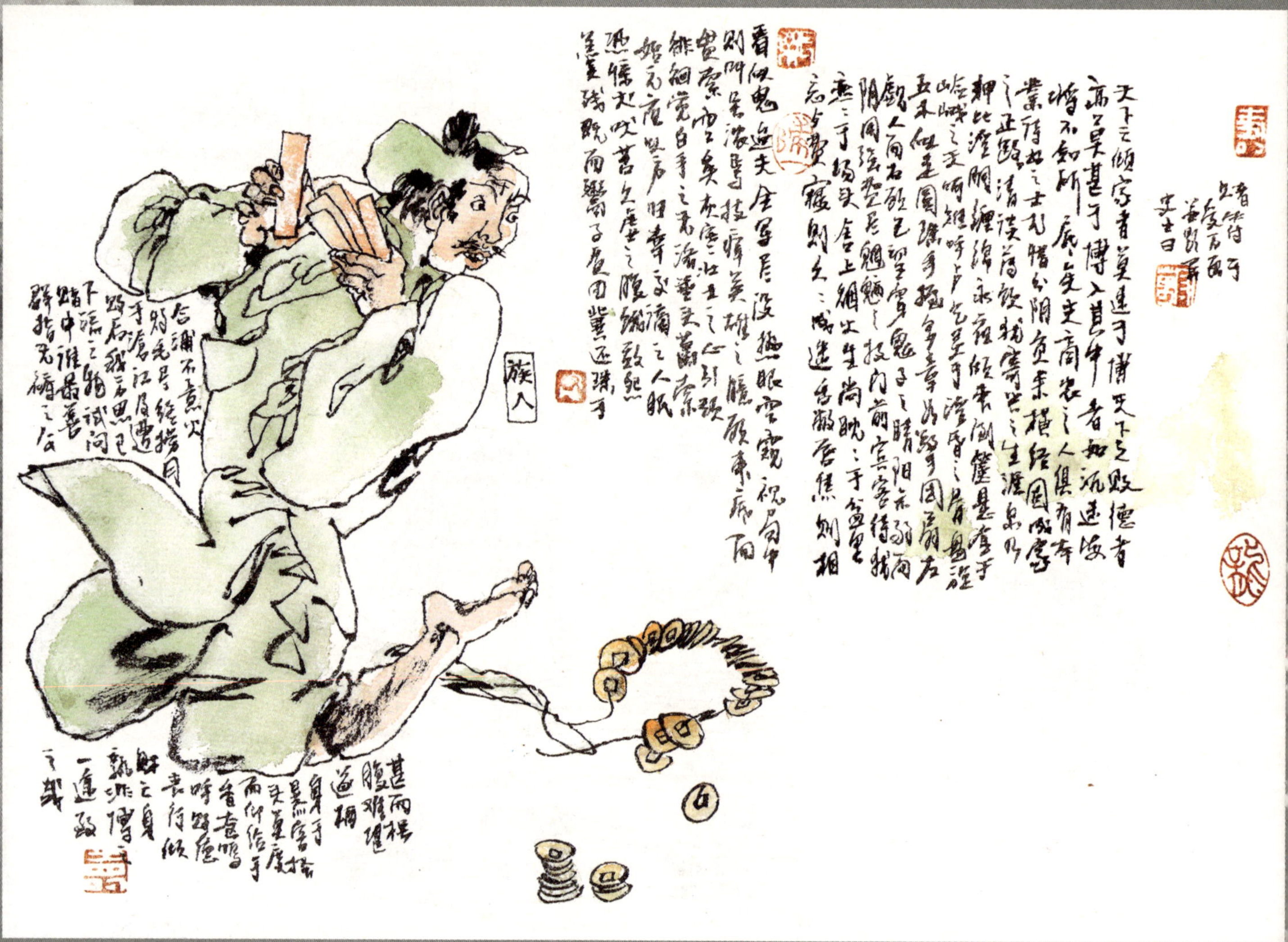

【赌符】

常赌无有不输理　贪得无厌失赌符

韩道士，居淄川天齐庙，多幻术。有族人嗜赌。闻大佛寺来一僧，赌甚豪；遂罄资往赌，大亏。心不甘，典当田产复往，一夜尽丧。悒悒不得志，至天齐庙见韩道士，具以实告。韩笑曰：“常赌无不输之理。倘能戒赌，我为汝复之。”乃以纸书符，授之，佩衣带间。嘱曰：“但得所输即已，勿得陇望蜀也。”又付千钱，作赌本，约赢而偿之。族人大喜而往。乃以千钱为孤注，一掷成彩。僧复以两千为注，族人又赢。一来二往，计前所输，顷刻赢回。阴念再赢数千亦更佳，乃复赌，则色渐劣。心怪之，摸带上，则符已亡矣，大惊而罢。载钱归庙，除偿还道士千钱外，正合原数。乃愧谢失符之罪。韩笑曰：“已在此矣。嘱勿贪，而君不听，故取之。”

【阿霞】

喜新厌旧杀己妻　鸡飞蛋打老凄凉

文登人景星，少有文名，与陈生比邻而居。一日，陈生暮过荒墟，闻有女啼松柏间。近之，见一女欲引颈自尽。陈诘之，挥涕告之：因家中变故，走投无路，欲一死了之。陈为之解带，劝令适人；女虑无可托者。陈请暂住其家，女从之。既归，挑灯视女，丰韵殊绝，大悦。欲乱之，女厉声抗拒。挣扎纷纭之声，达于隔壁。景生闻陈生室中有异，逾垣来窥；陈乃释女。女见景生，凝眸停睇，久乃奔去。景生归，关门欲寝，女笑盈盈自房中出。惊问之，答曰："彼德薄福浅，不可终托。"问女姓氏，知为齐姓，字阿霞。入一游词，笑不甚拒；遂与上床，欢爱异常。自此，女子早去夜来，两人山盟海誓，情同恋人。过数日，别去，约以半月回。

景生自得阿霞，恶待己妻；横加诟厉。妻不堪女辱，涕欲死。景曰："死恐见累，请早归。"遂萌休妻之心，将之逐出门去。自是引领翘待阿霞。不意销声匿迹，如石沉大海。

半年，遇阿霞于途，言已适他姓。景愤填胸臆，大呼："霞娘，何以忘约？"女曰："负心人，何颜相见？尔负夫人甚于负我！结发者如是，而况其他！向以祖德厚，名列桂籍，故委身相从。今以弃妻故，冥中削尔禄秩，今科亚魁王昌，即替汝名者矣。我已归郑君，无劳复念。"景俯首，不能道一词。从此得薄名，四十无偶，家益败落，恒趁食于亲友家。

郑君后至吏部郎中。既没，阿霞送葬归，飘然不知去向，始知其非人也。

【李司鉴】

无端杀妻天不容　持刀自阉仆地僵

李司鉴，永年县举人。于康熙四年九月，无端打死妻李氏。于官府查审期间，忽于街旁肉架下，夺一屠刀，奔城隍庙，登戏台上，向神而跪，自言："神责我不当听信奸人，在乡党颠倒是非，令我割耳。"即割左耳，抛于台下。又言："神责我不该骗人钱财，令我割指。"遂将左指剁去。又言："神责我不当淫人妇女，命我割肾。"又持刀自阉，仆地而僵。

此时，朝廷按律治罪批文亦到，而李司鉴已伏冥诛矣。

【五羖大夫】

洛南县令遭神戏　五片羊皮免冻僵

河津贡生畅体元，梦人呼为“五羖大夫”。“五羖大夫”乃春秋时，秦大夫百里奚之号，喜为佳兆。及遇流寇之乱，被尽剥其衣，夜间关入空室。时值隆冬，寒甚。暗中摸索，得羊皮护体，仅不致冻死。天明，视之，正是五张羊皮。哑然自笑神之戏己也。后以明经，授雒南知县。

【毛狐】

命里多金担不动　欲得艳妻更不能

农家子马天荣，二十丧妻，贫不能再娶。一日，耘田间，见少妇盛装，践禾越陌而过；貌赤色，意致风流。马疑其迷途，顾四野无人，凑前戏挑之，妇亦微纳。欲与野合，妇笑曰："青天白日，宁宜为此？子归，掩门相候，昏夜我当至。"马乃以门户向背俱告之，妇乃去。夜分，妇果至，遂相悦爱。灯下观之，肌肤嫩如婴儿，细毛遍体，异之。妇自认为狐。马曰："既为仙人，自当无求不得，既蒙缱绻，何不以数金解我贫？"言之再三，妇诺之。逾数日，妇至，笑向袖中取白银二锭。马喜，深藏于椟。积半年，欲用钱，持金示人。人以齿验之，曰："是锡也。"生大惭，收藏而归。至夜，妇来。马诘之。妇曰："子命薄，真金不能任也。"一笑而罢。马曰："闻狐仙皆国色，其实不然也。"妇曰："子且无一金之福，沉鱼落雁，何能消受？"半年后，妇告别，以银三两赠马，曰："子屡相索，我以子命不应有藏金。今媒聘有期，请以一妇之资相馈，亦借以赠别。"天明而去。次日，果有媒来，聘金仅二两。马以价廉，欲一睹女貌。媒使其从女家窗口窥之。见一女子伏榻上，遣人搔背，模样尚可。择日迎亲。入门，则胸背皆驼，项缩如龟，乃悟狐言之不虚也。

文学作品忌讳千人一面的概念呆滞。绘画亦然。这部全图画家紧贴《聊斋》本趣，生动传神，似信手拈来，却笔笔讲究。 【郝永勃】

【翩翩】

剪叶为衣云为絮　浪子遇仙重做人

罗子浮，邠州人，父母早亡，由叔父抚养。十四岁被匪人诱去；后携款至金陵嫖娼，住娼家半年，床头金尽，又染性病，被娼家驱逐。丧魂落魄，丐于街头。恐死他乡，乞食西归。至邠州界，自视败絮污秽，无颜入村。日暮，欲趋山寺宿。徘徊间，遇一女子，容貌若仙，引生入深山中。见一洞府，入则门横溪水，石桥架之。行不远，见有石室。女命子浮浴于溪流，曰：“濯之，创可愈。”濯后，入室，开帐拂褥促寝，曰：“请即眠，妾为郎作裤。”乃取芭蕉叶，为生裁衣。与生对榻寝。生浴后，觉创疡无苦；穿蕉叶衣，竟成锦缎华装，绿锦滑绝。少间，备餐。女取山叶呼作饼，食之，果饼；又剪作鸡鱼烹之，皆如真者。数日，疮已痊愈，就女求欢。女曰：“轻薄儿，刚得安身，便生妄想。”生云：“聊以报德耳。”遂同床，大相欢爱。一日，一少妇花城者来访，笑曰：“翩翩小鬼头好快活！”三人坐以款饮。宴间，生见色心动，假俯拾落果，阴捻花城足。花城他顾而笑，若不知者。生方恍然神夺，顿觉衣裤冰冷；自顾，锦服皆成秋叶，几骇绝；窃幸二女之未见也。酬酢间，又以指搔纤掌。花城坦然笑谑，似不觉知。突突怔忡间，生衣又化为叶。端念移时，始复变为衣。由是惭颜息虑，不敢妄想。花城笑曰：“你家小郎大不端好。”翩翩亦哂曰：“薄幸儿，活该冻煞！”花城去。生惧女诮责，翩翩则晤对如平时。

秋老风寒，霜零木脱，翩翩乃掇采洞口白云为絮，缝成棉衣，着之轻暖。

逾年，翩翩生一子，取名保儿，极慧美。十四岁与花城之女婚配。子浮又言归，每以叔老为怀。翩翩乃剪叶为驴，使父子媳三人骑之以归。叔父老归林下，意侄已死。忽见携佳孙美媳归，如获至宝。后，生思翩翩，偕儿往探之，则黄叶满径，洞口路迷，无迹可寻，遂零涕而返。

天外有天，人外有人，位高而傲物者戒。［扬子江］

【黑兽】

世间一物降一物　俯首待毙猛老虎

沈阳某公，宴集山巅。忽见山下有虎衔物来，以爪穴地，埋之而去。使人探之，得死鹿，乃取鹿而虚掩其穴。少间，虎导一黑兽至，毛长数寸。虎为前驱，若请贵客。既至穴，黑兽眈眈蹲伺。虎探穴而失鹿，战伏不敢少动。黑兽怒其诳，以爪猛击虎额，虎立毙。黑兽竟去。

蒲翁在生活贫困境况中，写就了如此精彩诡谲的众多《聊斋》故事，并且文采、寓意皆为绝妙。三百年后的于先生如同亲临其境，如同和蒲翁进行过跨时空的磋商，将之真真切切地刻画出来，难能而可贵。宴饮谈笑，彩蝶纷飞，美女斜睨于屏后，童子击鼓堂侧，有似信手拈来，跃然纸上，网状衬物暗增神秘之感。〔王双贵〕

【余德】

击鼓催花蝴蝶舞　世外房客遗玉缸

武昌人尹图南，有别墅，为一秀才租住。秀才名余德，仪容翩翩，蕴藉可爱。其室有丽姝，美艳逾于仙人。

一天，余德宴请尹图南。入门，见四壁明洁如镜，碧玉瓶中插凤尾、孔雀翎各二；水晶瓶栽粉花一树，叶疏花密，不知何名。花形似湿蝶敛翼，花蒂似蝶须。酒肴不过八盘，却丰美异常。既而，命童子击鼓催花为令。鼓声一动，瓶中花颤颤欲放，蝶翅开张；鼓歇，花蒂顿落，化为一蝶，翩翩飞落尹衣。余遂请尹喝一大杯。顷之，鼓声又作，有二蝴蝶飞落余冠上。余笑曰："做法自毙矣。"自饮两杯。三鼓既终，花乱堕，翩翩而下，惹袖沾襟。鼓童笑来点数：尹得九筹，余四筹。尹已微醉，强饮三杯，逃席而去。

余德为人寡交游，闭门而居。尹逢人则宣；闻其异者，争来交欢。门外冠盖相连。余不胜其烦，告辞而去。余德去后，遗一白石缸。尹用以贮水养鱼。经年，水清如初贮。后仆人移动，误碎之，而水并不倾泻。视之，缸宛在，扪之虚软。冬日亦不冰。一夜，忽结为晶，鱼游如故。腊月，又化为水，阴湿满地，鱼亦渺然，其旧缸残石犹存。忽有道士登门求之，曰："此龙宫蓄水器也。以屑合药，可得永寿。"予一片，欢谢而去。

【杨千总】

弯弓百步穿发髻　便液污地撒腿奔

淄川毕自严补陕西参政，奉命驻防洮州、岷州。有千总杨化麟接迎，冠盖在途。突见一人遗便路侧。杨以为不恭，弯弓欲射之，毕公急呵止。杨曰：“此奴放肆，合受点惊吓。”乃遥呼曰：“遗屙者，送你一只簪子！”一箭射去，正中其髻。其人急奔，便液污地。

此篇文短意奇，极难处理。画家表现得恰到好处。主题明晰，配景精彩。山区东侧西歪篱笆和乱石铺陈，尤有淄川一带村圃特色。〔扬子江〕

【瓜异】

事有出奇农家园　黄瓜头上结西瓜

康熙二十六年六月，淄川西部一村民瓜圃中，黄瓜上复生蔓，结西瓜一枚，大如碗。

【青梅】

悲欢离合谁做主　一对丽人互相帮

金陵人程生，性磊落，不为畛畦。一日，自外归，缓其束带；觉腰带沉沉，若有物坠。宛转间，有女子从衣后出；掠发微笑，丽甚。程疑为鬼。女曰："妾非鬼，狐也。"程曰："倘得佳人，鬼且不惧，而况于狐。"遂与狎。两年后，生一女，小字青梅。后，程又娶民女王氏，狐女大怒，弃青梅而去。青梅长而慧，貌韶秀，酷肖其母。既而，程病故，王氏改嫁。青梅寄食于堂叔。叔荡无行，欲卖女以自肥。有王进士者闻其慧，购之，使从女阿喜服役。阿喜年十四，容华绝代，见梅忻悦。梅亦善候伺，能以目听，以眉语，一家俱怜爱之。主仆亲如姊妹。

邑有张生，家贫，性孝而好学，租居王宅。青梅谓女曰："吾家客，非常人也，娘子欲得良匹，张生可也。"而王家嫌张贫，不应。

青梅见撮合不谐，欲自媒之。夜至生室。生方读，惊问何所来；梅词涉吞吐。生正色却之，梅泣曰："妾乃良家女，非淫奔者。徒以君贤，故愿自托。"生诺。青梅归，告阿喜。阿喜将私蓄数金，倾囊相助。两人遂成夫妻。不久，张生考取功名，授予司理之职。

阿喜母卒。又二年，其父因受贿免职，罚赎金万计。因之，贫不能自给，贫悔交集，染疾亦卒。仆从皆作鸟兽散。阿喜为葬双亲，不得已，给一富人作妾。然嫡妻见女美，挞逐出门。阿喜孤苦伶仃，走投无路，入寺庙，被一老尼收留。一日，暴雨倾盆，忽闻有人敲寺门。尼迎之，见有香舆停驻，女奴数人，捧一丽人出，言为司理内眷；仆从煊赫，冠盖甚都。导入殿中。阿喜入，见夫人，乃青梅也。相抱失声，各道行踪。青梅劝阿喜同嫁张生。

婚后，青梅虽为夫人，待阿喜仍执婢妾之礼。二女侍一夫，和睦相处，相敬如宾。后张仕至侍郎。青梅生二子一女，阿喜生四子一女。张上书陈情，俱封夫人。

以丑为美，美丑不辨，古已然哉。　［唐加福］

五百多幅《聊斋》全图集于一册，最易犯的错误是概念化和千篇一律之弊。这套图则既做到了紧贴原著精神，予以表达，予以升华，又强化了艺术形式的《聊斋》特色。尤其还注意到了篇篇之间的节奏韵律感，寻求大跨度的差异，以免读者视觉疲劳。此图用大特写画新婚男女，用多人物满背景铺陈画面，与其他画幅的表现拉开距离，正是画家全图整体布局的良苦用心。　［任　清］

【罗刹海市】

美丑颠倒难为地　龙女为妻儿女全

马骥，商人之子，美丰姿，少倜傥，喜歌舞。承父业经商，乘船渡海，为飓风引去。数昼夜，至一都会。都中人，皆奇丑，并以丑为美。因马骥貌美，被以为妖，群哗而走。马知其情，遂以煤粉涂面，扮张飞状。众皆以为美，荐送大罗刹国王。王见之喜，赐宴。马酒醉起舞，作靡靡之音。王大悦，拜为“下大夫”，恩宠殊异。久之，假相败露，国人纷纷疏远之。马无奈，离罗刹国，来至岛城海市。市上所陈，皆奇珍异宝，光彩射目，为人世所无。一少年来，市人尽奔避，云是“东洋三世子”。世子见马骥为异域人，喜曰：“既蒙辱临，缘分不浅！”于是授生骑，连辔出西城。至海，所骑嘶跃入水。生大骇失声。则海水中分，屹立如壁。俄至宫殿，玳瑁为梁，鲂鳞作瓦，四壁晶明，鉴影炫目。下马，揖入。引见龙君。马受命为龙君作《海市之赋》，龙君击节盛赞，招为驸马。公主龙女温良贤淑，美若天仙。龙王将其赋传至诸海。诸海龙君，皆派专员来贺。争相折简，邀驸马饮。马骥衣绣裳，驾青虬，呵殿而出。马上弹筝；车中奏玉。三日间，遍历诸海。逾三年，生女名龙宫、男名福海。

马骥思家心切，龙女难以挽留，遂置酒话别。马骥大悲，女曰：“归养双亲，见君之孝。人生聚散，百年犹旦暮耳，此后妾为君贞，君为妾义，两地同心，即伉俪也，何必旦夕相守。尚虑中匮乏人，纳婢可耳。”女以鱼革为囊，实以珠宝，授生曰：“珍藏之，数世吃着不尽也。”遂送马与儿女归。儿稍长，辄思其母，忽自投入海，数日而返；女长成，一日昼眠，其母忽至，赐八尺珊瑚一株、龙脑香一帖、明珠百颗、八宝嵌金合一双，作嫁资。马骥闻之，突入，执手啜泣。俄顷，疾雷破屋，女已无矣。

【田七郎】

母嘱大恩不言报　儿死复起杀恶人

武承休，辽阳人，喜交游，所与皆名士。夜梦一人告之曰：“子交游遍海内，皆滥交耳。惟田七郎可共患难，何反不识？”醒而异之。见客则问，访之，方知七郎乃东村猎者。武敬谒其家。七郎，年二十余，豹目蟒腰，言辞质朴。只破屋数椽，木岐支壁；虎皮狼蜕，悬布楹间，更无杌榻可坐。武贻银钱，坚辞不受。

一日，七郎为争猎物，误伤人命，押入死牢。武以重金赂邑宰与仇主，将其救出。七郎欲致谢，其母曰：“小恩可谢，大恩不可谢。”自此，凡武馈贻则受，不复辞，亦不言报。

值武生日，宾客烦多。武与七郎卧斗室中，七郎所带佩刀挂壁上。二更时，忽听佩刀铮铮作响，自腾出匣数寸，刀光闪烁如电。七郎惊起，问：“床下卧者何人？”武答：“皆厮仆。”七郎曰：“此刀来自异国，迄今已佩三世，决首至千计，尚锋利于新，见恶人则鸣跃。适才剑鸣，床下必有恶人。公子宜亲君子，远小人，或万一可免。”不久，床下三仆中有林儿者，强暴武家儿媳未遂，追之，逃至某御史家，反诬该儿媳与其私通。县宰偏袒御史，置而不问。武无辜受辱，忿塞欲死。逾夜，林儿被人脔割，抛尸旷野间。武惊喜，意稍得申。俄闻御史之弟，方在县衙，与宰关说此事，忽一樵人至前，释担抽刀砍之，头落。宰大惊，窜去。诸衙役上前格斗。樵人乃自刭死。识者知为田七郎也。宰惊定，始出验。见七郎倒血泊中，手犹握刃。方审视，尸忽跃起，竟决宰首，已而复踣。

七郎尸弃荒野，禽犬环守之。武收尸，厚葬之。其子流寓登州，改姓佟。起于行伍，官至同知将军。

【产龙】

神龙缩首藏妇腹　俄而生下水晶女

壬戌年间，淄川邢村妇李氏，身有孕而夫死。其腹忽胀如瓮，忽缩如拳。临产，一昼夜不下。视之，见龙首；一见即缩去。家人大惧，不敢近。有王婆者，焚香禹步，且捺且咒。俄而胞堕，不复见龙，惟数鳞，大如盏。继下一女，肉莹澈如晶，脏腑清晰可数。

【保住】

飞檐走壁入姬院　鸡犬无声盗琵琶

吴三桂未叛时，众将官中有保住者，矫健如猿，可蹿房越脊，来去如飞。

吴有爱姬，善琵琶。所御琵琶，以暖玉为牙柱，抱之一室生温。姬宝藏，非吴手令，不出示人。一夕，宴集，客请一观其异。三桂适惰，期以翌日。时保住在侧，曰：“不奉王命，臣能取之。”三桂使人驰告府中，内外戒备，然后遣之。保住越十数重垣，始达姬院。灯火通明，而姬门紧锁，不得入。廊下有鹦鹉宿架上。保住乃作猫子叫，又学鹦鹉摆扑哀鸣，姬云：“绿奴，可急视，鹦鹉被扑杀矣！”俄一婢挑灯出，身甫离门，住已闪身入。见姬守琵琶在几上，径携之趋出。姬愕呼“寇至”。防卫者尽起。见保住抱琵琶走，逐之不及，攒矢如雨。住跃登树上，穿行树杪，如鸟移枝；树尽登屋，屋尽登楼；飞奔殿阁，不亚翅翎，瞥然间不知所在。客方饮，保住已抱琵琶飞落宴前，门锁如故，鸡犬无声。

【公孙九娘】

人鬼之情通阴阳　再转身时灭烟然

于七抗清一案，连坐被诛者，莱阳、栖霞两县最多。碧血满地，白骨撑天。甲寅间，有莱阳生至济南，住一寺庙中。忽一少年来访。视之，则同邑朱生，亦死于于七之难者。大骇却走。朱生拦之曰：“我虽鬼，故人之念，耿耿不忘，愿勿以异物猜薄之。”生乃坐。朱爱慕莱阳生之甥女，亦为被诛之鬼，特来请生作鬼媒。入夜，朱领生至一阴间村落，找到甥女，说成亲事。

莱阳生于甥女处，见一十七八女郎，名公孙九娘。睨之，笑弯秋月，羞晕朝霞，实天人也。甥女含笑曰：“舅断弦未续，若个小娘子，颇能当意否？”生大悦，但虑人鬼难匹。甥女曰：“勿多虑，九娘与舅有夙缘。”几天后，二人完婚。生入赘九娘家。自此，生夜来晓往，听九娘吟诗；与九娘畅述幽怀。九娘柔情似水，生怡怡然若入仙境。九娘乃于七一案之连带被诛者，千里柔魂，蓬游无底，蒙生垂爱，无尽感慨。然，人鬼两界，不宜久居。不久，生与九娘洒泪而别。

莱阳生再来济南，拟将九娘尸骨迁回原籍，则忘问志表，荒冢累累，无可辨识，失意而返。行里许，遥见一女，立丘墓上，颇似九娘。近之，果九娘。下骑欲语，女径走，若不相识。再近之，色做怒，举袖自障。疾呼“九娘”，则烟然灭矣。

活人见鬼，将三个不同身份、年龄的人物画出三种不同恐怖形态可谓神，表现阴阳交界之处，用两种不同之黑可谓活，具备此两点即为成功；“如是我闻……”一句《金刚经》经文飘荡空中，为画面添加了佛性。［刘　峰］

【酆都御史】

阴阳相接城外洞　回头宜念金刚经

酆都县，城外有洞，深不可测，相传为阎罗署。洞中刑具皆借人工。桎梏枯败，则掷洞口。邑宰以新者易之，经宿即失所在。

明有御史行台华公，来至酆都，闻之，不信。欲入洞一决其惑，众云不可。公弗听，乃秉烛入，以二役从之。入里许，烛暴灭。视之，阶道阔朗，有广殿十余间，堂上列坐尊官，袍笏俨然。惟东首虚一座。官见公至，降阶而迎。公问：“此何处所？”答曰：“冥府。”公愕然，急告退。官指虚座曰：“此为君座，何可逃也。”遂出卷册示公，注云：“某年月日，华某肉身归阴。”公览之，战栗如濯冰水。念母老子幼，泫然流涕。俄有金甲神，捧黄帛诏书入。众官拜舞跪听，读罢，乃贺公曰：“适接帝诏，大赦幽冥，君可赦矣！”乃示公以途而返。数武之外，一片漆黑，不辨行路。公正窘苦，一赤面长髯神告曰：“诵佛经可出。”公乃合掌诵念《金刚经》，顿觉一线光明，映照前路。偶有遗忘，则目前顿黑；定想移时，复诵复明，乃得出。其二役，则不可问矣。

【陵县狐】

能饶人处且饶人　狐狸虽诡亦知情

陵县李太史家，每见瓶鼎古玩之物，移至案边，势危将坠地。太史百思不得其解。于是，紧锁斋扉，而天明复然。心知其异，布置家人，暗窥之。

一夕，光明满室，讶为盗。两仆近窥，则一狐睡箱上，光自两眸出，晶莹四射。恐其遁，急入捉之。狐啮腕肉欲脱，仆持益坚，因共缚之。举视，则四足若无骨，随手摇摇若垂带焉。

李太史念其通灵，不忍杀，覆以柳器。狐不能出，顶筐而走。乃数其罪而放之，怪遂绝。

【蛤】

海纳百川心广大　蛤含小蟹绳牵之

东海有蛤，饥时浮岸边，两壳开张，中有小蟹出。红线系之，离壳数尺。猎食既饱，乃归，壳始合。或潜断其线，则两物皆死。亦物理之奇也。

【鸟语】

道士能解禽鸟语　邑令亏心鸭先知

中州一道士，募食乡村。食已，闻鹂鸣，提醒主人小心火烛。问之，答曰：“鸟云：‘大火难救，可怕！’”村人不信，竟不备。明日，果火，延烧数家，始惊其神。适有麻雀鸣一家门前树上，众问之，道士曰：“初六养之，十四、十六殇之。”询之其家，果生三子，无何并死。日期与雀言相符。县令闻其异，招之。时群鸭过。县令问之，对曰：“明公内室必相争也。鸭曰：‘罢罢，偏向她！’”令大服。盖妻妾反唇，令适被喧聒而出也。

县令最贪，将供物折为钱而入之。鸭再叫，令又诘之，道士曰：“今所言不与前同，乃为明公算账耳。”问：“何计？”曰：“蜡烛一百八，银珠一千八。”令惭，疑其相讥。

逾数日，宴客。忽闻杜鹃叫。众问之，答云：“鸟曰：‘丢官而去，丢官而去！’”众愕然失色。令大怒，立逐而出。未几，令果以贪败。

【乔女】

貌丑德馨贤侠女　盖棺而后志不移

平原县乔女，黑而丑，豁一鼻，跛一足。年二十五六，嫁老穆，三年生一子。未几，穆卒。家境大困，惟以纺织自给。

有孟生者，丧偶，遗一子，名乌头，以乳哺无人，急于求配。因敬重乔女为人，欲娶之为妻。乔女以自知之明，不肯嫁，再三求之，仍未就。未几，孟生暴病卒，女往临哭，尽哀。孟固无戚党，死后，村中无赖趁火打劫，家具携取一空。田产亦被瓜分。乔女挺身而出，至县衙告状。官诘女属孟何人，女曰：“公宰一邑，所凭者理耳。如其言无理，即至亲，无所逃罪；如有理，则路人亦可听也。”官怒，呵逐之。女又哭诉于缙绅之门。绅代剖于宰。宰查之，果真，穷治诸无赖，尽反所取。或议留女居孟第，抚其子乌头；女不肯。扃其门户，使孟家媪抱孟子乌头从与俱归，凡乌头日用所需，则同媪启户取之；自乃抱子居贫，一如既往。

积数年，乌头渐长，为之延师教读；而己子使学做操作。乌头成年，乔女为其娶妻。令新婚夫妇回孟家大院。乌头泣要同居，乔女从之。然勤勉操作如故。后，乌头捐币，为穆子完婚。不久，乔女重病求归。乌头不听，既卒，阴以多金馈其子，欲将乔女与父合葬。及期，棺重，三十人不能举；穆子忽仆，七孔出血，自言曰：“不肖儿，为何卖汝母？”乌头惧，拜祝之，始愈。乃停棺数日，修治穆墓，使合葬之。

此篇画“身卧家中手即飞出”一句。画家表现为延长手臂，并将手臂以圆转云纹之法取之。足见画家的急智和幽默感。该套全图，此类构思颇多，阅之给人提神。［刘　峰］

【沅俗】

奇闻怪事沅江俗　一臂飞出盗钱财

李季霖，初任沅江县令，见猫犬盈堂。僚属曰：“此乡中百姓瞻仰风采也。”少间，人畜已半。移时，悉复为人，纷纷并去。

一日，出门拜客，肩舆在途。一舆夫急呼曰：“小人受伤矣！”即请随行差役替之，乞假疾奔而去。李遣人尾之，舆夫奔入市，求一叟医之。叟相之，曰：“汝遭暗算矣。”乃以手揣其股，自上而下力推之。见一处皮内坟起，叟以利刃破之，出石子一枚，曰：“愈矣。”乃奔而返。

后闻其俗，有身卧家中，手即飞出；入人房闼，窃取财物者。若被捉，絷不令去，则此人一臂废矣。

【布商】

头上三尺天理在　神仙显化救布商

布商某，至青州，偶入废寺。见院宇零落，叹悼不已。僧在侧曰：“若有善士，修复山门，亦佛面之光。”布商慨然自任。僧喜，邀入方丈，款待甚殷。又举内外殿阁，并请修缮。布商推辞不能。僧固强之，词色悍怒。布商惧，请倾囊倒装，悉以授僧。欲出，僧止之曰：“君竭资实非所愿，焉能善罢甘休。”遂出佩刀，欲杀之。布商切切哀求，不听。请求自经，许之；逼入暗室，且迫促之。

适有防海将军某经寺外，遥自墙缺处见一红衣女入僧舍，疑之。下马入寺，遍搜不得。至暗室，严扃双扉；僧不肯开，言有妖异。将军怒，斩关入；则见人吊梁上。救之，复苏，得知其情。又械僧，问女子所在，实为无有。始知，盖神佛现化也。杀僧，财物仍归布商。布商感之，重修庙宇。由此，香火大盛。

【真生】

点石成金有仙术　道德彰显才有灵

长安士人贾子龙，结识狐仙真生。生善饮，能雅谑。一日对酌，酒将尽，兴未尽。真生搜篋出饮器，玉杯无底，注酒其中，盎然已满；再三饮之，并无少减。子龙异之，坚求其术。真生曰：“此乃仙家隐术，何能相授。”每值乏窘，真生则出黑石，吹咒其上，以摩砖瓦，即刻为白银。以之赠贾，仅足所用，未尝赢余。子龙每求多，则不予。一日，真生醉卧，子龙潜起，搜其衣底，欲找黑石。真生觉之，曰：“如此贪心，不可处也！”遂辞别而去。

后年余，子龙漫步河畔，见一黑石，莹洁，绝类真生物，拾之。不久真生至，若有所失，曰：“黑石乃仙人点金石，醉后失之，隐知当在君手，愿以百金赎之。”子龙曰：“百金非少，但授我口诀，一亲试之，无憾矣。”真生无奈，授其诀，子龙伪为磨砖，却改磨一大石板，立变为银。真生叹道：“如此妄加福禄，我乃必遭天谴。事已至此，君欲减我罪罚，需广为施舍。”

子龙得金，且贾且施。不三年，施数已满。真生忽至，握手曰：“君信义之人也！别后被福神奏帝，削去仙籍，蒙君博施，今幸以功德消罪。”子龙问真生为天上何曹？真生曰：“我乃有道之狐耳。出身低微，不堪孽累，故生平自爱，一毫不敢妄作。”遂为设酒，欢饮如初。贾至九十余，狐犹时至其家。

【王货郎】

阴阳两界通关节　回家资送知何人

济南卖酒人某翁，遣子小二外出讨债。见已故之兄阿大。曰："冥府一疑案，须弟一证之。"小二作色怨讪。阿大指身后一人如皂吏者，曰："官役在此，我岂自由！"一夜狂奔，至泰山下。入地府，得知冥案已结。差役乃释之令归。阿大忧弟无资斧。差役思之良久，即引小二去。至路边一家檐下，嘱曰："如有人出，便使相送。如其不肯，便道王货郎所言矣。"遂去。小二冥而僵卧。

天亮，第主出，见人死门外，大骇。守移时，微苏，扶入，饵之，始言里居，即求资助。主人难之，小二如役嘱言之。 主人惊绝，急赁骑，送之归。偿之不受；问其故，亦不言。别而去。

【罢龙】

云龙行雨亦疲惫　惧怕稻米远避匿

胶州人王侍御，出使琉球。舟行海中，忽自云际堕一巨龙，激水高数丈。龙半浮半沉，仰其首，将下巴搁船上。睛半闭，嗒然若丧。乘船人大恐，不敢少动。船家曰：“此天上行雨之疲龙也。”焚香共祷之。移时，倏然而逝。

舟再行，又有三四疲龙，堕如前状。逾日，至一处，水清澈底。下有群龙，五色，如盆如瓮，条条尽伏。有蜿蜒者，鳞鬣爪牙，历历可数。众人神魂俱丧，闭目含眸，不敢看，亦不敢动。惟船家握米自撒。问掷米之故，答曰：“龙畏蛆，恐入其甲；白米类蛆，龙见而惧，则潜入深海。舟行其上，可无害矣。”

【天宫】

墙内桃花无粉蝶　殷勤逮来墙外蜂

郭生，京城人，年二十余，仪容修美。一日薄暮，有老妪送尊酒，笑曰：“饮之自有佳境。”嗅之，洌香四射，遂饮之。忽大醉。及醒，则与一女子并枕卧，抚之，肤腻如脂，麝兰喷溢。问之不答，遂与交欢。事已，以手扪壁，皆石；大惊。女曰：“此乃神仙洞府。与君有夙缘，勿相讶，但耐居之。”既而，女起，闭门而去。久之，腹馁，遂有女童至，饷以面饼、鱼肉，使扪索而啖之。黑漆不知昏晓；女子来寝，始知夜矣。郭以暗无灯火，怪而问之。女曰：“为尔俗中人，多言喜泄，故不欲以形色相见。且暗中摸索，美丑亦当有别，何必灯烛！”

居数日，幽闷异常，屡请暂回。女曰：“来夕当与君一游天宫，便即为别。”

次日，一婢领生至一楼阁，则美人华妆坐，年约二十许，锦衣炫目，诚天人也。生迷乱失次，不觉屈膝。女令婢扶坐，与之宴饮狎戏。饮至一更，女唤婢笼烛送之。郭伪醉眠榻上，摇之不动。婢扶裸之，排私处曰：“个男子容貌温雅，此物何不文也！”长笑而去。女亦归寝。至四更，呼婢送入洞。郭凝视婢，风致娟好，戏曰：“谓我不文者卿也？”遂相狎。郭研诘仙人姓氏，婢曰：“勿问！既非天上，也异人间，若必知详情，恐觅死无地也！”

一夜，女子曰：“本欲永好，不意人情乖阻，今将打扫天宫，不能复相容矣！请以卮酒为别。”遂赠生黄金一斤、珠百颗。三杯既尽，忽已昏醉。既醒，四体被缚，纠缠甚密。起坐凝思，已在家中矣。

后，事有泄露。有人曰，彼处极似严嵩之家。生闻之，恐惧报复，举家外逃。直至严嵩被诛，始返。

【曹操冢】

生也奸雄死诡诈　曹操棺藏险流中

许昌城外有河，水流汹涌，近崖深暗。盛夏时，有人入浴，忽若中刀斧，尸断浮出；后一人亦如之，转相惊怪。邑宰闻之，遣人闸斩上游，竭其水。见悬崖下有深洞，中置转轮，轮上排列利刃如霜。去轮攻入，中有小石碑，字皆汉篆。细视之，则曹操墓也。破棺散骨，所殉金宝尽取之。

刘文西题词：
水墨留痕
题大红袍《于受万写意性工笔画》
刘文西 中国美术家协会原副主席

卷三

【专家点评】

于受万的《聊斋全图》，画得生动活泼，手法很多，在艺术表现方式的自由发挥上，向前推进了一步。特别是聊斋人物形象表现，在典型情节中的捕捉，恰如其分，非常精彩。使这部经典原著，很容易让更多的人理解。他的人物形象夸张，造型结实，变化合理，个性鲜明，适合现代人的欣赏需求，堪称上乘之作。

杨德树　天津美术学院教授　天津湖社画会顾问

我佩服于先生这几年坚持不懈的努力，这是一种韧性，一种持之以恒的精神，是我们从艺者所需要的，也是现代一些画家所欠缺的。

总体来说，这个版本《聊斋》的出版，适应了多层面读者的欣赏要求，为弘扬经典，推崇国粹，做出了突出的贡献。

赵力忠　中国国家画院研究员

《画皮》·于受万工笔画

《丐仙》·于受万工笔画

【专家点评】

《聊斋志异》近500篇故事中，从孔圣、佛祖、菩萨，到老君、玉皇、关公、吕洞宾等，总括了儒、佛、道诸多文化史上和民间传说中的人物，以及天上地下、陆地水域、狐鬼花妖与现实人间的方方面面，可谓虚实真幻，千景万物，极为繁复，若想将之升华而蜕变为视觉艺术形态，绝非易事。于受万先生以其超常的艺术驾驭能力，创造性地一一加以表现，巧思迭出，美不胜收。其功莫大焉，必当载入艺术史册。

于受万生于书香之家，有着深厚的文化底蕴，《聊斋》全图完成之后，意犹未尽，遂又撰写了图下文言缩文。无意之中为读图时代生活节奏快的读者，提供了一部短版《聊斋》，编成了这套图文并茂的短版《聊斋》。这对普及《聊斋》经典，升华现代受众的道德文化修养，堪称又一项壮举，较之《聊斋》全图的创作毫不逊色。

王颜山
山东省书法家协会顾问
著名文化学者

于受万先生是我非常尊重的画家。当年我们都是在为出版社画连环画。我记得有几本连环画的套书如《三国演义》等，我们都是在其中各自画一些篇章。于老师的特点是造型熟练、人物生动。这是他的天赋加勤奋积累的结果，令我辈从心里钦佩。

造型问题应该说是一个画家终生追求解决的一大问题，造型准确、“应物象形”、画什么像什么已是非常难的，但是于老师不但画得准，而且有艺术趣味，有生动的动态情感，正所谓“有意味的形式”。这个功夫不是练出来的、而是与生俱来的天赋。是凭着于老师的长期修养、创意而升华出来的艺术特色。高明，实是高明。

另外，我还想说一点，于老师的国画创作，泼彩工笔人物画，也非常有自己的特点。我从于老师的身上吸收了许多宝贵的东西。

祝愿于老师艺术之树长青。

岳海波 山东艺术学院教授 硕士研究生导师 著名人物画家

此图的中心情节是强抢嫦娥，图中一个抱腿，一个搂腰，一个用布绳绑脚，一个似为总指挥，各色人物，形态表情各异，放达自由，生动有奇趣。按原文故事的进程，这一连串的情景属于无足轻重的小环节，画家之所以选此情景，可能是因为这个情节能为读者提神，最具有造型意义。［唐秀玲］

【嫦娥】

嫦娥寂寞游下界　儿女双全两胁生

太原人宗子美，游学广陵。一日，过红桥，结识美女嫦娥，久久不能忘情。后托媒求之，因无千金聘礼，遂置之。适有寡媪租居宗之西邻，有女颠当，雅丽不减嫦娥。宗羡之，每以馈遗阶进；久而渐熟，往往送情以目。一夕，颠当逾垣求火。宗喜挽之，遂相燕好，约为嫁娶。由此蹈隙往来，形迹周密。

一日，宗过红桥，偶与嫦娥相遇。嫦娥取黄金一锭付之。宗不受，辞曰："自分永与卿绝，遂他有所约。受金而为卿谋，是负人也；受金而不为卿谋，是负卿也。诚不敢有所负。"嫦娥曰："君居与颠当之事，妾颇知之。其事必无成；即使成之，妾不怨君之负心也。"遂受金而归。自是心牵两女，进退不知所从。隔夜，宗将嫦娥事，告之颠当。颠当欣然劝宗专心嫦娥，宗不语；颠当愿下之，宗乃悦。即以黄金一锭作聘礼，娶嫦娥。两人恩爱和美，相得甚欢。嫦娥喜谐谑，效飞燕舞风、杨妃带醉；风情意态，惟妙惟肖。而颠当则与邻媪悄然迁去，影灭迹绝。一夜，数强人撬扉而入，一人以利刃加宗颈，惧不敢喘；余人强掠嫦娥，哄然而去。宗大悲，惘然失图，无复情地。告官追捕，数年无耗。

荏苒三四年，宗郁郁思念嫦娥。一日，入都，偶过姚巷，竟遇颠当，相见惊喜。颠当带宗至西山，从西山老尼处找到嫦娥。乃知嫦娥即月中嫦娥，被贬下界，因限期将满，假托被劫，重返天界。颠当乃西山狐仙。嫦娥感宗痴情，遂同颠当俱归。三人安然家居。

颠当慧绝，工媚。嫦娥则乐于独宿。颠当狎戏无节，一日，嫦娥以足轻蹴之。颠当仰首，口衔其足，微触以齿。嫦娥忽觉媚情一缕，自足趾直达心舍；意荡思淫，若不自主。乃急敛神，喝曰："狐奴当死，不择人而惑之也，若非夙根深者，则堕落矣！"

宗常患无子，嫦娥腹中忽闻儿啼，遂以刃破胁出之，则男儿，复孕，又取一女。男酷类父，女酷类母，皆论婚于世家。

一人得道，鸡犬升天。［巩武威］

【鞠乐如】

妻死弃家入山去　服具冉冉随飞升

鞠乐如，青州人。妻死，弃家而去。后数年，身着道服，荷一蒲团还乡。经宿欲去，戚族强留其衣杖。鞠托闲步，至村外，但见室中服具皆冉冉飞出，随之而去。

【褚生】

魂之附体为知己　婴儿掌中现褚字

顺天府陈孝廉，十六岁时，与褚生同受教于浙籍吕先生。褚生聪明，颇受先生器重。陈生家富，时替褚生交纳学费。后吕先生回浙，遵师嘱，陈生拜褚生为师。乡试时，褚生请为陈生代考。褚携表兄刘天若至，嘱陈暂从之去。仲秋佳节，刘天若带陈生游览皇亲花园，与京城名妓李遏云泛舟湖上。李吟《浣溪沙》：“泪眼盈盈对镜台，搴帘忽见小姑来，低头转侧看弓鞋。强解绿蛾开笑靥，频将红袖拭香腮，小心犹恐被人猜。”已而泊舟，过长廊，见壁上题咏甚多。陈命笔，将李吟《浣溪沙》词题于壁上。日薄暮，刘送陈归，入门，即别去。俄延间，褚生入门，近身而仆，恍惚间，陈觉仆者非褚，实自己也。既起，见褚生在旁，恍惚若梦。诘之。褚曰：“告之勿惊，我实鬼也。久当投生吕先生家，只缘高谊所不能忘，故附君体，以代考试，三场毕，此愿了矣。”遂伸手，命陈书“褚”以志之。数日后，放榜，陈果捷。又至皇亲园，见题咏犹存，而淡墨依稀，若将磨灭。始悟题者为魂，作者为鬼。后，褚生果托生为吕先生之子，生而两手握固。待陈至，儿见之，十指自开。视之，掌心有一“褚”字。吕先生知之，共相叹异。后吕以岁贡，廷试入都，舍于陈；儿则十三岁入泮矣。

【鸿】

鸿雁在天亦钟情　携金哀鸣赎贤妻

天津有猎鸟人，得一鸿，其雄者随至其家，哀鸣翱翔，至晚始去。次日，猎人早出，则鸿复至，飞号从之；既而停于足下。猎人将并捉之。见其伸颈俯仰，吐黄金一锭。猎人始悟其意，乃曰：“是将以赎妇也。”遂释之。二鸿双飞而去。

禽鸟何知，而钟情若此。悲莫悲于生别离，物亦然也？

此幅为集人物、山水、花鸟、动物于一体的作品，于先生画得样样都精彩。大象的表现流露出画家勾、皴、点、染之技法全备，连右下角画的远处雄狮也毫不马虎。用色潇洒利落而得体，正如国家画院高天民先生所说：“于先生人、山、花不仅兼而且擅。”此图堪为后学者师。［朱全增］

【象】

众象遇难求猎人　击杀雄狮得象牙

广中有猎兽者，挟矢入山。偶卧憩息，不觉沉睡，被象以鼻摄去，自分必遭残害。未几，释置树下，顿首一鸣，群象纷至。四面旋绕，若有所求。前象至树下，仰视树而俯视人，似欲求登。猎人会意，即足踏象背，攀援而升。及至树巅，亦不知其意。少时，有雄狮来，众象皆伏。雄狮择一肥者，意将搏噬。众象战栗，无敢逃者。惟共仰树上，似求怜拯。猎人会意，瞄发一矢，雄狮立毙。诸象瞻空，意若拜舞。猎人乃下，前象复伏，以鼻牵衣，似欲其乘。猎人遂跨身其上。象负之，行至一处；以蹄穴地，得象牙无数。猎人以藤束之，置于象背。象乃负送出山。

【霍女】

贫寒老成助其福　为富不仁破其家

朱大兴，彰德人。家富而吝啬已甚。然佻达，喜渔女色，冗费不惜。每夜逾垣过村，从荡妇眠。一夜，遇少妇独行，知为亡者，强胁之归。灯下观之，绝美。自言霍氏，遂留与寝处。女不能安于粗粝，必燕窝、鱼翅、鸡心作羹汤始食之。朱无奈，竭力奉之。又多病，日须进参汤一碗。朱若不与，则呻吟欲绝；不得已而奉之，病若去。遂习以为常。女衣必锦绣，数日即厌其旧。每苦闷，则招优伶为戏。居二年，朱家渐败落。一夜，忽启扉亡去。朱惆怅若失；遍访之，乃知在邻村何家。何大姓，世胄也，豪纵好客。忽有丽人入，知为朱家逃妾。何素藐朱之为人，又悦女美，竟纳之。绸缪数日，益惑之；穷奢极欲，供奉一如朱家。朱家自失女后，破产行贿，质于官。何家权衡利弊，以女还朱。然，女至朱家，过一两日，又逃。

有黄生者，贫而无偶。女叩扉入。黄见艳丽忽投，惊惧不知所为，固却之；女不去。应对间娇婉无比。黄心动，遂留之；而虑其不能安贫。女每早起，躬操家苦。而黄蕴藉潇洒，工于内媚，因恨相得之晚。朱自讼后，家益贫，遂置不究。

数年后，霍女带黄生回镇江娘家。船泊扬州，女坚请黄生将自己千金卖出。黄生见女登别舟而逝，大号失声；望江水之滔滔，如万箭穿心。瞬息达镇江，运资上岸。黄守装闷坐，方掩泣间，忽闻姣声呼“黄郎”；愕然回顾，则女已至。黄疑其非常，故诘之。女笑曰：“妾生平于吝者则破之，于邪者则诳之也。”乃雇役荷资，相将俱去。至娘家，又出钱为黄生娶新妇阿美。而已则隐去，再无踪影。

黄生携阿美回乡，以所得金，治家生子，生活和美。子名仙赐，既长，偶在镇江见母霍女。女赠以金银饰物，嘱其至家宜资助朱大兴。当黄生父子携金探望，朱已死三日，暴尸荒野，遂出资厚葬之。

在这幅作品中，于先生使用现代绘画手法把画面做了不同形式的分割，把不同时空的人与狐怪构成一幅完整的画面，使作品具有超现实的语境。［孙佰钧］

【丑狐】

受狐以德反欲杀　负心男子返赤贫

穆生，家贫，冬无絮衣。一夕，枯坐，有女子入；衣服炫丽而颜色黑丑。笑曰：“得毋寒乎？”生惊问之，曰：“我狐仙也，怜君枯寂，聊与共温冷榻也。”生惧其狐，又厌其丑，大号。女赠之以元宝，生始悦之，遂相燕好。后，每夜必至，至则必有馈遗。年余，穆生渐裕，修屋置器，内外皆衣锦绣。女馈赠渐少，生由此心厌之，竟聘术士至，贴符于门以驱之。女至，碎符而入，斥生曰：“背德负心，至君已极！情义既绝，受于我者须偿还也！”忿然而去。生惧，告术士。术士作坛，摆设未已，忽颠于地，血流满颊；视之，割去一耳。术士掩耳窜去。室中掷石如盆，门窗釜甑，无复全者。生伏床下，蓄缩汗流。俄见女抱一物入，猫头狗尾，齿利如刃，嚼生手指，爽脆有声。生痛极哀祝。女曰：“所有金珠，尽还勿隐。”生不能起，但告以处。女自往搜括，只得二百余金。女少之，限十日，偿金六百。生诺之，女乃抱物去。待家人至，自床下拽生出，足血淋漓，丧失二指。视室中，财物尽空，惟当年破被存焉。又惧十日复来，乃卖婢鬻衣，以足其数。至期，女果至。急付之，无言而去。自此遂绝，而穆生家清贫如初矣。

【吕无病】

悍妇恶劣贤鬼灭　豁然一悟证菩提

洛阳公子孙麒，娶蒋太守女，甚相得。女二十夭殂，悲不自胜。离家，居山中别墅。适阴雨，昼卧。有女子入，年约十八九，衣服朴洁，而微黑多麻，类贫家女；自称吕无病，怜孙生孤寂，愿为案前驱使。孙意少动，留匿室中。女拂几整书，焚香拭鼎，俯眉承睫，殷勤臻至。至夕，各自独寝。中夜，孙醒，见女卧床头，撼问之。女曰："妾善惧。"孙怜之，使卧床内。忽闻气息扑鼻，清如莲蕊，异之。呼与共枕，不觉心荡；渐与同衾，大悦之。纳为妾。后，孙娶许氏为妻。许氏生子阿坚而殁。无病视阿坚若亲生，而善护之。邑王天官有女新寡，求婚。仰其势，遂娶之。王氏姿色娇艳，而骄横已甚，衣服器用多厌嫌，而加毁弃。孙以爱敬故，不忍有所拂。吕无病至前，则笑啼皆罪。时而迁怒丈夫，吵斗不休。孙不堪其扰，托故出门，长期不归。王氏虐待阿坚，动辄毒挞，儿病悸不食。王氏禁无病，不令见之。儿终日啼，妇叱乳媪，使弃于地。儿气竭声嘶，呼而求水，妇戒勿与。无病窥妇不在，潜饮儿。妇闻之，意气汹汹而出。儿见之，气竭声嘶，一跃而绝。王氏命弃之。无病隐与乳媪至弃儿处，将儿救活。

一日，孙在外，卧息床上。见无病悄然入，握手哽咽，曰："妾历千辛，与儿逃于杨……"言未终，倒地而灭，始知无病乃鬼也。孙骇绝，星驰而归。知儿死妾遁，抚膺大悲。语侵妇，王氏反唇相稽。孙忿，出白刃。婢妪遮救，不得近，遥掷之。中妇额，额破血流；又揪之痛打，衣皆若缕，伤痛不可转侧。王氏兄闻之，率骑登门。孙亦集健仆，两相言斗，竟日始散。忽忆无病"逃于杨"之语，辗转自杨村找回阿坚。儿开目见王氏，惊投父怀；视之，气又绝矣。移时始苏。孙不得已，父子别居一院，不与王氏通。

孙感无病之义，葬其衣履，题碑曰："鬼妻吕无病之墓。"孙随即严词具状，控诸上台，终判离婚。王氏归，悍名噪甚，三四年无问名者，妇始悔。年余，王氏母又卒，孤无所依，兄嫂颇厌嫉之；妇益失所，日辄涕零，欲返孙家；孙不纳。一日，窃驴奔孙，伏跪阶下，断指立誓，血溢如注。孙乃收之，命其另居一室。

妇由此不茹荤酒，闭门诵佛；爱子敬夫，渐称贤淑。可谓"豁然一悟，立证菩提"。

【钱卜巫】

暴殄天物贫如丐　时运一转千金来

夏商，河间府人。其父东陵，豪富侈汰。每食包子，则弃其角。人呼之“丢角太尉”。暮年，家产荡尽，日不给餐。临终，谓商曰：“余生平暴殄天物，上干天怒，遂至冻饿以死。汝当惜福力行，以盖父愆。”商恪遵父命，诚朴无二，躬耕自给。乡人咸爱敬之。

有巫为夏商卜之，曰：“五十八岁之前，为先人运，后方交本身运，当有巨金自来，不须力求。倘一生无过错，再世亦享之不尽也。”商半信半疑，安贫自守。后至五十三岁，留意验之。果因天公与人意之巧合，竟在大荒之年，得以安度。至五十七岁时，偶修墙垣，掘地得铁釜；揭之，蓄得银一千余两。邻人知此而妒之，潜告邑宰。宰贪，拘商索金，商尽献之，乃释。

居无何，邑宰升迁，携金至南昌。逾岁，商以贸贩亦至南昌，至则宰已死。宰妻将归原籍，货其粗重；有桐油若干篓，商以值贱，购之以归。抵家验之，每篓皆藏白银。兑之，正为前掘之数。商由此暴富，益赡贫穷，慷慨不吝。妇劝遗留子孙，商曰：“此正为遗留子孙也。”告密之邻人则赤贫为丐，欲有所求，而内心自愧。商闻而告之曰：“昔日事，乃我时数未至，故鬼神借子之手以败之，于汝何干？”遂周济之。邻人深为感泣。后商寿八十，子孙承继，数世不衰。

【姚安】

嫉忌已甚杀艳妻　贫无立锥老凄凉

姚安，临洮人，美丰姿。同里有宫姓女绿娥，艳而知书，择偶未嫁。其母语人曰：“门第风采，必如姚安者始嫁之。”姚闻之，邪念顿生，哄妻窥井，乘其不备，挤坠之，遂娶绿娥。雅甚亲爱。然以其美也，终不放心；闭门相守，步则缀焉。女欲归宁，则以袍袖遮之上轿，并将轿门封志，而后驰随其后。越宿，即促与俱归。女颇反感，忿曰：“若有私情，岂琐琐所能止耶！”姚以故他往，则锁女于室中。女益厌之。

一日，姚自外归，潜听久之，乃开锁启扉，悄然掩入。见一男子貂冠卧床上，大怒，取刀奔入，力斩之。近视，则女昼眠畏寒，以其貂冠覆面上。大骇，顿足自悔。岳父告官。官拘姚，剥其生员冠戴，施以酷刑。姚以巨金赂上下，得不死。由此精神迷惘，若有所失。每独坐，则见女与髯男狎亵床上，恶之，操刀而往，则没矣；返回座上，则又见之。怒甚，以刀击榻，席褥断裂。又见女立面前，视之而笑。速砍之，立断其首；既坐，女又立面前，笑如故。夜间灭烛，则闻淫溺之声，亵不可言。日日如是，不复可忍，于是卖掉田宅，将移居别处。至夜，有盗入，劫金而去。自此，贫无立锥，忿恚而死。里人藁葬之。

诸葛亮的空城计，司马懿误以为城中藏有大军而退兵。《采薇翁》虚构了一位胸中自有百万兵的形象。画家竟然将此不可思议的浪漫形象予以表现。巧妙地升华了此文。〔肖 兵〕

【采薇翁】

腹中自有兵百万　一鼓箭飞众匪糜

明亡后，干戈蜂起。长山县刘芝生，聚众数万起事。忽一肥男来访，自号“采薇翁”。二人谈兵论法，一拍即合，遂留帐下参谋军事。欲赠之以刃，翁言：“我自有利兵，无须刀戟。”乃捋衣露腹，脐大可容鸡子；忍气鼓之，忽自脐中嗤然突出剑把；握而抽之，白刃如霜。刘大惊，问：“止此乎？”笑指腹曰：“此武库也，何所不有？”略一闭息，则弓、矢飞堕，其出不穷。已而，剑插脐中，概都不见。刘神之，与同吃住，敬礼甚备。

时，营中号令虽严，而乌合之众，时出抢掠。翁曰：“兵贵纪律，今统数万之众，而不能镇慑人心，此败亡之道也。”刘善之，于是纠察卒伍，有掠取妇女财物者，袅首以示众。军中稍肃，而终不能绝。翁不时乘马出，遨游部伍间；所过之处，军中悍将骄卒，头自落。兵士不知何故，因共疑翁。翁力主整肃纪律，兵士共畏恶之。诸部首领，对刘曰：“采薇翁，妖术也。今无辜将士，自失其头，人情汹惧；将军与之共处，亦危道也，不如杀之。”刘从众言，欲待其睡熟而诛之。视翁坦腹酣卧，鼻息如雷。众大喜，以兵绕舍，两人持刀入，断其头；待再举刀，则头已复合，鼻息如故，大惊。又剖其腹，腹裂无血，其中戈矛森聚，尽露锋芒。众益骇，不敢近。遥拨以矛，而铁弩大发，射中数人。众惊散。翁亦杳矣。

【崔猛】

刚猛仗义争偿命　火绳诱敌贼寇靡

建昌府崔猛，世家子。性刚毅。幼在塾中，诸童稍有所犯，则奋拳殴击，师屡戒不改。至十六七，强武绝伦，又能持长竿跃登房屋。喜抱打不平，以是乡人共服之，前来求助者盈阶满室。崔抑强扶弱，不避亲疏；稍逆之，石杖交加，肢体为残。每盛怒，无敢劝者。惟对母孝，母至则解。母谴责备至，崔唯唯听命，然出门则忘。邻有悍妇，虐婆母。使饿濒死，不与食。子窃啖之，妇知，诟厉万端，声闻四邻。崔怒，逾墙而过，鼻耳唇舌尽割之，立毙。母闻大骇，呼邻子极意温恤，配以少婢，才得平息。母愤泣不食。崔惧，跪请受杖，且告以悔。母杖之，又针刺其臂，作十字纹，涂以朱色，以为训诫。

一道士相之，见崔多凶横之气，恐难善终。出化解之法，让崔与南昌人赵僧哥者结交。僧哥年十二，随父逃荒流寓至此。崔留居家中，供给优厚。后僧哥随父回南昌，音信中断。一日，崔于途中遇恶少某甲，率众絷一男子，呵骂捶打。崔问之，知甲为巨绅之子，豪横一乡，因窥李申妻有色，欲夺之。诱李赌，待负债数千，使人强夺申妻抵债。申不服，毒打之，逼立“无悔状”。是夜，有人杀甲于床，甲妻亦裸尸床下。官疑申所为，捕治之。屈打成招，判死刑。后，崔母死，既殡，崔猛自首曰：“杀甲者，实我也。因有老母在，不敢泄。”官愕然，释申。申不去，坚以自承，两人争相偿命。官强出之，以猛抵罪。

此时僧哥官至刑部郎官，来建昌巡视。见崔猛一案，以自首情节减罪，充军云南。申自愿随之服侍。一年后，因大赦获释。申即随崔回乡，为之料理家务。几年中，随崔练就一身武艺。乡邻遇有不平，申则以崔猛名义出手相助。

时土寇啸聚，焚掠村疃。夜入崔家，崔他出，申越墙伏暗中。贼抢崔妻，括财物而去。申出，嘱仆赴贼巢，登半山，以火爇绳，散挂荆棘中。申则潜入贼营，大喊有警。贼倾巢出。申乘乱救出崔妻。崔回，又共设计，集乡勇，灭贼寇。由此威声大震，远近避乱者从之如市，得土团三百余人。各处强寇无敢犯，一方赖之以安。

用笔厚重，设色明快，在线和面的冲突中营造出《聊斋》幻化的美感。有新意，又不失传统本味。　［贾广健］

【诗谳】

事事留心纠错案　神人托梦逮真凶

青州居民范小山，贩笔为业，行贾未归。四月间，妻贺氏独居，为盗所杀。当夜微雨，泥中遗诗扇一柄。据题款，乃王晟之赠吴蜚卿者。晟，不知何人；吴蜚卿乃益都人，与范家同村，平日颇有佻达之行。官府拘吴，审之，不伏；屈打成招，遂定案。经郡县层层审核，历十余官，更无异议。吴自知必死，嘱其妻将家产救济穷人。凡向其门诵佛千遍者，给以棉裤；至万遍者，给以棉袄。于是门前乞丐如市，佛号声闻十余里，因而家境骤贫。吴欲自杀，夜梦神人告之曰：“子勿死，昔日‘外边凶’，目下‘里边吉’矣。”再睡，又言，以是不死。

未几，周元亮任青州道台，查案情，以为冤。遂下令除吴枷锁，移出死牢；立拘城南某店主。又按所供，提审在其店墙题诗者李秀，继而提审以李秀诗题扇者王佐。顺藤摸瓜，拘捕求王佐题扇者张成。

先是，益都铁商张成，见范小山妻贺氏貌美，托人题扇，落款吴蜚卿，以备事发即可嫁祸于人。张成趁范不在，逾垣入，逼奸贺氏。妇因独居，常以刀自卫。既觉，操刀而起。成惧，夺刀，妇号；成急，遂杀之。有意弃扇而逃。

三年冤狱，一朝昭雪。众人无不盛赞周道台神明。此时，吴才悟“里边吉”乃“周”字也。有人问周破案之由，笑曰：“贺氏被杀于四月，当夜阴雨，天气犹寒，扇乃不急之物，其嫁祸可知。此前曾避雨城南旅店，见壁上有李秀题诗，与扇上笔迹相似。于是，沿李秀线索，果得真凶。”闻者叹服。

【小棺】

平叛横死数万众　神鬼先知现小棺

天津舟人某，夜梦一人教之曰：“明日有载竹箱租舟者，可索银千两，不然，勿渡也。”某醒后不信。既睡，复梦，且书 顾 [illegible] [illegible] 三字于壁，嘱曰：“倘其还价，当书此三字示之。”某异之，不识其字，亦不解何意。次日，留心行旅。日向西，果有一人驱驴载箱来，问舟。某如梦索价，其人笑之。反复还价，某牵其手，以指书梦中三字。其人大愕，即刻而灭。搜其所载，则小棺数万余具，每长指许，各贮滴血而已。未几，吴三桂叛谋暴露，党羽尽诛，被诛者几如小棺之数焉。

画面仅按故事脉络，将人物和情节，精准设计成完美图画。内有螺旋曲线以腾飞木鸟的飞行轨迹，联络画面。形象化地激活了这篇好文章。［王纫学］

【邢子仪】

害人害己丢妻财　天降双姝获千金

滕县杨某，为白莲教党羽，得左道之术。家中田园楼阁，颇称富有。教主徐鸿儒被诛后，杨侥幸漏脱，遂挟术以游。至泗上某绅士家，幻法为戏；睨其女美，既归，谋摄取之。

杨某继室朱氏，亦风致，饰以华装，伪作仙姬；又授木鸟，教以驾御之法。当夜，以木鸟载朱振翼而飞；至绅士家，直达女室。女见彩禽翔入，唤婢扑之，鸟已冲帘出。女急追之，鸟堕地作鼓翼声。女近之，扑入裙底，负女与朱而飞，直冲云霄。至泗水之界，适有放钻天爆竹者，斜触鸟翼；鸟惊堕，朱与女亦坠，落至一秀才家。

秀才名邢子仪，家赤贫而性方鲠。是夜，独坐月下，忽二女自天而降。视之，皆丽姝。诧为妖，诘问之，朱以实告。且嘱勿泄，愿终生依之。邢以绅士女与朱不同，遂遣人告其家。其父母自女飞升，零涕惶惑；忽得报，惊喜过望，舆马星驰而至，报邢百金，携女归。

绅士报官，捕杨。杨连夜逃。官府抄没其家产，并通缉朱氏。朱氏以秀才庇护而解脱。

绅士之女归后，父母为之论婚。女执意非邢不嫁。邢遂得两妻。朱氏谓邢曰：“孽夫杨某，曾以巨金埋楼下，宜发之。”往掘，果得千金。不数年，邢子仪富甲一郡矣。

【李生】

寄宿异僧语玄奥　坐骑纸驴行如飞

商河李生，好道。于村外寺庙之旁，筑精舍三间，趺坐其中。四方云游僧道，往来寄宿，辄与倾谈，供给不厌。一日，大雪严寒，有老僧担囊借宿。其辞玄妙。生固挽之，留数日。一日，生出门，鸡鸣而返。叩门不应，翻墙入，见室中灯火荧荧。潜窥之，僧正整装，一瘦驴系于灯架上。细审，不类真驴，颇似殉葬之物；然耳尾时动，气咻咻然。俄而装成，开门牵出。李潜尾之。门外原有大池，僧系驴池树。裸入水中，遍体洗濯，又牵驴入，亦濯之。既而加装跨驴，疾驰而去。生始呼之。僧遥拱致谢。语不及闻，去已远矣。

【陆押官】

掐面化鼠取碎银　麦穰再簸足酒钱

赵公，湖广武陵人，曾为詹事府詹事，辞官家居。一日，有少年至门，儒雅如书生，自言“陆押官”，不索工钱。公留之，慧过凡仆。往来笺奏，任意裁答，无不工妙。赵优宠之。诸童仆见其得主人青睐，戏索作筵。押官许之，将童仆三十余人，邀赴临街店。酒甫行，一仆按壶起曰：“姑勿酌，请先出押金，以防逃席。”押官乃起，向盆中捻湿面如拳，掐碎置几上；随掷遂化为鼠，满案窜动。押官捉一而裂之，啾然腹破，得小金，再捉，亦然。顷刻鼠尽，碎金满几。众异之，乃共恣饮。

店主得金后，皆化为蒺藜。赵公闻而诘之。押官曰：“朋辈逼索酒食，囊空无钱。少时学作小剧，故试之耳。”众复责之。押官曰：“某村麦穰中，再一簸扬，可得麦二石，足偿酒账也。”偕往簸之，果如所言。

一日，赵公带押官赴友筵，堂中有兰花甚茂，归尤赞叹之。押官曰：“欲得之，亦不难。”赵犹未信。凌晨至斋，忽闻异香蓬勃，兰花一盆，置于案头。箭叶多寡，宛如所见。因疑其窃，审之。押官曰：“吾家所蓄甚多，何须窃焉？敢请主人乘夜往观。”扶公出门，见有四人小轿，伏候道左。赵公乘之，疾如奔马。转瞬入山，但闻奇香沁骨。至一洞府，见舍宇华耀，迥异人世；随处皆设花石，精盆佳卉，流光散馥；单只兰花，便有数十余盆，无不茂盛。观已，如前命驾归。押官从赵十余年，后赵无疾卒，押官亦不知所往。

【蒋太史】

功名傀儡场中物　金玉良缘到头空

蒋超太史，记前世为峨眉僧，数梦至故居庙前濯足。其为人笃信佛经，一意天台宗；虽早登翰林，常有出世之想。晚年回江南，抵高邮，不欲归；其子苦劝之，不听。遂入蜀，居成都金沙寺。久之，又至峨眉，居伏虎寺。后，患病卒。自书偈云：“翛然猿鹤自来亲，老衲无端堕业尘。妄向镬汤求避热，那从大海去翻身。功名傀儡场中物，妻子骷髅队里人。只有君亲无报答，生生常自祝能仁。”

【邵士梅】

抚恤前世妻与子　倾谈往昔老秀才

进士邵士梅，济宁人。初授登州府教授，刚上任有二老秀才持名帖求见。睹其名帖，似曾相识；凝思良久，忽悟前身。便问杂役：“二老秀才，是否家住某村？”又言其性格风度，一一吻合。两生入见，执手倾谈，欢若故友。谈次，问高东海况。二人曰：“狱死二十余年矣，今一子尚存。此等乡中平民，何以见知？”邵笑云：“我旧戚也。”

先时，高东海素无赖，闻名乡里，然性豪爽，轻财好义。有欠租而卖女者，倾囊代赎之。曾私一妇，妇因窝藏盗贼，官捕甚急，逃匿高家。官知之，捉高，备极搒掠，终不服，死于狱中。其死之日，即邵士梅生辰。知邵即高之后身。后邵至其村，恤其妻子。远近皆知其事。

【顾生】

人生如戏折折演　转眼百年狗舔铛

江南顾生，客济南一旅店。眼暴肿，昼夜呻吟。十余日，痛少减。每合眼即见巨宅，凡四五进，门皆洞畅。院中少人往来。

一日，方凝神注之，忽觉身入巨宅中；三历门户，有南北厅堂。略窥之，见满屋婴儿，坐者、卧者、膝行者，不可数计。愕疑间，一人出，曰：“小王子言，有远客至，果然。”便邀之。生问：“此何所？”曰：“九王世子居。王子疟疾新愈，今日亲朋作贺，先生有缘也。”历阶上殿，见一少年北面坐，知是王子，便伏堂下。王子令坐。酒既行，鼓乐暴作，诸妓升堂，演《华封祝》。才演三折，忽听旅店主人就床头唤进午餐。心恐王子知，遂托更衣而出。则见店主立床前，始悟未离旅舍。心欲急返，因遣店主去。复闭目，见宫舍依然，急循原路返巨宅。路经前婴儿处，并无婴儿，却变作数十媪翁蓬头驼背，坐卧其中。疾趋后庭，升堂即坐。却见王子颔下，添胡须尺余矣。王子见顾，笑问：“何往？剧本已演七折矣。”因以巨杯罚之。少时，曲终，又呈剧目。顾点《彭祖娶妇》。歌妓即以椰瓢行酒，可容五斗许。顾生辞以眼疾，不敢过醉。王子便命太医为之诊治。

太医令卧，两指启双眦，以玉簪点白膏如脂，嘱合目少睡。卧片时，忽闻锣鼓齐鸣。疑是戏曲未终，开目视之，则旅舍中狗舔油铛也。然眼疾痊愈，再闭目，则一无所睹矣。

陈、周两家械斗，败者跪地求饶，胜者大声斥责。尤其前面求饶者，半跪、倾身，做可怜的哀求状，真切如同亲历。一个丹青高手应该也具备当导演的条件。

此图配景取静态人物与械斗之动态相互映衬，一丝不乱。〔任 清〕

【陈锡九】

嫌贫爱富害女婿　因果报应遭冥罚

陈锡九，江苏邳县人。父名子言，为邑名士。富室周某，仰其声望，订为婚姻。子言科考失利，家业萧条，游学于秦，数年无耗。周家见状，欲悔亲，女不从。周怒，以破衣恶饰将女嫁于锡九。锡九贫，日不举火，周翁全不顾恤。一日，使佣媪以食饷女，入门对陈母曰："主人使视小姑姑饿死否？"女恐婆母惭，强笑以乱其词。取出肴饵，列陈母前。佣媪止之曰；"无须尔！吾家物，料姥姥亦无颜吃得？"陈母大惭，声色俱变。媪不服，恶语相侵。纷纭间，锡九自外入，讯知大怒，撮毛批颊，逐出门去。次日周家使人上门大闹，逼索离婚文书。陈母命锡九与之，强劝女去。陈母惟望儿父归，以图别处。周家有人自秦地来，曰子言已死。陈母悲愤成疾亦卒。锡九变卖田产葬母。后，乞食赴秦，以寻父尸骨。

一晚经丛葬处，被群鬼遮道，逼索饭钱；捽之仆地，以埋儿败絮塞其口。正危急间，忽有官府车马至，车中人曰："是吾儿也，孽鬼何敢如此？"锡九细认，真其父也。喜极，大哭。父曰："我死后，为阴间太行总管也。"父子同车至官署，见母与妻俱在。以为妻亦死。母言："非也，是汝父接来，待汝至，当便送还。"父言，因锡九孝行，天帝赐银万斤。

锡九将父尸骨运回，与母合葬。此时，周翁已将其女许配某官宦家，迎亲有日；女知，泣不食，命悬一丝。翁料女必死，闻锡九回，遂送女归。至陈家，女恍如梦醒。夫妻相见，悲喜交并。

先时，周翁贿赂强盗诬陷锡九。案至太守，知锡九名士，审之，知为周某贿嘱。案结，锡九得赐银百两、骡两头。后，两骡被盗。又半年，盗贼洗劫周家，以骡载大宗劫银，被官役冲散，而回锡九家，计万斤之数。周翁出狱，见遭盗劫，大病而死。女夜梦父囚系而至，曰："吾生平所为，悔已无及。今受冥谴，非若翁莫能解脱，为我代求婿，致一函焉。"醒而呜泣。诘之，具以告，锡九诺之。周家母子益贫，锡九时顾恤之。

【冯木匠】

世缘来时推不去　情谊既尽挽不回

木匠冯明，为部院衙署做佣工。夜，方就寝，窗户半开，月明如昼。遥见院墙上，立一红鸡。注目间，飞落地上。俄，化为少女，露半身相窥。少间，女越窗来，径入冯怀。冯喜，默不一言；床上欢毕，女遂去。自此，夜夜至。初以为娼妓错走门户；后诘之，女曰："我非误就，敬相投耳。"两人欢情日密。既而，部院工毕，冯欲归。女已候之于野，随之去。既归，家人皆莫之见。始知其非人。数月后，冯精神渐减，憔悴无力；心益惧。延师镇邪，百试不灵。一夜，女艳妆来，对冯曰："世缘俱有定数，当来推不去，当去亦挽不住。今与子别矣。"遂去。

【黄英】

花仙文雅近君子　醉菊秋月散酒香

顺天府马子才，世代好菊，至才尤甚。闻有佳种，必购之。一日，从客至金陵，多方索求，得两芽，如获至宝。归途，遇一陶姓少年，丰姿洒落，言谈骚雅，尤谙菊业。言与姊黄英，欲去河北。马喜，遂将姐弟邀至家中，居于南院。

陶生日至北院，为马治菊。黄英则与马妻共纫绩，和睦相处。陶生拟以卖菊谋生；马素耿介，心甚鄙之。陶将马所弃之残枝劣种，掇拾而育之，未几，皆成佳品。菊将开，门庭若市，买花者络绎不绝。马大惊。陶由此渐富。一年增舍，二年起厦屋；更于墙外购田，悉种菊。至秋，陶生载花离去，春尽不归。其姊黄英，二十许绝世佳人。马妻病故，意属黄英。黄英亦似允诺，专候弟归而已。

一日，马再去金陵，适逢菊秋。过花肆，见陶生。喜极，具道思念之情。恳请之回，逼促即日囊装。赁舟北归，至则陶生仍主花事，并为姊主婚。

陶生海量，从未沉醉。一日，与友纵饮，陶醉；出门践菊畦，倒地化为菊。株高如人，花大如拳。马骇，告黄英。英大骇，急拔菊置地上，覆其衣。天明往视，则陶生卧畦边。马乃悟姐弟皆菊精也，益敬爱之。

后陶生再醉化菊。马见惯不惊，如法拔而覆之衣，守其旁，以观其变。久之，叶竟憔悴而枯。黄英出见，大惊曰：“杀吾弟也！”掐其梗埋盆中，携入闺房，日灌溉之。九月，花开；短干粉朵，嗅之有酒香，名之“醉陶”，浇以酒则茂。黄英终老，亦无他异。

【某甲】

私妇杀夫伤天理　十九年后报父仇

某甲，与其仆妇私通，杀仆娶其妇。生二子一女。十九年后，有群寇破城，劫掠一空。内一少年贼，持刀入甲家。甲视之，酷类被杀之仆，叹曰：“吾命休矣！”倾家中钱财，希求赎命。少年不屑一顾，搜人而杀，共杀一家男女二十七口。而甲头未断，寇去，犹能言之；三日而毙。呜呼，恶有恶报，可畏也哉！

在线描的基础上略施淡彩，既统一又处处透露着古朴的气韵。画家的速写功夫、造型能力极深，不管是人物还是动物都极具造型美的理念。〔王小晖〕

文章讲的是书签式纱剪美人，而图中则不然，画家设计的是颜如玉从乱书页中拔然而出，被她挂带的书页零星散落。画面将书痴玉柱处理成大特写，增广了神异之趣。〔王幼学〕

【书痴】

书中自有颜如玉　恶官焚书散青烟

彭城人郎玉柱，其先世官太守；居官廉，得俸，不置田产，惟积书盈屋。至玉柱，尤痴；家苦贫，一卷不忍售。笃信书中自有金粟，昼夜研读，不问寒暑。年二十余，不求婚配。见亲宾亦不知话温凉。

一夕，读《汉书》，见有纱剪美人夹藏书中，骇曰："书中自有颜如玉"，以此应验耶？怅然若失。而细视美人，眉目如生，背书小字"织女"，大异之。日置案上，反复瞻玩，至忘寝食。一日，方注目间，美人忽折腰而起，坐卷上微笑。玉柱惊绝，拜伏案下。转眼间，亭亭玉立，宛然绝代之姝。拜问："何神？"美人笑曰："妾颜氏，字如玉；与君相知已久，日垂青盼。若不一至，恐千载无复有笃信古人者。"玉柱喜，拥抱狎昵，遂与寝处。然，枕席间虽亲爱备至，而不知男女之事。每读，必使女坐其侧。女劝勿读，不听。女遂治琴棋博赌之具，日与博欢。玉柱遂乐而忘读。女又曰："君终日读书，夫妇一章，尚未了悟。"说罢，于榻上潜迎就之。玉柱乐极，曰："不意夫妇之乐，有不可言传者。"逢人则道，无有不掩口而笑者。女责之，玉柱曰："钻穴逾隙，始不可告人；天伦之乐，人所皆有，何讳焉。"过八九月，女举一男。一日，女告别，玉柱哭留。女曰："必欲留我，当将架上书尽散之。"玉柱不肯，曰："此卿之故乡，我之性命。"女子曰："妾亦知其有数，不得不预告耳。"

县令史某，闻玉柱遇仙，心动，欲一睹丽容，遂拘玉柱与女。女闻，遁匿无迹。县令怒，疑女为妖；见书卷盈室，多不胜数，强焚之。庭中烟结不散，暝若阴霾。不久，史某迁闽地为官。

翌年，玉柱举进士。立颜如玉牌位，朝夕而祝曰："卿如有灵，当佑我官于闽。"后以御史巡察闽。居三月，查知县令史某恶迹甚详，遂抄其家。

【衢州三怪】

夜静鸭声致人病　贪拾白布溺水塘

衢州夜静时，人莫敢独行。钟楼上有鬼，头上一角，相貌狞恶，闻人行声即下。人骇而奔，鬼亦遂去。然见之则病，且多死者。又城中一塘，夜出白布，如匹练横地。过者拾之，即卷入水中。又有鸭鬼，夜既静，若闻鸭声，人即病。

【齐天大圣】

庙里悟空施法力　起死回生显神通

许盛，兖州人，随兄许成于福建经商。闻齐天大圣灵验，遂至孙悟空庙祈祷。诸客拜祷虔诚，而许盛不知大圣为何神，窃笑世俗之陋。众焚香叩祝，盛潜去之。至夜，盛头痛大作，继而股痛，竟生巨疽；连足尽肿，寝食俱废。时，兄成亦大病，延医用药；药下，暴毙。

许盛痛结于心，为兄买棺入殓。盛气奔大圣庙，指神而数之曰："不敬不祷，本我之错，何以迁怒我兄！倘尔有神，当令死者复生，我即北面称弟子。不然，当碎汝塑像，为兄破惑。"至夜，梦一人招盛至大圣庙，仰见大圣有怒色，而责之曰："因汝无状，以菩萨刀穿汝胫股，犹不自悔。本宜罚入地狱，念汝一生刚鲠，暂赦之。汝兄病死，乃庸医折其寿数，与我何干。今不少施法力，益令狂妄者引为口实。"乃令急回为兄开棺。棺开，兄果复活。至此，许盛方知齐天大圣神力，诚服信奉，倍于流俗。

后，兄成经商失利，愁眉不展。一夜，有褐衣人至，带盛驾筋斗云，至天宫。有老翁命童子端出石子，让盛取之。盛取六枚，翁又加六枚。问之方知，褐衣人即齐天大圣。急求护佑。大圣曰："翁者，财星，已赐你十二分利。"由此，许成行商，每获利数倍。自此，兄弟虔信之。凡至闽，必祷大圣。所求无不应者。

造型不仅生动，而且极具现代气息。一个七十岁的画家，画出了年轻人的理念。［石　寒］

“刺啦”一声，童子将盖楼的图纸撕碎。画家以此活脱隐示了卖油郎的后身——童子前来拆楼败家的因果报应。此图构思令人击节赞叹，回味无穷。而何冏卿亲见被他打死的卖油郎魂灵进门的情态，更加完善了“拆楼人”主题的表达。［许洪国］

【拆楼人】

新楼上梁亲宾贺　拆楼人乃卖油郎

何冏卿，平阴人。初任秦中某县令。一卖油者有薄罪，其言戆。何怒，杖杀之。后仕至铨司，家资富饶。建一楼，上梁日，亲宾宴集为贺。忽见已故卖油者入，阴自骇疑。俄报妾生子，愀然曰：“楼工未就，拆楼人已至矣！”人谓其戏言，而不知其实有所见也。后子长大，最顽劣，荡其家。佣为人役，每得钱数文，则买香油食之。

打破传统的衣纹走向，完全按照人体的几何形状进行全新的衣纹组合，属于悟透传统之后的新超越。造型概括，疏密有致，方圆随心，似有周思聪的造型理念。〔王小晖〕

【青蛙神】

戏谑太过神无主　待到老成家始安

江汉之间，信奉蛙神最虔。楚有薛昆生者，幼慧，美姿容。六七岁时，蛙神遣使致意，愿以女嫁昆生。昆父朴拙，辞以儿幼，雅不欲。

一日，昆生在途，一使者邀入一朱门。有叟坐堂上，婢媪纷纭满侧。移时，一媪引一女郎出。叟曰：“此小女十娘，与君可称佳偶，勿以异类见拒。”昆生目注十娘，年十六七，丽绝无俦，心爱好之。媪曰：“我知郎意良佳，请先归，当即送十娘往也。”翌日，青衣成群，送十娘入。昆之父母皆无异词。即夕合卺，琴瑟甚谐。由此，翁媪时降其家。视其衣色，凡着赤，主喜事至；凡着白，则必见财。以故家道日兴。

自婚于神，门堂藩溷皆蛙，人无敢诟蹴之。惟昆生少年任性，不甚爱惜。十娘不悦昆生所为。语侵昆生。昆生怒曰：“岂以汝家能祸人耶？大丈夫何畏蛙也！”十娘甚讳言“蛙”，愤而离去。追之已杳。至夜，母子俱病。翁惧，负荆入祠，词义殷切。过三日，病寻愈。十娘亦自至，夫妻欢好如初。

十娘恶蛇，昆生戏以小蛇盛器中，使十娘启之。十娘色变，诟昆生。昆生转笑生嗔，恶相诋。十娘曰：“既恶之，请自此绝。”遂出门而去。翁大恐，杖昆生，请罪于神。

积年余，昆生怀念十娘，颇自悔。至祠哀之，迄无声应。心愧愤，不能自已，废食成疾。昏愦中，忽有人抚之。开目，则十娘也，喜极而病愈。由此，昆生渐老成，不作恶谑，情好益笃。未几，十娘临蓐，一举两男。自此往来无间。居民惑犯神怒，则先求昆生，乃使妇女辈盛妆入闺，朝拜十娘；十娘笑则事谐。薛氏苗裔甚繁，人名之“薛蛙子家”。

【大蝎】

大蝎为害军卒馁　将军一焚千古安

明代将军彭宏，讨寇入蜀。至深山中，有大禅院，云已百年无僧。询之土人，则曰："寺中有妖，入者则死。"彭恐内伏盗寇，率兵斩茅而入。前殿有黑雕，夺门飞出；中殿无异；又进之，则佛阁。周视亦无所见，但入者皆头痛不能禁。彭亲入，亦然。少顷，有大蝎如琵琶，自板上蠢蠢而下。一军惊走。彭遂火焚其寺。

【任秀】

狼心贪掠朋友财　赌场押金变纸灰

任建之，鱼台人，贩毡裘为业。竭资赴陕。途中逢一人，自言申竹亭。言语投契，盟为昆弟，行止与俱。至陕，任患病不起。申善视之。积十余日，病危，谓申曰：“今不幸亡异域。君，我手足也！囊金二百余两，一半付君，为我小备殓具；一半寄吾妻子。余者可助资斧。”至夕而卒。申以五六金购薄棺，停棺旅舍，携金一去不返。

至年余，任家方得噩耗。任子名秀，年十七，由此废学，往寻父柩。半年，始扶父柩返。殡后，家贫如洗。任秀聪明好学，入为廪生。然佻达喜赌，虽母教森严，卒不改。

任有表叔张某，行商京师，秀喜从之。至临清，泊舟水关之外。入夜，忽闻邻舟博赌声清越，入耳萦心，旧技复痒。待叔酣睡，欲过舟一戏，回思母训而罢。既睡，心怔忡，苦不得眠；又起，又卧，如是者三。赌兴勃发，不可复忍，携钱千文径去。至邻舟，见两人对赌，即求入局。二人喜，邀与共掷。秀大胜。赌至酣，又一人来，入局再博。其表叔中夜醒，至邻舟，欲阻挠之。见秀手边所赢钱注，堆积如山，乃不复言，负钱数千而返。又呼众客起，往来移运。

天明，三客俱败去。船主视二百余两押金，尽成纸灰，大惊。寻至秀舟，告以故，问及姓名、居里，知为任建之之子，缩颈羞汗而退。问之，乃知船主即申竹亭也。秀在陕西，早知其名。至此，申之恶行，鬼已报之。以纸灰抵当年所贪二百余两真金，故不复追究前隙矣。乃以赢金与张某合资经商，获利倍之；援例入国子监。十年间，财雄一方。

此为一幅满构图画面，一对恋人正在龙宫的荷田酣舞，游鱼和散花有规则地嬉戏和飘落，茫茫大海只取圆月式的一片，珊瑚向上生，水纹竖笔描，形态幽默，人情物理相得益彰，又似一首通今接古的浪漫情歌。线描伶俐生动，设色明快谐和，美艳而不俗。〔石　寒〕

【晚霞】

龙宫诸部竞技巧　荷花丛中睡鸳鸯

五月端午，吴越有斗龙舟之戏。镇江蒋氏童阿端，方七岁，便捷奇巧，冠绝当时。十六岁，至金山表演，堕水死。蒋媪只此子，哀鸣不已。阿端不自知死，被二人导去。见水中别有天地，回视，则流波四绕，屹如壁立。俄入宫殿，见龙窝君，便令拜伏。君曰："阿端技巧，可入柳条部。"至柳条部，即有解姥，坐令献技。已，乃教以《钱塘飞霆》《洞庭和风》之舞。阿端聪慧，一过即了了。姥喜曰："得此儿，不让晚霞矣！"

次日，龙窝君观诸部表演，夜叉部、乳莺部、燕子部、蛱蝶部、柳条部，轮番出场。燕子部皆为少女。内有晚霞，年十四五，振袖倾鬟，作《散花舞》，翩翩翔起，出五色花，随风扬下，漂泊满庭。阿端旁睨，雅爱好之。至柳条部，阿端歌舞，喜怒随腔，俯仰中节。龙窝君嘉其慧悟，赐鱼须金冠，上嵌夜光珠。阿端于众中遥注晚霞，晚霞亦遥注之，相视神驰。演毕，鱼贯而出。晚霞缓滞在后，回见阿端，故遗珊瑚钗。阿端拾之，急纳袖中，既归，凝思成疾，眠餐顿废。晚霞亦病。

一日薄暮，有童子来，挽阿端出，入荷花丛中。稍坐，一美人拨花而入，则晚霞也。相见惊喜，各道相思。遂以荷盖为障，莲瓣为褥，忻与狎寝。即订后约。由此两人每日一会于莲亩。

过数日，晚霞随龙窝君，往寿吴江王，数月未归。阿端怅望若失。一日，解姥入，戚然相吊曰："惜乎！晚霞投江矣。"端大骇，欲相从俱死。见江水若壁，以首力触不得入，忽睹壁下有大树，乃攀缘而上，猛力跃升。幸不沾濡，而竟浮水上。不意之中，恍睹人世。遂乘舟至家。忽闻窗中有女子曰："汝子来矣。"与母出迎者，竟是晚霞。原来晚霞怀有身孕，恐遭龙宫峻法，遂投江自尽。幸被客船拯救，送至阿端家。两人相见惊喜，母更喜不自胜。久之，晚霞渐觉阿端非人，乃出龙角胶，令阿端服之。阿端得以重新为人。

未几，竟生一男，无异常儿，始悦。阿端货其珠，得金百万，家由此巨富。

【司札吏】

无端打杀司札吏　作鬼上门骂亦工

某武官，妻妾甚多，最讳其小字。呼年曰岁，生曰硬，马曰大驴；又讳败曰胜，安为放。书信往来，不甚避忌；而家人道之，则怒。一日，其司札吏言事，误犯其讳。大怒，以砚击之，立毙。三日后，醉归，见司札吏持名帖入。惊问：“何为？”吏曰：“马子安来拜。”忽悟其鬼，起而拔刀挥之。吏微笑，掷帖几上，泯然而没。取名帖视之，书云：“岁家眷硬大驴子放胜。”

山东俗语，“胜”指公驴生殖器也。暴谬之夫，为鬼揶揄，可笑已甚！

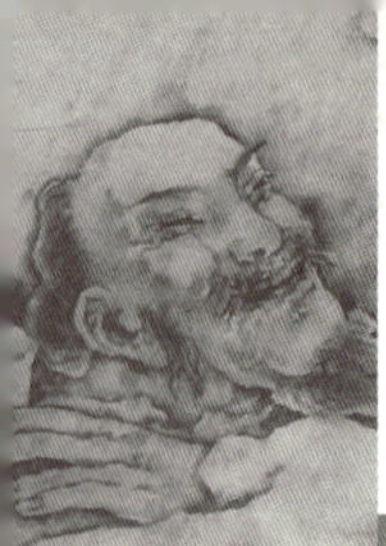

鬼怪赋人性，情动来人间。历历如在目，文图紧相联，蒲翁如有灵，浮白且开颜。〔马冀文〕

【白秋练】

吟诗招来倾城女　一缸湖水救鱼仙

直隶有慕生，聪慧喜读。年十六，其父以为文业迂腐，使去而学贾。慕生从父至湖北。每舟中无事，则执卷吟诵，音节铿锵。辄见窗影憧憧，似有人窃听。

一夕，翁出赴饮，久不归，生吟益苦。觉有人徘徊窗外。出舍窥觇，则二八倾城之姝。望见生，急避去。又二三日，父适他出，有媪入曰："小女白秋练，颇解文字，听君清吟，于今结念，至绝眠食。意欲附为婚姻，不得复拒。"言已而去。又一日，媪与一婢女扶女郎至，展衣卧诸榻上。向生曰："人病至此，莫高枕作无事者！"遂去。生移灯视女，则病态含娇，秋波自流。生狂喜，探手于怀，接唇为戏。为之三吟王建"罗衣叶叶"之作。女欢然而起曰："妾愈矣！"慕生神态益飞，遂灭烛共寝。从此，值翁不在，凡高吟"杨柳千条尽向西"之句，则女自至。两人互相爱悦，要誓良坚。

后，翁知之，大怒；携子归直隶，远离秋练。生既归，凝思成疾，久之，形体支离已惫，父始惧。遂赁舟载子，以经商之由，复入楚，泊舟故处，才得复见秋练。秋练神算，每使生告翁进某货，必有几倍之利。翁为之喜，遂成全二人婚事。

婚后，一家人回归直隶。秋练嘱带湖水；每餐加之，习以为常。一日，忽涕思归。翁乃携子媳至楚；偶见渔人获一白鱀，秋练见之大惊，求生购之放生。曰："实告君，白鱀者，即妾母也！以我离湖出嫁，误宫中选嫔妃，移罪于母，放母于南滨，饿欲死。今难虽免，而罚未释。君如爱妾，代求真君可救。"又曰："明日未时，有跛道士，即真君也。急拜之，求书一'免'字即可。"生如其言，得道士"免"字，母女二人以此得救。

归直隶三年，翁南游，数月未回；家中所储湖水用尽。女遂病，日夜喘急难耐。嘱曰："多吟杜甫梦李白诗，死当不朽。待湖水至，倾注盆内，抱妾入水浸之，宜得活。"后半月，翁运水至。秋练得活。自是每思南旋。后翁死，一家迁于楚。

【蚰蜒】

蚰蜒之大可盈尺　盘旋地上性贪婪

学使朱斋三家，门槛下有蚰蜒，长数尺。每遇风雨即出，盘旋地上，如白练。蚰蜒形似蜈蚣，昼不能见，夜则出，闻腥则集。或云蜈蚣无目而多贪也。

【王者】

贪赃无厌遭鬼罚　失银自补丢性命

湖南巡抚某公，遣州佐押解饷银六十万两赴京。途中遇雨，日暮，无所投宿。见有古刹，遂入住。天明，视所解饷银，荡然无存。众骇怪，莫可取咎。回程禀告抚公。公以为妄，责令仍返故处，缉察端绪。

回至庙前，见一瞽者，形貌奇异，自云能知心事。因求卜筮。瞽曰："但从我去，当自知。"遂如其言，官役皆从之。行数日，入深山，忽睹城郭。瞽曰："见有高门西向，可款关自问之。"拱手而去。州佐如其教，入高门。有一人出，衣冠汉制，导之去，令独居一所，给以饮食。佐闲步舍后，见老松翳日，细草如毡。数转廊榭，至一高亭，见壁上挂人皮数张，五官俱备，腥气流熏。不觉毛骨森竖，疾退归舍。明日，衣冠者召之去。至一处，俨如衙署：皂衣人罗列左右，上坐王者。州佐叩述失银事，曰："银俱在此，汝巡抚即慨然见赠，未为不可。"州佐泣诉："限期已满，归必就刑，禀白何所申证？"王者曰："此不难。"遂付以巨函云："以此复之，可保无恙。"州佐慑息不敢辩，受函而返。

抵长沙，敬白巡抚。公怒，命左右飞索以缚。州佐出函奉上。公拆视未竟，面如灰土。命释其缚，但云："银亦细事，汝姑出。"急檄属官，设法补齐所失饷银。数日，公疾，寻卒。

先时，公与姬共寝，既醒，姬发尽失。而函中即姬发也。外有书云："汝位极人臣，贿赂贪婪，不可悉数。前银六十万，业已验收在库。解官无罪，不得谴责。如不遵教令，且晚取汝首级。"公卒后，属员遣人寻其处，则皆重岩绝壑，更无路径矣。

隐喻官场，一者患聋，二者私贪，可谓入木三分。〔巩武威〕

【司训】

恋禄留官两耳聋　私售淫器被免官

教官某，甚聋。与一狐善，狐耳语之，亦能闻。每见上官，必与狐俱，人不知其聋也。积五六年，狐别而去，嘱曰：“君如傀儡，非挑弄之，则五行俱废。与其以聋取罪，不如早自辞官矣。”某恋禄位，不能从其言，仍留官场，应对屡乖。上司欲逐之，某又求当道者为之缓颊。一日，主持文场。暇息间，学使与诸教官闲坐。各从靴中出纸，上书考生姓名，拟求关照。已而，学使笑问聋某：“贵学何独无所呈进？”某茫然不知所云。近坐者肘之，以手入靴以示之。此时聋某正为亲戚推销房中淫器，藏于靴中。因学使笑语，疑其欲索此物，鞠躬起对曰：“有八吊钱者最佳，下官不敢当众呈进。”一座匿笑。学使叱之，遂免官。

【陈云栖】

德行各异女道士　一夫二妻痴书生

真毓生，荆州夷陵人。能文，美丰姿，弱冠知名。一次因故至黄冈外祖母家。黄冈有吕祖庵，闻庵中四女道士，皆美，名曰白云深、盛云眠、梁云栋、陈云栖。生窃往。扣其关，果有四女谦喜承迎，仪态皆洁。中最少者，旷世真无其俦。生好而目注之。女低头不语，起而离去。日已晚，生欲归，白云深、梁云栋捉腕强留之。挑灯具酒。酒阑，生辞欲去，而夜已深，乃佯醉仰卧。云深、云栋代为裸之，迭就淫焉。终夜不堪其扰。天明而别，数日不敢复往，而心念云栖。

一日后，再入庵，云栖果在。不令进屋，隔窗对真生曰："果相见爱，当以二十金赎妾身。妾候君三年。如望桑中之约，所不能也。"生闻之，中心怊怅而归。适有家报父病，遂星夜而还。无何父卒。夫人庭训最严，心事不敢使知，但暗积金资，以为云栖赎身。后，再来黄冈时，吕祖庵已破败。云深、云栋随恶少出走，云眠下落不明，传言云栖寄居郡北。真生赶至郡北，四处打探，则音信渺然。

逾半年，适外祖母去世，母戚夫人至黄冈奔丧。殡后迷途，走入族妹京氏家。见有少女在堂，年十八九，姿容曼妙，目所未睹。夜，夫人招之同榻，谈笑甚欢。女自愿以夫人为母，夫人悦，请同归荆州。女喜从之，同舟而返。至家，与真生相见。此女正是陈云栖。相视惊喜。夫人亦喜，欣然为之成亲。

不久，云栖与云眠偶遇，携之归。云眠自愿操持家务，井井有条，母悦。云栖按娥皇、女英故事，劝真生纳云眠。一夫两妻，生四男二女。母戚夫人八十而终。

用没骨法画黑人，见笔见墨，
生动传神，十分难得。〔刘佩永〕

【黑鬼】

黑人行走刀刃上　二人对舞亦可观

胶州李总镇，买二黑人，称黑鬼。其黑如膝。足皮粗厚，可踏刀刃，往来行走，毫无所损。总镇配之以娼，生子而白。僚仆戏之，谓非其种。黑人亦疑，固杀其子。检骨尽黑，始悔焉。公每令两者对舞，神态亦可观也。

很多研究者解释界方即是戒尺。于兄画得正确。界方乃旧时写字用以压纸的长方形文具。〔刘 峰〕

【织成】

洞庭湖上巧遇仙　水晶界方证姻缘

洞庭湖中，往往有水神借舟之事。

有柳生者，落第归，醉卧舟上。笙乐忽作，鼓吹鸣聒，船家急匿舱下。生醉，摇之不得醒，留置舟上。闻声微醒，闻兰麝充盈，微睨之，满船皆佳丽。心知其异，目若瞑。少间闻传呼“织成”，即有侍儿来，立于柳生颊边。翠袜紫鞋，细瘦如莲瓣。生好之，隐以齿咬其袜。女子移动，被牵拽倾踣。上一王者知之，命即行诛。生因醉胆壮，曰：“按《柳毅传书》故事，洞庭君为柳氏，臣亦柳氏。洞庭得遇龙女而仙，今我醉戏一姬而死，何幸与不幸之殊也？”王者闻之，唤回。授笔札，令以《风鬟雾鬓》为题作赋。生缘笔立就。王者览之，大悦，曰：“真名士也！”遂赐之以酒。顷刻，异馔纷陈。一吏捧簿进曰：“溺籍告成，共一百二十八人。”宴后，生起拜辞。王赐黄金十斤，水晶界方一枚，曰：“湖中即有劫数，持此可免灾难。”王众离舟而去，船家始自舱下出。逆风而行。忽波浪大作，上翳天日。四顾湖舟，一时尽覆。生急举界方，波浪顿灭。既归，仍念侍儿织成。

后至武昌，有崔媪卖女，千金不售；手持一水晶界方，言有能配对者，即嫁之。生异之，怀界方而往。媪欣然。呼女出，年可十五六，媚曼风流，更无伦比。生出界方，与媪者正合一对。再视女，乃织成也。女曰：“实告君，前舟中所遇，即洞庭君也。君仰慕鸿才，遂以妾相赠。”生喜，沐手焚香，望湖朝拜，携织成归。

后，生与织成同去武昌，至洞庭。女拔钗掷水中，忽有楼船驶近，一人自窗中递金珠珍物甚多，皆王妃所赐也。故生家富有珠宝，每出一物，世家所不识也。

造型生动传神，线条抒情达意。〔韦辛夷〕

【于子游】

大鱼扫墓清明节　谈吐风雅鱼书生

一日，海中忽有高山出，居人大骇。一秀才寄宿渔舟，沽酒独酌。夜阑，一少年入，自称于子游，言辞风雅。秀才悦，与之欢饮。饮至中夜，离席言别。秀才问："君家何处？"答曰："时近清明，今随大王扫墓。眷口先行；大王暂留憩息，明日辰刻发矣。"秀才不知大王为何人。送至船首，少年跃身入水，泼刺而去，乃知为鱼妖也。次日，见昨日高山浮动，顷刻已没。始知山乃大鱼，即所云大王也。俗传清明节前，海中大鱼携儿女往拜祖墓，信有之乎？

此图构思巧妙，人物动态生动，跃然纸上。［徐永生］

【竹青】

披上黑衣变飞鸟　书生吴庙得佳人

鱼容，湖南人。家贫，落第归，盘资断绝。羞于行乞，饿甚。暂憩吴王庙中，拜祷神座。忽一人，引去见吴王。吴王授之黑衣，编入黑衣队中。衣一着身，化为乌鸦，振翼飞出。见乌友群集，分立帆樯。舟上客旅，争以肉食抛掷；群乌于空中接食之。须臾，果腹，翔栖树杪，意亦甚得。吴王怜其无偶，配以雌，呼之“竹青”。雅相爱乐。一日，有满兵过，弹之中胸。幸有竹青衔之去，得不被擒。然伤重，日夕而毙。恍如梦醒，仍卧庙中。

后三年，复过故庙，参谒吴王，为群乌设食。祝曰：“竹青如在，当止。”无有应者。是夜，宿于湖村。方坐，见几前有乌飞落；视之，则二八丽人，粲然曰：“君不识竹青也？”又曰：“妾今为汉江神女，一来相聚也。”鱼容大欣慰，久别重逢，不胜欢恋。临别，竹青送鱼容黑色衣。

别后，鱼容苦思竹青，便着黑衣；两肋即生双翼，翕然凌空，寻达汉水。下视，见孤山之中，楼舍华然，遂飞坠。竹青出，为解双翼。握手入舍，曲尽欢好。后竹青临产。胎衣厚裹如巨卵焉，破之，男也。容喜，取名汉产。汉产十二岁入郡庠。女以人间无美颜，招之去，为之娶妇。妇名卮娘，亦神女产也。

【男妾】

男童训导充少女　一媪设局为骗钱

一官绅，在扬州买妾，连相数家，悉不当意。见一媪，寄居卖女。女十四五，丰姿娇好，又善诸艺。大悦，遂以重金购得之。至夜入衾，肤腻如脂，喜扪私处，则男子也。骇极，方致穷诘。乃该媪买得好童，加意训导、修饰，扮以女装，设局欺人耳。天明，遣家人赴媪所，则已遁去无踪。心中懊丧，进退莫决。适有友某至，因与告诉。某见之，大悦，以原金赎之而去。

【段氏】

向言有儿能辟邪　寡妪无依步维艰

段瑞环，大名府富翁也，年四十无子。妻连氏最妒，欲买妾而不敢。私一婢，妻知之，挞婢数百，卖于河南府栾氏家。

段日益老，诸侄朝夕乞贷，一言不相应，则怒以声色。后，中风不起，诸侄益肆，牛马杂物竟自取去。妻连氏诟斥之，则反唇相讥。无所为计，朝夕呜哭。段死，诸侄集柩前，议分遗产。连氏虽痛切，不能禁止。

忽有客至，直趋灵前，俯仰尽哀。问之，方知为段亲生子。盖前婢卖于栾家，逾五六月，生子，名怀，十八岁入泮。栾死后，彼兄弟亦不能善待。母劝怀回段家。言之凿凿。连氏闻之大喜，慨然曰：“我今亦复有儿，诸侄所抢去牛羊杂物，可好自送还，不然有讼兴也！”诸侄相顾失色，渐去。怀乃携妻来，为父守丧。连氏因有怀儿在，毅然告官。至衙，连氏气直词恻，吐陈泉涌。宰为之动容，严惩诸侄，追物还主。追所财物，尽散未曾参与抢夺财物诸亲。

连氏七十余岁，将死，呼女及媳辈至前嘱曰：“汝等志之，如三十不育，便当典质钗珥，为夫纳妾，无子之情状，实难堪也。”

【汪可受】

通灵能记三生事　童稚三岁作文章

黄梅县汪可受，能记三世：一世为秀才，读书佛寺。僧有马产骡驹，爱而夺之。后死，冥王怒其贪暴，罚使为骡，偿寺僧。骡既生，僧爱护之，欲死无间。稍长，思投之涧谷，又恐负豢养之恩，更遭冥罚，遂安之。数年，孽满自毙。生一农家，落地能言；父母以为不祥，杀之。又生汪秀才家。秀才年近五十，得儿甚喜。汪生而了了，但忆前世以早言受死，遂不敢言，至三四岁，人皆以为哑。一日，父方为文，适因有事，投笔而出。汪入见父文，不觉技痒，代续成篇。父返，见之，问："何人来过？"家人曰："无之。"父大疑。次日，故书一题置案上，旋出。少间即返，悄步而入，见儿伏案上，稿已数行。忽睹父至，不觉出声，跪求免死。父喜，握手曰："吾儿既能文，家门之幸，何自匿也？"由是，益教之读，少年成进士，官至大同巡抚。

此图用笔讲究，皴擦点染，笔力雄健，力透纸背，把这篇文意外化得活灵活现。〔马冀文〕

【狐女】

驱狐百计皆不灵　老棘化为树千章

伊衮，九江人。夜有女来，相与寝处。心知为狐，而爱其美，秘不告人。父母亦不知。久而形体支离，父母穷诘，乃实告之。大忧，使人伴寝，兼施符咒诸术，皆不能禁。翁自与同衾，狐则不至。易人，则又至。伊问之故，狐曰：“世俗符咒，何能制我？然，伦理在焉，岂有对父行淫者！”翁闻之，伴子不去。狐遂绝。

后值叛寇横恣，村人尽窜，家人相失。伊奔入山中，四顾荒凉。日既暮，心恐甚。忽一女来，近视之，则狐女也。相见忻慰。女曰：“日已西下，无处栖止，我相佳地，为君暂创一室，以避虎狼。”乃北行数武，蹲草莽中。少顷返，拉伊南行。约十余步，急回头，忽见大树千章，绕一高亭，铜墙铁柱。近视之，则墙可及肩，四周无门，墙上密排凹坎。女翻墙而过，伊亦从之。既入，疑金屋非人工可造，问所何来。女笑曰：“君子居之，明日即以相赠。金铁各千万计，半生吃穿不尽矣。”一夜欢会。天明既醒，不见狐女，逾垣而出。回视之，并无亭屋，惟四针插指环内，覆脂盒其上。大树则丛荆老棘也。

【张氏妇】

锥刺马逸拖十里　妇人掘坑杀淫兵

凡大兵所至，其害甚于盗贼。盖盗贼犹可报仇，而兵则不敢仇也。甲寅岁，三藩造反。南征军队，养马兖州。州中庐舍鸡犬，抢掠一空，妇女皆被淫污。时遭淫雨，田中潴水为湖。民无所匿，遂乘木筏，躲入高粱丛中。大兵知之，裸体乘马，入水搜捉，少有遗漏。惟张氏妇仍留家中。夜，与夫掘坑，深数尺，覆以苇箔，加席其上。自炊灶下。有兵，则出而迎之。一兵至，欲强与淫。妇指席，令先登；登则陷之。妇另取席覆之，仍立坑边，以诱来者。少间，又一兵来，闻坑中兵号，不知何处。妇以手笑招之，曰："在此处。"兵踏席，又陷。妇乃投之以薪，掷火烧之。火大炽，燔尸焦臭。人问之，曰："两猪，恐害于兵，故纳坑中耳。"

又于大道旁，做针线。兵至，甚无耻，就烈日下强欲淫妇。妇含笑，不甚拒。隐以针刺马，马痛喷嘶。兵将马缰系股上，抱妇施淫。妇以巨锥猛刺马项，马负痛疾奔；缰连兵股不得脱，拽驰数十里。兵体零落，惟缰上所系一股，俨然在焉。

初生牛犊不畏虎也。 〔巩武威〕

【牛犊】

初生牛犊不怕虎 冲天一怒觗马毙

楚中一农人，赶集归，暂休于途。有术人同行，忽瞻农人曰："子气色不祥，三日内当破财，受官刑。"农人不信。术人曰："仆亦不知，但面相如此，不可不慎之也。"农人不以为然，拱手而别。次日，牧犊于野，有驿马过；犊误以为虎，直奔而觗之，马毙。农人被执至官，官薄惩之，使偿马钱。

【王大】

恶妇遭辱能改过　赌徒剁指性难移

李信，淄川赌徒也。昼卧假寐，忽见昔日赌友王大、冯九邀与赌戏。李忘其已死，欣然从之。又邀村中周子明参赌。周仓卒无赌资，四人至燕子谷放贷者黄八家，为其借贷。黄八以周无诚信不欲借，经李信担保，乃诺；授一千文而去。

出燕子谷，见一妇人来，则村中赵氏妻，该妇素喜争善骂。冯九曰：“此处无人，当对悍妇小惩之。”遂将妇拖入谷中。妇大号。冯九掬土塞其口，又脱妇裤，以长石纳其阴中。妇痛若死，众乃散去。

入村东庙中，开赌。自午至夜分，李信大胜，冯、周皆空。赌正豪，闻人声纷乱，曰：“城隍老爷捉赌者矣。”众失色。李信舍钱逾垣而逃，其余三者被缚。城隍命将赌徒中指剁下，以朱墨各涂两目，游街三周。

赵氏妻回母家，日暮不归。夫往寻之，至谷口，见妇卧谷中。去其口中泥，负之而归。渐能言，始知阴中有物，婉转抽拔而出。乃述其辱。赵怒，赴邑宰讼李信、周子明。牒下。查知，其时李、周俱在睡梦之中。宰以诬告，笞赵械妇，夫妻无以自申。

明日，周醒，眼眶一赤一黑，大呼指痛。视之，筋骨已断，惟皮连之；数日而堕。目上朱黑，深入肌理，见者无不掩口笑。周赌输所贷千文，赖账不还。燕子谷黄八于梦中，向城隍状告周，李信亦在梦中被提作证。周子明被毒打三十板，判其立还赌债。鬼役托梦，让其家人烧二十提纸锭。周醒后，臀疮突起。脓血崩溃，数月方愈。

后，赵氏妇不敢复骂。而周虽眼眶赤黑，并缺一指，而赌如故。以此知赌徒之非人矣。

龙泉庵湿易生蛇，石罅窠深卵出花。便见三仙君莫怪，水边产蟹长虾蟆。（清）唐梦赉诗 〔唐加福辑〕

【三仙】

士人命该中乡榜　三仙踊跃暗相忙

士人某，赴试金陵。过宿迁，遇三秀才。谈论超旷。三人各表姓字：一介秋衡，一常丰林，一麻西池。纵饮甚乐。饮罢，天色已晚，三人遂张灯设宴。宴间，麻西池提议，出四题作文，各抽一题，文成方可饮。二更时，皆已脱稿，相与传示。士人读三人作，深为倾倒，草录而怀藏之。畅饮，不觉已醉。至内室，和衣而寝。既醒，红日已高，四顾并无院宇；主仆卧于山谷中，大骇。见旁一洞，水涓涓流。探怀中，则三题尚存。问土人，始知为“三仙洞”，洞中有蟹、蛇、蛤蟆三物，求之最灵。士人至金陵入试，三考题恰是三仙之作，以是中乡榜。

此图生动而肃穆，和谐而吉祥，可作范画。［刘书军］

【乐仲】

孝子股际生芙蓉　散花女降礼佛家

乐仲，西安人。父早丧，为遗腹子。母好佛，不茹荤酒。仲既长，或以酒肉进母，母必咄之。母病危，苦思肉。仲急无所得，割左股肉，烹而献之。母病稍痊，而自悔破戒，绝食而死。仲痛不欲生，遂焚所供佛像，立母牌位祀之。

仲二十岁娶妻顾氏。婚后三日，便觉婚姻无趣；遂休妻，鳏居二十年。乡里借贷，有求必应。无赖之徒，朝夕骗之，家景益落。值母忌日，患病不能上坟；托子侄代劳，遭拒。仲乃对母神主，酹酒号痛，孤苦无援，颇萦怀报，因而病益剧。瞀乱中母至，抚摸之，并言现住南海。醒后病愈，既起，思朝南海。随即整装出行，至闽，偶遇名妓琼华亦去南海，遂结伴而行，言谈投机，假以夫妻相称。虽寝食与共，而毫无所私。至南海，二人望空朝拜。方投地，忽见满海皆莲花。琼华视之，为菩萨；乐仲视之，花上皆坐其母。急呼母，遂跃入海中从之。见万朵莲花，悉变彩霞，彰海如锦。少间，云静波澄，一切杳然，而仲犹立海岸，亦不知何以得从海中出。望海大哭，声震岛屿。琼华挽劝之。遂告别琼华，命舟北渡。

北返途中，偶遇流浪儿阿辛，细问居里，正是妻顾氏所生遗腹子。遂携子回家。至则家道已败，无以聊生。正愁闷间，琼华至。惊问：“何来？”笑曰：“已作假夫妻，何又问也？”遂下厨执炊。出金珠赎故产，广置婢仆牛马，日益繁盛。一日醉对琼华，睨之良久，蹈舞若狂，曰：“吾悟矣。”顿觉世界光明，所居庐舍尽为琼楼玉宇。从此，日对琼华饮。琼华食素，以茶代酒。一日，为之按股，股上刀痕，化为两朵莲花，隐起肉际。琼华年四十，谓儿阿辛曰：“我本散花女，偶涉凡念，遂谪人间三十年。今限已满，当去也。”遂启棺自入。呼之，双目已瞑。辛哭告父，父亦僵，而衣冠俨然。棺停堂中，光明满室，香雾喷溢。

【鬼隶】

阳吏出差遇鬼役　予告劫难远避凶

历城县二吏，奉命营干他郡，岁暮方归。途遇二人，亦类公役，自称城隍鬼隶，将以公文投东岳大帝。吏问：“公文何事？”答曰：“济南将遭大劫，所报者，杀人之名数也。”惊问其数，答曰：“近百万。”二吏大骇，问之日期，答曰：“正月初一。”二吏计算，归日适逢劫难期，大骇。既恐罹于难，又怕错期遭责。鬼隶曰：“违期罪小，遭劫祸大。宜他避，暂勿归。”二吏从之，趋歧路避之。无何，北兵大至，屠济南，扛尸百万。二人亡匿得免。

这部《聊斋》全图千奇百怪，天地阴阳，包罗万象，给造型表现留下了无数难题。画家有如临敌的军师，胸中自有百万兵，一一做了巧妙甚至升华的处理而成美图，令人击节称叹。〔李学明〕

【香玉】

花妖情深再怒放　书生殷勤恋牡丹

崂山下清宫，有耐冬树，高二丈，大十围。牡丹亦高丈余，花时璀璨似锦。胶州黄生，借读其中。一日，见有素衣女郎，掩映花间。未几，又偕一红衣女来。遥望之，艳丽双绝。生突趋近，二女惊奔，裙袖飘拂，香气洋溢。追过短墙，寂然已杳。生爱慕殷切，因题句树下云：“无限相思苦，含情对短窗。恐归沙吒利，何处觅无双。”归斋，正冥思间，女郎忽入。惊喜承迎。女笑曰：“君汹汹似强寇，令人恐怖；不知君乃骚雅士，无妨相亲。”遂相狎寝。女名香玉，素衣者名绛雪，为其义姊。既醒，曙色已红。女着衣易履，且吟续诗曰：“良夜更易尽，朝暾已上窗。愿如梁上燕，栖处自成双。”生握腕曰：“卿秀外慧中，令人爱而忘死。乘间当来，勿待夜也。”由此，夙夜必偕。每使绛雪来，辄不至。女曰：“绛姐性殊落落，不似妾情痴也，当从容以待。”一夕，女惨然告别。问之不言，但有呜咽。生怪之。次日，有即墨蓝氏，见白牡丹，悦之，掘移而去。生始知香玉乃花妖也，怅惋不已。过数日，闻蓝氏移花至家，日就萎悴。黄生痛极，日日临穴涕洟其处。一日，凭吊欲返，见绛雪亦至。从容就近，女亦不避。生因把袂，相向悲泣。

自此，每当黄生孤寂无侣，绛雪便来相陪。至则宴饮唱酬，纵情而不以淫。生曰：“香玉吾爱妻，绛雪吾良友也。”二月，黄生回胶州，忽梦绛雪求救。连夜赶回崂山，见院中耐冬树，因碍于建筑，工匠将伐之矣。生急止之而罢。入夜，绛雪来谢黄生救命之恩，并告曰：“花神感君深情，已令香玉复生。”翌日，果见原穴中牡丹复萌矣。生乃日加培溉。至来年四月，含苞欲放。少时，花开，大如盘，有小美人坐花蕊中，转瞬飘然而下，则香玉也。与黄生恩爱款狎，一如从前。

后十余年，黄生忽病。谓山中道士曰：“他日白牡丹傍有赤芽怒生，一放五叶者，即我也。”遂卒。次年，果有肥芽突出。道士以为异，勤加护理。三年，高数尺，大如拱把，但不花。老道士死，其弟子不知爱惜，砍去之。白牡丹亦憔悴死；无何，耐冬亦死。

【外国人】

九死一生帆檣破　漂泊回返吕宋人

己巳岁秋，岭南从外洋飘一巨舟来。上有十一人，衣鸟羽，文采璀璨。自言：“吕宋国人，遇风覆舟，数十人皆死，惟十一人附巨木，飘至大岛，得以活命。凡五年，昼捉鸟虫而食，夜伏石洞中眠。忽又飘一舟至，帆檣皆无，亦海中碎于风者。于是，织羽为帆，附之将返。又被大风吹至澳门。”巡抚题奏皇上，送之还国。

《王十》文章善恶分明，报应痛快。此图将奸商在阴间淘河情节体现得活灵活现，如此视觉因素加进《聊斋》经典，可谓锦上添花，妙不可言。［王纨学］

【王十】

奸商漏税淘奈河　蒺藜击股溃一年

高苑县民王十，负盐于博兴，夜为二人所获。以为遇盐卒，舍盐欲遁，而足不能动，遂被缚。哀之，二人曰：“我非盐卒，乃鬼卒也。”又曰：“此去亦未便死，因阴曹奈河淤积，茅厕溢满，捉你等贩私盐、铸私钱、盗贼、乐户等前往淘河涤厕也。”至阎王殿，王见捉来王十，斥卒曰：“私盐者，乃上漏国税，下蠹民生者。而王十等贫民，求升斗之息，何为私哉？”遂不使王十淘河，授以蒺藜骨朵，令随诸鬼卒监督淘工。

至奈河边，见河水混浊，臭不可闻。淘河者皆裸体持筐锸，出没其中。朽骨腐尸盈筐，负舁而出。惰者则以蒺藜骨朵攻其股。王十见同邑奸商亦在其中，遂独苛待之：入河挞背，上岸敲股。奸商惧，常没身水中，以避之。经三昼夜，工竣。为前二鬼卒送至家，豁然而苏。

先是，王十负盐未归，家人觅之，见死于途。背至家，奄有微息。及醒，始言之。奸商亦于前日死，三日复苏。骨朵击处，皆成巨疽；浑身腐烂，臭不可近。王十登门见之，犹缩首衾中，如在奈河状。一年始愈，不复为商矣。

【人妖】

男扮媚女为骗奸　一朝被阉成奴婢

书生马万宝，东昌人，疏狂不羁。妻田氏亦放荡风流。夫妻伉俪甚敦。有女子寄居邻人寡媪家，其心灵手巧，自言擅按摩，能治女子宿疾。一日，马生于墙隙窥见此女，颇标致，心窃好之。私与妻谋，托疾以召之。媪言：“该女畏见男子，请勿以郎君入。”一夜，马伪称外出，令妻招女。女至。问：“今夜郎君回否？”田氏答：“不回。”女子喜曰：“如此方好。”田氏让女子上床，佯装脱衣，忽曰：“忘关厨门，防狗子偷吃也。”出门换马入。马悄然登床，与女共枕卧。女颤声曰：“我为娘子医清恙也。”杂以昵词。马不语。女即探手抚生腹。渐至脐下，略停手，速探其私处，而触手崩腾。女子惊怖，似误捉蛇蝎，一跃欲逃。被马抓住，以手探其股际，则擂垂盈把，亦伟男也，大骇失声。妻持烛急至，见一裸男跪地求饶。妻羞惧趋出。马诘之。云是东阿人，名二喜，从兄大喜学得此术。已得手十六人矣。马以其貌美，未告官。而紧缚其手足，觅利刃阉之，血溢昏死。待其苏醒，嘱曰：“我以药医汝，创愈，则从我而终，不然，事发不赦。”二喜诺之。待阉伤痊愈，夜与狎处；晨起则为妻提汲补裰，洒扫执炊，如奴婢然。未几，其兄大喜事发，同恶者七人被诛，惟二喜幸免。自此，以马为恩人，终生随之。

虚实相映，曲直相发，
极具视觉张力。〔石　寒〕

【韦公子】

放纵好淫不改悔　败家败德毁前程

韦公子，咸阳世家，父早丧，放纵好淫。家中婢妇有色，无不私之。常携巨金远游，欲尽览天下名妓。凡繁丽之区，无不至。当意者则作百日留；不甚佳者，信宿即去。其叔亦名宦，致仕家居。闻其恶行，怒之。使与诸侄闭门读书。公子恶性难改，夜伺师寝，逾垣潜出嫖娼，天明而返。

一夜，失足断肱，师始知之，告其叔。叔怒，益施鞭挞，至不能起，而后医之。及愈，叔与之约：学业较众子侄更佳时，才准出门；若私逸，挞如前。韦最慧，学而不忘，举一反三。数年，中举人。欲自败约，叔箝制之。故数年无过，后成进士。叔之约束稍宽。韦再入曲巷，惟恐叔闻，假托姓魏。

一日，过西安，遇男旦罗惠卿，年十六七，秀丽如好女，悦之。夜留缱绻，赠贻丰隆。闻罗新娶妇尤韵妙，私示意惠卿，惠卿无难色。夜果携妇至，三人共一榻。留数日，眷爱臻至。问其家口，方知竟是家婢所生，按出生年月计，正是自己女儿。韦骇极，汗下浃体。后，韦任苏州某县令。有乐妓沈韦娘，雅丽绝伦，心好之，潜留署中，与之狎宿。韦娘云，其母乃苏州名妓，曾与咸阳韦公子相好三月，山盟海誓，立有婚约。生下韦娘后，再无公子音信，母愤恨而死。韦闻言，愧恨无以自容。顿生一策，即起挑灯，唤韦娘饮，暗置鸩毒酒中。韦娘饮之，溃乱呻嘶而毙矣。事发，被告于官。韦倾囊行贿，虽免于死，终以“浮躁”免官。时年仅三十八岁。颇悔前行。妻妾五六人，皆无子。

【大男】

是非颠倒皆自惹　妻妾身份互变更

奚成列，成都人。有一妻一妾。妾何氏，小字昭容。妻早亡，继娶申氏为妻，不能相善，虐遇何，且并及奚。终日哓聒，恒不聊生。奚怒亡去。去后，妾何氏生子，名大男，申氏更虐遇之，至不同炊。

大男渐长，入读私塾。何嘱：“汝往私塾，路经关帝庙，当拜之，佑汝速长。”大男信之，每日两过，必入拜。大男成年，研诘父之下落，母乃缅述之。大男悲不自胜，遂离家出走。

申氏不能容何，强将其卖于重庆商人。至夜，不与同眠，以刀自割。贾不敢逼，将其赠予友人做裁缝。入门，主人出见，则奚生也。奚闻知何氏生子大男，遂以嫡妻待之。何氏体弱，劝丈夫纳妾。半年后，买一三十余岁老妾，细审之，正是申氏。各相骇异。先时，申氏驱走何氏，申兄逼其改嫁。申从之，嫁一富商。富商年老无用，申氏不安于室，悬梁投井，不堪其扰。富商怒，遂转卖于奚。既见奚，惭惧不出一语。奚让申氏拜见何氏，初不从，操杖逼之，方行妻妾之礼。

奚与某里人有小争，里人以逼妻为妾讼奚，为县令叱逐之。大堂上，何氏认出县令正是儿子大男。初，大男外出寻父，几经磨难，被福建陈翁收留。翁富，贤其孝，遂留其伴儿读。大男住翁家，不复游。而后考取功名。

一家相认，大男出金，送父母回乡。由此名分益彰。而何之待申，衣服饮食，悉不自私。申初惧复仇，至是益愧悔。奚亦不记旧恶，一家和谐。

唐代以后的仕女画多以瘦削、弱不禁风为美。于先生的这套全图中的仕女，以丰满而生动为美，迎合了现代人的欣赏习惯。此事难以两全。图中嘉平公子，画出了傻里傻气的文人形象。赞。〔魏文斌〕

【嘉平公子】

外表秀美不知书　有婿如此不如娼

嘉平某公子，风仪秀美。十八岁入郡赴童子试。偶过娼门，见内有二八丽人，停步注目。女察之，微笑点首，就近与语。公子告以住址。及暮，女至，自言温姬。又云：“妾慕公子风流，故私奔来就。区区之意，深愿奉以终身。”公子喜，约以重金相赎。由此，三两夜一至。一夕，冒雨而来，吟曰：“凄风冷雨满江城。”意求公子赎之。公子不解其意。女曰：“公子如此一人，何乃不知风雅？使妾扫兴！”因劝公子认真读书，公子诺之。

公子姊夫闻之，以温姬知书明理，携金至娼家求见，得知温姬已死多年。姊夫愕然退，以告公子。至夜，以姊夫言告女。女曰：“诚然。君欲得美女子，妾亦欲得美丈夫，各遂所愿足矣，人鬼何论？”公子以为然。科考完毕而归，女亦随之。他人皆不见，惟公子见之。至则与女住书斋中。父母知女乃鬼，劝其绝之，公子不听。父母深以为忧，百术驱除，皆不去。

一日，公子写一便笺，让仆人采办，中多错谬：“花椒”讹“花菽”，“生姜”讹“生江”，“可恨”讹“可浪”。女见之，书其后曰：“何事‘可浪’？‘花菽、生江’。有婿如此，不如为娼。”遂告公子：“妾初以公子世家之后，故蒙羞自荐，不想虚有其表。以貌取人，毋乃天下笑乎！”言罢而没。公子虽愧恨，犹不解所题。折笺示仆，闻者传为笑谈。

细审此图中主体人物的表现，神情虔诚，体态生动。衣纹似不合理，实则灵动有奇趣。用笔流畅如行云流水，庄重如钝刀刮铁，并且一气呵成，毫无滞碍。〔阎先公〕

【石清虚】

美石颠倒有灵验　能为知者守始终

顺天府邢云飞，好石，见佳石则不惜重金购之。一日，钓鱼于河，有物挂钩，沉而取之，则径尺之石。四面玲珑，峰峦叠秀。携之归，如获异珍。天将雨，则孔孔生云，遥望如飘新絮。有土豪某，上门求观。随手将石交同来健仆，策马径去。邢无奈，顿足悲愤而已。仆负石至河滨，息肩桥上。忽失手，石堕河中。百计打捞，竟不可得。邢至河边，失声痛哭。偶一抬头，却见石在水中，大喜，解衣入水，抱之而出。携归，宝藏内室而供之。一日，有老翁上门索石，曰："此石为吾家故物，失去已久。既见之，请即赐还。"又言："此石前后九十二孔，孔中有五字：'清虚天石供'。"邢细审之，果真如此，恳请老翁割爱。翁曰："宝物显露过早，恶劫未消。尔执意留下，会减三年阳寿。"邢愿减寿。翁随手捏闭三孔，余八十九孔，曰："石上窍数，即君寿数也。"问其姓名，不言，遂去。

一年后，有贼入室，窃石去。邢悼丧欲死。访察购求，全无踪迹。积数年，偶入报国寺，见有人卖石。近视之，则故物也。行将认取，卖者不服，负石至官。卖石者能言窍数，邢问其他，则不能言。邢乃言窍中五字及三指痕。理遂得伸。石失而复得。某尚书欲高价购之，邢不与，仗势诬陷之，致邢入狱。妻窃与子谋，献石尚书家。邢始得以出狱，知失石，悲痛欲绝。尚书得石，孔中再无出云之异，久亦不甚器重。翌年，尚书以罪削职，不久去世。邢夜梦自称石清虚者，云某月某日，可于海岱门外将石赎回。至日，则见尚书之仆窃石出售，即以廉价买归。后邢果八十九岁卒，其子以石为之殉葬。

【曾友于】

兄弟血斗不相让　道德一举万事平

曾翁，昆阳世家也，生有六子。长子曾成，为嫡妻所生。母子被强寇掳去，再无音信。娶继室，生孝、忠、信三子；又纳妾张氏生悌、仁、义三子。孝等以悌等三兄弟出身贱，而不齿。悌，字友于，乃县中名士，百词宽解两派弟兄，使和睦相处，而不成。

友于母张氏去世，曾孝等不为服丧，宴饮如故，且把持墓门，不使与父合葬。友于劝仁、义二弟忍耐，瘗母于墓道中。然嫡庶对立益甚，以至于持杖互殴，声震乡里，惊动官府。友于无奈，遂携妻子借居他所，离家五十余里。

一日，为强寇掳去之长子曾成，忽携妇归。孝、忠、信兄弟不能相容。惟仁、义窃喜，招去共养之。曾孝怒，率忠、信登门叫骂。而成久在贼营，习于威猛，大怒曰："我归，尔等不肯置一屋，是欲逐我也！"以石投孝，孝仆。仁、义各操杖出，捉忠、信，挞无数。成告官，官使人问友于。友于曰："惟求公断。"官乃判诸弟各出田产归成。当成知庶母未与父合葬，大怒。刻期发墓，作斋于茔；又以刀削树，谓诸弟曰："有不披麻戴孝者，有如此树！"于是一门皆哭临，安葬尽礼。

后曾孝生五子，亦分为嫡庶两党，争闹不休。婆家奴婢与娘家弟兄打成一片。成亦参与其中。双方伤人无数。县衙予以缉拿，等待审判。

友于父子在外村，同榜中举，回乡祭祖。见众兄弟窝里斗，自相残杀，横祸迭出；乃托亲友，赂以金帛，资其医药，官司方息。举家感泣友于，自此，一门之事，皆取决于友于，共求友于回乡。友于返，与众兄弟子侄焚香誓约，各皆涤虑自新。自此，门庭和睦，后称乡里典范焉。

【紫花和尚】

福祸源自前生缘　报应只在今世间

诸城丁生，少年名士，重病而死，隔夜复苏，曰：“我今悟道也。”时有和尚精通佛理，遣人邀至，使就榻前讲《楞严经》。

丁生每听一节，都说非是。乃曰：“倘若吾病痊愈，证道何难。惟某生可愈我疾，宜虔请之。”所言某生者，精通医术，而不以行医为业。三请始至。开方下药而治之，病愈。某生既归，一女子入见，曰：“我董尚书府中侍儿也，紫花和尚与妾有夙冤，今得追报，令其重病死，君何以治愈而活之也？若再往，祸将临头。”言罢而没。某惧，丁家再请，不去。丁病复发，三请之，乃以实告。丁叹曰：“孽自前生，我该死。”寻卒。后查之，果有紫花和尚，高僧也。青州董尚书供养家中，亦不知府中侍儿所言夙冤为何事矣。

【周克昌】

愚钝学子得鬼助　空手而得孝廉名

淮上贡生周天仪，年五旬，只一子，名克昌，溺爱之。至十三四，丰姿益秀，但性不喜读，常逃学与群儿戏，恒终日不返，周亦听之。一日，即暮不归，始寻之，不见踪影。夫妻号啕，几不欲生。

年余，克昌归，曰：“为道士迷去，幸不见害；值其外出，得逃而归。”周喜极，亦不追问。及再进私塾，慧悟倍于往昔。逾年，文思大进，中秀才，声名远播。世族争婚之，克昌漠然处之。赵进士女有姿色，周强为娶之。既入门，夫妻调笑甚欢，而克昌则独宿，并无床笫之事。逾年，考中举人。周益欣慰，只望抱孙；母不能忍，朝夕絮叨。克昌变色曰：“我久欲离家，之所以留住，只想报答养育之恩耳，实不能探讨床笫之事。我走，二老所愿者即来矣。”言已，倒地而灭，衣冠如蜕。大骇，疑昌已死，必其鬼也。悲叹不已。

次日，又一克昌乘马携仆而至，举家惶骇。问之，亦言为恶人掠卖于富商之家，商无后，子焉。考其所学，则顽钝如昔。才知此乃真克昌，前得秀才者，鬼之力也。窃喜其事未泄，空手而得孝廉之名。入房，妇甚狎熟，而昌覥然有怍色，似新婚者。甫周年，生子焉。

【盗户】

狐狸入瓶称盗户　官府畏盗立另策

顺治年间，山东滕县、峄县一带，十人而七盗，因其众，官不敢捕。后受官府招抚，众盗归顺朝廷。邑宰为便管理，将其编立另册，予“盗户”之名。凡有与平民纷争之事，官府则曲意袒护之，恐其复叛也。后，讼者往往冒称盗户，而对方则力攻其伪。官府每接诉讼，不问曲直，而先以盗之真伪，反复查勘焉。

时官署多狐，县令女为狐所祟。聘术士将狐摄入瓶中，拟以炽火焚之。狐在瓶中大呼曰：“我盗户也！”闻者无不匿笑。

【某乙】

穷极再做一次盗　修德竟获善士名

淄川某乙，故梁上君子也。其妻深以为惧，屡劝止之。乙遂幡然自改。居两三年，贫窭不能自给，思欲再盗一次而后已。乃托外出贸易，问善卜者，何方有利可图。卜者占曰：“东南吉，利小人。”遂往东南，抵苏、松一带，日游村郭，踩点数月。

偶入一寺，见墙隅堆石子多枚，知为黑道暗号。遂以一石投之，卧于佛龛后，一观其异。日既暮，有十几人聚寺中，见石子多一枚。共搜之，龛后得某乙。问及姓名居址，某乙诡对之，遂入伙同行。至一巨第，出软梯，争逾垣入。因某乙远至，路径不熟，将其留墙外，专司传递、看守焉。少顷，掷一裹下，又少顷，缒一箧下。开箧，则皆金银财宝。某乙负之疾走，竟取道归。

某乙由此暴富，建楼阁、买良田，为儿辈买功名，亦不时做修路架桥善事。邑令知之，匾其门曰：“善士”。后案发，群盗伏法，唯某乙无名籍，莫可查诘，得免。事过既久，某乙醉后时自述之。

悍妇虐夫某翁女，清廉慈惠邵临淄。〔唐加福〕

【邵临淄】

邑有贤令风俗淳　乡里悍妇不敢狂

临淄某翁之女，太学生李某之妻也。未嫁时，卜者曰：“必受官刑。”翁怒之，既而笑曰：“岂一太学生不能庇一妇乎？”

既嫁，甚悍，指骂夫婿以为常。李某不堪其虐，忿鸣于官。临淄县令邵公准状，立命抓捕。翁闻之，大骇，率子弟登堂，哀求息事宁人。李某亦自悔，求罢。邵公怒曰：“公门内岂能尽由尔也？必拘质审！”既至，略诘一二，便曰：“真悍妇！”杖责三十，臀肉尽脱。

【于去恶】

阴阳科考皆不公　张飞巡查不留情

顺治年间，北平名士陶圣俞，赴乡试，住城郊旅店。有客于去恶，与其同住。相与倾语，言论有名士风。以陶稍长，兄之。

于喜清静，不好游瞩，常独坐一室，而案头并无书卷。陶不与交谈，则默卧而已。一日，于就陶借书去，闭门抄写甚疾。终日五十余纸，亦不见其折叠成卷。陶窃窥之，见每一稿脱，即烧灰吞之。诘其故，曰：“我以此代读耳。”而背诵所吞书，顷刻数篇，一字无讹。陶悦，求传其术，不可。陶疑其吝，词涉诮让。于曰：“我非人，实鬼也。今阴曹选任官吏，乃作考前准备耳。”

七月十五夜，于去恶赴冥考；考官由瞎眼乐师、贪财司库等担任。于自觉考绩良好，待地榜揭晓，名落孙山。伤心至极，泫然流涕。忽报桓侯张翼德至。桓侯三十年一巡阴曹，三十五年一巡阳世，阴阳两界文场之不公，一概纠正之。果然，桓侯查知考务弊端，扯碎地榜。榜上名字，只存三之一。遍阅遗卷，尤喜于去恶之文，遂荐为交南巡海使。

陶圣俞两次乡试，皆不第；再考，仍未中。后丁酉文场窝案，考官多遭诛谴，亦为张桓侯巡查之力。以故陶中副榜，不久举为贡生。遂灰志前途，隐居办学。

【辽阳军】

命不该绝断头续　鬼送千里返家乡

明末，沂水某，远充辽阳军。会辽阳城陷，为乱兵所杀，头虽断，犹未死。至夜，有鬼吏手执簿册，按点诸鬼。至某，谓其不该死，使左右续其头，而送回沂水。

沂令闻之，疑为逃兵，拘讯而得其情，颇不信。后查知辽阳城陷之日，正是某人到家之时，遂释之。

【澂俗】

客商淹没一群鼠　死亡店主全家人

澂江县人，多能变化为物类，出院求食。

有客寓于旅邸。时见群鼠入米瓮，驱之即遁。客伺其入，骤覆之，瓢水灌注其中，顷之尽毙。与其同时，店主全家暴卒，惟一子尚存。

客商被讼，官原而宥之。

【狂生】

书生穷无立锥地　嗜酒如命狂不羁

济宁有狂生某，放浪不羁，嗜酒如命。家中虽无立锥之地，而得钱则沽酒，不以穷厄为意。

新任刺史亦好酒，苦无对手。闻生名，招与对饮，遂成酒友。生恃其狎，时常受人薄贿，为之说情；刺史每允其请。生习以为常，刺史渐厌之。一日，刺史升堂，狂生又有关说，持刺登堂。刺史览之，微笑。狂生厉声曰："公如所请，可之；不如所请，否之，何笑也？未闻士可杀而不可辱也！"言已，狂笑，声震四壁。刺史怒曰："何敢无礼！不闻'灭门令尹'耶！"生掉臂竟下，大声曰："生员无门可灭也！"刺史益怒，令役吏逮之。

访其家居，并无田宅，惟携妻住城堞上。刺史闻而释之，但逐之，不令居城垣，朋友为购斗室居焉。狂生叹曰："今而后，畏令尹矣！"

勾线沉稳有力，入木三分而又灵动自如，兼工带写。佳妙。〔石　寒〕

【金陵乙】

为骗女色披褐衣　化为狐狸丢性命

金陵某乙，卖酒为业。每酿成，掺水而置毒焉。即善饮者，不过数盏，便醉如泥。以此得“千日醉”之名，致富巨金。一日早起，见一狐醉卧酒糟边，缚其四肢。方将觅刃，狐已醒，哀曰：“勿见害，请如所求。”遂释之，辗转已化为人。时邻居孙氏，其长媳为狐祟，因问之，答曰：“是即我也。”某乙窥孙家二媳尤美，求狐携往狎之。狐为难，乙固求之。狐不得已，邀乙去。入一洞中，取褐衣授之。某乙服之而归，家人皆不之见，大喜。遂与狐至孙家。见墙上贴巨符，上画一龙。狐惧，曰：“和尚大恶，我不往矣。”遂逃去。某乙逡巡近之，则真龙盘壁上，昂首欲飞，大惧亦出。盖孙家请和尚驱邪，先得符而贴之，僧犹未至也。次日，僧来，设坛作法。村人共观之，某乙亦杂其中，忽变色急奔，状如被捉；至门外而踣，化为狐，四体犹着人衣。将杀之，妻子叩请。僧命牵去，日给饮食，数月寻毙。

【查牙山洞】

幽险洞穴寻珠宝　阴森恐怖鬼吹灯

章丘查牙山，有石窟如井，深数尺许。有近村数辈，共谋探之。三人持烛，缒而下。忽见底。底际一窦，蛇行可入。至一畅洞，烛之而前，又有小洞，深不可测。两人馁而却退。一人夺烛而嗤之，锐身塞而进。顿高顿阔，乃立乃行。顶上石参差危耸，将坠不坠。两壁嶙嶙峋峋然，类寺庙群塑，成鸟兽人鬼形：鸟若飞，兽若走，人若坐若立，魑魅魍魉，示现愤怒；奇奇怪怪，多丑少妍。心凛然作畏怖。又行几百步，西壁开石门。门左一怪石，鬼面人身，怒目张口，齿舌狞恶。心大恐，毛森森而竖。见地上列碗盏，泥垢其中。角落处一女尸，筐头蓬蓬，少许乱丝黏着髑髅上。遂自壮胆气，持烛近前，欲寻金珠银饰。以烛近脑，似有口气吹嘘，烛摇摇无定，灯光昏黄，衣动掀掀。大惧，手摇颤。烛顿灭。忆路急奔。不敢以手摸壁，恐触鬼物也。头触石，仆而复起；冷湿浸额颊，知是血，不觉痛，抑不敢呻。至窦，方将伏，似有人揪发，晕然遂绝。

井上村民候久，又缒二人下，将其拖出洞外，血淫淫已僵，半日方醒。章丘县令闻之，以泥封窦，不可复入矣。

毛大穷凶杀人，卞氏万分恐惧，活生生，画得有血有肉。

人物衣袂，既有传统的衣纹法理，又不走老路而生动飘逸，随手成趣，严谨如能透见肉骨，畅达如同行云流水。再观之，图中用笔的粗细、长短、疏密、方圆诸样对比、成破的活用，无不恰到好处。画面人物主次分明，尤将鄂秋隼特写虚画，顿使整个画面虚实相生，节奏突出。于兄这套图件件精品。［高森济］

【胭脂】

心里有鬼才怕鬼　书生冤雪得良妻

东昌府牛医卞氏，有女胭脂，才姿惠丽。对门王氏，佻脱善谑，乃闺中谈友也。一日，两人于门外，见书生鄂秋隼经过，丰采甚都。女意动，秋波萦转。王氏窥其意，戏谓曰："以娘子才貌，得配此人，庶可无憾。"女晕红上颊，脉脉不作一语。王又笑言为之提亲。数日无耗，胭脂悒悒徘徊，萦念颇苦。渐废饮食，卧病不起。

王氏与本村秀才宿介私通。一夜见宿，将胭脂痴情戏说之。次夜，宿介逾垣入卞家，直达女所。入室，强抱胭脂求欢，假作鄂生。胭脂严词拒绝，宿介遂罢，得一绣鞋而去，投宿王所。至门摸之，绣鞋已失。

村中有毛大者，游手好闲。尝勾引王氏不得。是夜过其门，拾绣鞋，隔窗伏听宿介与王氏语。喜极，遂怀绣鞋，翻墙入卞家。误敲翁扉。卞翁惊醒，知为女来。大怒，操斧出。毛大骇而逃。卞追已近，反身夺斧，杀翁。卞妻与胭脂闻声出，翁已脑裂气绝。母于墙下见胭脂绣鞋，逼问女，女哭而实言之。告至官府，官拘鄂生。屈打成招，定死罪。

济南知府吴南岱复审，疑有冤情。审胭脂、王氏，判宿介为凶犯。宿不服。山东学使施愚山再审。王氏供出与之不规者五人，遂将五人关进黑室，命于黑暗中，以墨水洗手，面对白墙而坐。称"面壁勿动，杀人者，当有神书其背"。少时，出验，指毛大曰："此真杀人贼也！"盖公使人以黑灰涂壁，又以煤墨濯其手；杀者恐神来书，故匿背于壁，临出以手护背，而有黑色也。施以毒刑，尽吐其实，遂判毛大死刑。又让邑宰作媒，将胭脂嫁于鄂秋隼。

【郭安】

杀人命案诚悲惨　县令判案更离奇

淄川人孙五粒，有童仆，独居一室。一夜，恍惚被人摄去。阎罗视之，曰：“误矣！”遣鬼卒送还。童归，大惧，移宿他所。有仆郭安者，见童榻空闲，因就寝焉。又一仆李禄，与童有夙怨，久欲报仇。是夜，操刀入，扪之以为童也，竟杀之。郭安死，郭父鸣于官，哭诉曰：“半生只此子，今将何以聊生！”县令闻之，遂将李禄判于郭父为子。

此不奇于童之见鬼，而奇于县令之判案也。

【杨大洪】

不用神医一把抓　力拍颈项病块除

湖北应山人杨大洪，微时为楚名儒，自命不凡。试后闻报捷者，时方食，含哺出问："有杨某否？"答云："无。"不觉嗒然自丧，噎食入膈，遂成病块，噎阻甚苦。夜梦一人告之曰："前途有道士能愈君疾，宜苦求之。"临去赠以诗，其中有句："江边柳下三弄笛，抛向江心莫叹息。"

明日出，果见道士坐江边柳下，因便叩请。道士笑曰："子误矣，我岂能治病？请为吹笛三弄可也。"因出笛吹之。公触所梦，拜求益切，且倾囊金献之。道士接金，掷诸江流。杨哑然惊惜。道士曰："金在江边，请自取之。"视之，果然。又益奇之，呼为仙。

道士漫指曰："我非仙，彼处真仙来也。"待杨回顾，力拍其颈曰："太俗气！"杨受拍，张口作声，喉中呕出一物，铿然堕地，俯而视之，血丝中裹饭团犹存，病若失。回视，道士已杳。

【彭二挣】

无端被缝入口袋　驴背号救狐作剧

禹城韩公甫，与同乡彭二挣并行于途，忽回首，不见彭，惟坐骑随行。但闻号救甚急，细听，则在驴背口袋中。近视，袋内累然，而袋口缝纫甚密；以刀断线，果见彭犬卧其中。

出而问之，亦茫不自知。盖其家有狐为祟，事如此类甚多云。

【夏雪】

世间称呼大老爷　呼来姑苏七月雪

顺治四年七月初六，苏州大雪。百姓惶骇，共祷诸金龙四大王庙。

大王忽附人而言曰：“如今称老爷者，皆加一大字；其以我神为小，消不得一大字耶？”众悚然，齐呼“大老爷”，雪立止。由此观之，神亦喜谄。

佛
陀
弥
阿
观音菩萨
汾公聘
帝君
阿弥陀佛